小説 陸軍
（下）

AshiHei
Hino

火野葦平

P+D
BOOKS
小学館

目次

第二部（承前）

神風

百日紅《さるすべり》のかげがしだいに長くなって、縁《えん》側をのぼって来た。碁盤《ごばん》の下に這いあがって来たが、友彦《ひこ》も、謙朴《けんぼく》も、森博士も、だれ一人、日の傾いたことなど眼中にはない様子である。対局《きょく》をしているのは謙朴《けんぼく》と森博士で、黒を持った謙朴《けんぼく》が大石が死に瀕《ひん》しているとみえて、顎鬚が盤《ばん》につくくらい低く顔を下げ、団栗眼を細め、苦渋《じゅう》の顔いろで盤《ばん》をにらんでいる。赤鼻をしきりにこする。友彦《ひこ》は横から見ていて、岡目八目で、危険《けん》な場所がわかるので気が気でないが、助言は封《ふう》じられているので、対局《きょく》者以上にいらいらしている。森博士だけはにこにこして、「いくら、考えたって、もう駄目《だ》ですよ。その大軍は包囲殲滅《せんめつ》したも同じです。江戸っ子なら、ここいらで投げますがなあ」などと気持よさそうに嘯《うそぶ》いている。

「そもそも、こげんとこを切るなんちゅうのが、卑怯《ひきょう》くさ」謙朴《けんぼく》はいかにも残念そうである。

「切られたのは仕様がないが」今さら、そんなことをいうのは男らしくないというように、友彦《ひこ》は腕組みしながら、「なんとか血路をひらく秘《ひ》法はないかん?」

「こっちの奥さんなら、なんか呪禁《まじない》でできもしようが、もう、降伏《ふく》するの一手ですよ」と森博士は投降を勧《かん》告する。

「死んでも降伏《ふく》はせんばい」

ワカが奥から出て来て、「朝からやっとらっしゃるとに、よう、くたぶれなさらんことですな」と、笑いながら、茶を入れかえた。

もともと、森博士と藤田謙朴《けんぼく》とはあまり仲がよくなかったのであるが、友彦《ひこ》が箱崎に移住して以来、旧交《きゆう》を回復した。漢《かん》法医《い》学と西洋医《い》学との衝《しよう》突というわけでもなかったであろうが、なんとなく敬遠しあっていた。そうして三人ともあまり強くない碁《ご》打ちであることが、親交を深めた。ことに、このごろ、謙朴《けんぼく》はある魂胆《たん》があるので、彼が一番弱い癖《くせ》に、いつも自分が誘《さそ》いだすようにして、三人の碁《ご》会を開く。謙朴《けんぼく》は伸太郎と森博士の二女の芳《よし》江とを結婚《こん》させる計画をたてているのである。

その一局《きよく》は智《ち》囊をかたむけた揚句《あげく》、謙朴《けんぼく》の玉砕《さい》に終った。負け抜《ぬ》きでやっていたのであるが、電灯がついたので、その碁《ご》で打ちどめにした。三人とも、ふうと背《せ》のびをして、肩をたたいた。茶をのんだ。

「伸しゃんに、その後、会いに行きなさったな」と、謙朴《けんぼく》が思いだしたように訊いた。

「行きません」

「いっぺんも?」

「いっぺんも行かんです」

「どげんして、行きなさらんな？　伸しゃんな、会いとう思うとらっしゃろうもん」

「思うとろうけんど、あんまり行ってやらんがええです」

「そうですな」腑《ふ》には落ちぬが、どうせ偏屈屋だから、これ以上いっても仕方がないというように、謙朴《けんぼく》は茶をがぶがぶ飲みながら、「それでも、伸しゃんな、他の新兵とくらべたら、なんぼかよかろうたい。ばって、お父はんが兵隊さんじゃけん、兵営のことは詳しかけんな。いろいろ聞いて行っつろうけん、まるで勝手を知らん者《もの》のごと、とちめんぼ振らんですんどろう」

「なんにも教えてやらんじゃった」

「そげん不親切な親があるもんか。ようい うて聞かせときゃ、なんぼか楽《らく》しつろうに」

「そげな楽はさせんがええです。自分で苦しまにゃ」

あきれたというように、謙朴《けんぼく》は黙った。

「もう、そろそろ、一期《き》の検閲《けんえつ》があるころじゃないのですか？」と、森博士が訊く。

「そうですな。もう始まりましょう」

「伸しゃんな、上等兵にゃ、じきなんなさろう」と謙朴《けんぼく》がいった。

「なれるもんですか」と、友彦《ひこ》の語調はまるで吐きだすようである。

「あんた方は、上等兵なんて、わけないように考えてなさるようじゃが、どうして、上等兵になるにゃ大事《おおごと》です。血の出る苦労《ろう》をせんにゃなられん。三箇月の一期《き》の教育がすむと、そのなかから優秀《しゅう》な者が、これは所によって違うが、普通、中隊で二十人くらい選ばれる。これに入るだけでも、生やさしいことではないです。入れられたら、特別の教育を受ける。他の兵隊がなにもしない時でも、寒稽《げい》古をやったり、学科をやったり、すこしも暇《ひま》なしに励《はげ》まにゃならん。それに、教練だけがうまくてもいかん。軍隊は教練五分、内務《む》五分で、なにもかも揃った優秀《しゅう》なものでないと、上等兵の資格《かく》はない」

「伸しゃんな、大丈夫くさ」と、謙朴《けんぼく》は顎髭をしごきながら、どうしても伸太郎を上等兵にしたがる。

「あの子は駄《だ》目です。身体が弱いし、あんまり、てきぱきしとらん。気も弱いし、いやなことも人にいいきらん質で、まあ、万年一等卒ちゅうところでしょうな」

「いんや、伸しゃんな、確かに上等兵になる。あたしが請けあう」

「その二十人が、上等兵になるわけですか」と、森博士は熱心である。来年、長男が入営するので、聞いておきたいのであろう。

「いいえ、そのうちから数名です。鍛えるだけ鍛えても、やはり全部はなれず、あとの者は、廻れ右です。昔の号令でいうと、『右向き廻れ』……」

「ほう、昔は『廻れ右』を『右向き廻れ』といいよったばいな」と、謙朴《けんぼく》が笑った。

「僕も、死んだ親父から、はじめて上京した時、宮城にお詣りせずに、『右向きい廻れ』ちゅうて、たいそう怒られたことがあります。もう、四十年近くになりますなあ」

「上等兵というのは、そんなに大変ですか。知らない者が見とると、星の一つや二つ違って居っても、そんなには思いませんが、……なるほど、そうですかねえ」森博士は来年入営の息子のことが、今からもう気になりだしたようである。

「そら、そうと」と謙朴《けんぼく》が頓《とん》狂な声を出して、「高木さんな、仁《に》科さんに会いなさったな」

「仁《に》科？」友彦《ひこ》はどきんとした。「仁《に》科弥《や》助ですか」

「仁《に》科弥《や》助さんです。あの松葉杖をついとった」

「仁《に》科が居るんですか」

「おかしかなあ。あたしは、昨日、町で吉川ちゅう魚屋から聞いたんじゃが、あんたが知らんといや、違うか知れん。仁《に》科さんなら、一番にあんたんとこに来る筈《はず》じゃろう」

「仁《に》科さんというのはどなたですか」知らない森博士は顔色のかわった友彦《ひこ》を不審《しん》そうに見て訊いた。

「いいえ、子供をやる約束をした男なんですが、……もう昔のこと、日露戦争の時ですから、二十五年も前ですが、……その後、一度訪《たず》ねて来たきりで、どこに行ったものやら行方が知れずにいたのです」

「誰をやるのです」

「さあ、それが、三番目の男の子をやるといったのですが、三男の子の雄三は死にましたし、礼三がいまは三番目になって居るんですけど」

「ほんなら、やらんでもええさ」と、謙朴《けんぼく》はこともなげである。

「仁《に》科が居たというのは、間ちがいないとですか?」

「さあ、そういわれると、あたしも又聞きで、なんともいえんが、魚屋の吉川は仁《に》科さんの実家とは永の得意ということじゃから、見まちがう筈《はず》はなかと思うがな」

自信をうしなった様子で、謙朴《けんぼく》は、「そら、そうと」と、話題《だい》を変えた。「あんたは、桜木製作所を止めなさったちゅことじゃが、どげんしなしたとですな」

「どうって、別に」と友彦《ひこ》は面倒くさそうである。

「それがね」と、もともと友彦《ひこ》を桜木に引きあわせた森博士は、残念そうな口ぶりで、「なんでもないことらしいんですよ。高木さんも熱心にやって下さるし、工場員の素《そ》質も眼にみえて、めきめき良くなっていたので、桜木君も喜んで居たんです。今年も工場から入営兵が何人もあって、いずれも成績がよくて、さっきの話ではないが、上等兵候補にでもなろうかという者ばかりだと、一週間ほど前に会ったとき、桜木君も嬉しそうに話しとったばかりなのに、……なにか、ちょっとしたことで……」

「例《れい》の癖《くせ》が出たとばいな」と、謙朴《けんぼく》は団栗眼で笑いながらいった。

「ちょっとしたことではないです」むっとした友彦《ひこ》は、はがゆそうに、「根本的な見解の相違ですから、なんとも仕方がない。わしは桜木さんの人柄《がら》に惚《ほ》れて、十年以上も工場に勤めたんじゃが、あげな考えを持っとるとは知らんじゃった。初めから判《わか》っとったら、行くとじゃなかったとです」

「なんごとかな?」と、謙朴《けんぼく》は腑《ふ》に落ちない。

「僕もよくは知らんが、なんでも元寇のことかなんかで」森博士は、そんなこと位どうでもよいのにといった口調である。

「謙朴《けんぼく》さん、あんたは博多は古い人じゃが、どう思うかん? わしは工場の人たちに、ときどき歴史《れきし》の話をしてやった。今日に生きるために、日本人が歴史《れきし》を忘《わす》れることは絶《ぜっ》対にでけんからです。ところが、この四、五日ほど前、元寇の話をした。元寇は日本にとっての大国難で、ことに元軍は対馬壱岐《き》を経て、この博多に攻めよせて来たとじゃから、特別ゆかりも深い。わしは以前からわしの子供たちにもいつも箱崎の浜や、志賀の島、今津、百道《ももじ》の海岸、いまの営所附近の別府《べふ》、鳥飼、赤坂などの古戦場につれて行ったり、防禦《ぎょ》のために築いた石畳の跡《あと》を見せたりして居ったが、工場員に元寇の話をするときにも、別して力が入りました。滅《めっ》多に来たことのない桜木さんが、そのときには、工場の人たちといっしょに聞いて居ったのです。すんでから、所長室で、二人で茶をのんだ。そしたら、桜木さんが、そのときの日本軍はたいてい騎兵だったんですな、とか、陸海軍の区別はなかったんですな、とか、太刀と弓矢ばかりの戦法なんで、蒙《もう》古兵の手榴《りゅう》弾みたよな鉄砲にびっくりしたんですな、とか、まあ、そげな風に、聞いた話を珍《めずら》しそうに復習しておったですが、あとで、しかし、日本も危かったですね、神風が吹かなんだら、どうなっていたかわからんですな、というとです。わしはむっとしたんで、どうなっていたかわからんというのは、負けたということですか、負けて日本が蒙《もう》古の領土になったということですか、と訊いたんです。そしたら桜木さんは、神風が吹かなんだら、そうなったかも知れんでしょうという。わしは腹が立ったんで、あなたはなにを聞いておったとです、私はそげな風には話さなんだ筈《はず》です、あの時、日本軍は、たとえ、神風が吹かなくとも、立派に元軍を撃退することができとった、文永の役でも元軍は一日上陸しただけで、あとはあがりきらんじゃった、弘《こう》安の時は全《ぜん》然上陸もしきらんで、志賀の島に小部隊が上っただけです。それはいうまでもなく、日本軍の勇猛《もう》に恐れたからです、それに、神風がなかったら、元の領土になっとったとはなにごとです。と、おこりつけたとです」

森博士は苦々しげに聞いている。

「そしたら、桜木さんが、それは日本軍の勇猛《もう》であったことはわかるが、それにしても、神風の助けがなかったら、と、まだ神風のことをいうんで、わしは胸がむかむかして、癇癪《かんしゃく》まぎれに、思わず、なんべんいうて聞かせたらわかるか、と怒鳴りつけました。そしたら、桜木さんが、あなたのような気違いじみた人には愛想が尽《つ》きた、もう明日から工場に来て貰《もら》わんでもよろしい、というんで、わしも、こちらから願い下げにしたいほどじゃというて、やめたとですよ。……謙朴《けんぼく》さん、あんたは、どっちが正しいと思いなさる？」

「そげんこた、売り言葉に買い言葉たい。つまらんことで、折《せっ》角の長づきあいを仲たがいばしたもんじゃなあ」

「神風のことはあんたはどう思うかん？」と、友彦《ひこ》はまだ黒白を明かにするつもりである。

「そら、日本軍の勇敢《かん》じゃったうえに、神風が吹いたけん、なお、よかったとじゃろうばい」

と、謙朴《けんぼく》は急追にあって首鼠《そ》両端の答弁《べん》をした。

すっかり日が暮れたので、ワカが夕食の準備《じゅんび》をした。赤瓢箪《ひょうたん》でいくらかの酒をのみ、微醺《び》を帯びて、また碁《ご》会が始まった。森博士が二目ほど強く、友彦《ひこ》と謙朴《けんぼく》とは伯仲である。謙朴《けんぼく》は仲太郎と芳《よし》江との縁《えん》談ばなしを持ちだす機会を狙《ねら》っているうちに、急患《かん》ができたと、看護《かんご》婦が森博士を呼びに来たので、それを機会に散会した。

友彦《ひこ》は長年の勤めをやめて、毎朝、弁《べん》当を持って出て行く習慣《かん》がとまると、なにか寂しげな手持無沙汰《さた》の様子で、また庭いじりを始めた。庭の立木や、畑の手入れを叮嚀《ていねい》にした。何時間も、庭の縁《えん》で、蝦蟇《がま》と遊んでいることがあった。母屋に接《せつ》したところの竹林に、白い花の咲いているのを見つけて、ワカにそのことをいうと、ワカは、「お父はん、これはなにか大事《おおごと》の初まる前兆《ちょう》です」といった。

「また、あげなことをいうちょる」と友彦《ひこ》は苦笑した。

仲太郎が入営したので、店はワカと女学校を出た鈴《すず》子とが切りまわした。久留《る》米に嫁いだ国子もよくやって来た。夫の友枝大尉《い》は陸軍大学にはいっていたので、さびしかったものであろう。鈴《すず》子は生れたときに、その名が鈴《すず》を振るような声だからという理由でつけられたように、聞いていても気持のよいような澄んだ声で、客の応待をした。そのうえ活潑《ばつ》で、女学校で運動選手をしていたが、卒業すると、兄の乗っていた自転車を乗りまわして、母を助けた。「頭の良い子ば身体が弱いというけ、もとから心配でならんじゃったが」というワカの心配が的中して、友二は中学の三年に上ったころから身体を壊して、学校も休学し勝ちであった。父と同じ病気である。森博士にすすめられて、知人の知辺《しるべ》をたより天草の海岸に療養《りようよう》に行った。元気なのは礼三と秋人である。年子だから背恰《せ》好もあまり違わず、どちらも負けん性の強い子なので、よく喧嘩《けんか》もするが、仲もよかった。二人はときどき連れだって行方不明になる。帰って来ると、報告をする。

「練兵場に行ったら、伸兄しゃんが演習しよった。鉄砲もって、汗どんどん流して、射《しゃ》撃やら、突撃やらしよった。将校集会所の土堤に兵隊さんが、わああ、ちゅうて突撃するけんど、何べんやっても、教官が、突撃不成功、やりなおし、ちゅうって、また、またわあちゅうて走って来よった。集団松のこっちに、一本榎《えのき》があってな、なんか、しくじると、あれを廻って来いちゅうて、駈け足させられる。伸兄しゃんが、ふうふういうて、一本榎《えのき》ば廻りよった」

ワカは聞きながら、涙をためていた。

気になるので、友彦《ひこ》は大名町の「魚吉《うおよし》」や、下警固《しもけいご》の仁《に》科の実家をたずねてみた。実家ではまったく消息を知らぬ風で、相かわらず、母親が吐きだすように、「あげん者な、子供と思うて居りません」というきりであったが、魚屋の吉川は、たしかに仁《に》科弥《や》助に会ったといった。

尋ねても判《わか》る筈《はず》はなし、来るのを待つことにしたが、友彦《ひこ》とワカは久しぶりで、「三か？　四か？」の問答をくりかえした。

ある日、玄《げん》関から、「高木屋」の暖簾を排《はい》して、「ごめんなさい」と、一人の兵隊がはいって来た。奥の帳《ちょう》場にいたワカは、

「いらっしゃいませ。煙草でもお入用ですか」と訊いた。

「ほまれを頂きたいのでありますが」

「ほまれはございませんが」と返事して、ワカはびっくりして、眼を瞠《みは》り、

「あら、仲太郎じゃないかん」と、転ぶようにして飛びだして来た。「まあまあ、立派になって」と、もう、あとは涙で言葉が出ないのである。

「仲兄しゃんが帰った」

弟妹たちは日曜なのでみんな家にいた。兄のまわりに集まって来た。

「お父はんは？」

「庭にいなさる」

仲太郎は庭に廻った。友彦《ひこ》は白襦袢《じゅばん》一枚になって、しきりに杉垣にそった畑の土を起こしていた。後姿を見て、仲太郎は今さらのように父の頭に白髪の多いのに驚いて、（元気なお父はんも、年をとられた）と思いながら、不動の姿勢で、

「お父さん、ただ今、帰りました」と声をかけた。

友彦《ひこ》はふりかえった。鍬《くわ》を杖にして、

「おう、帰ったか。大方、もう、外出できる頃と思うとった。一期《き》の検閲《けんえつ》がすんだんじゃな」

「はい、前週で終わりました」

黒々と日に焦《や》け、動作もきびきびし、軍服もいまはぴったりと身についている息子を見て、友彦《ひこ》は、これは町でひょっくり出あっても、見ちがえるであろう、と考えながら、不覚《かく》の涙を催した。それは兵営生活をよく知っている友彦《ひこ》には、これだけになるにも、どれほどの苦労《ろう》があったかということが、よくわかるからである。

「まだ、星は一つじゃな。いつ二つになる」

「わかりません」

「三つにはなれそうか」

「わかりません」

「上等兵候補は、もう、きまったのか?」

「昨日、発表がありました」

「どうじゃった?」

「どうにか、入れました」

「そうか。それはよかった」

そのうちに、近所の人たちも集まって来て、もの珍《めずら》しげに伸太郎をとりまいた。話は賑《にぎわ》った。

仲太郎は白飯を食べながら、兵営の麦飯の方がおいしい、どうも白飯は腹にもたれるようだ、などといって笑った。いくらか酒を飲み習っているようであった。謙朴《けんぼく》は仲太郎が上等兵候補になったというので、すこぶる満足である。仕事があるからと、仲太郎は午後三時頃には帰って行った。

博多祇園《はかたぎおん》には、数千金を惜しまぬ豪華《ごうか》な山笠《がさ》が作られる。祇園《ぎおん》祭は七月一日から初まる。櫛《くし》田神社で儀式が行われ、町内の辻々には注連縄《しめなわ》が張られ、町の若者は子供にいたるまで、緋《ひ》の締込《しめこ》みに、山法被《び》を着、町名入りの弓張提灯を手にして、箱崎汐井場へ繰りだす。勇壮な追山笠《がさ》は掉《とう》尾の行事であるが、この土地の風習は兵営のなかにも及んでいた。

八月十七日は軍旗祭である。連隊が軍旗を拝受したのは明治十九年のその日である。西南役の頃は小倉《くら》連隊の福岡分営であったのであるが、明治十九年六月十四日、連隊本部が城内へ設置せられた。軍旗祭には兵隊たちは思うさま心と腰をのばす。城内練兵場の土堤《どて》には各中隊競作の人形が並べられる。一般の参観も許され、店もたくさん出て、雑沓《ざっとう》をきわめるのである。追山笠《がさ》が行われる。各中隊ごとに樽《たる》を安置した神輿《こし》が作られ、舎前に据《す》えられてある。向う鉢巻、襦袢《じゅばん》、巻脚絆《はん》の兵隊たちが、山笠《がさ》をとりまき、時間を待って待機する。

「高木屋」はその日は店を閉めて、一家総《そう》出で、営所に出かけた。謙朴《けんぼく》も謙一《けんいち》をつれて同道した。

「筑《ちく》前屋」の重造も来た。謙《けん》一、礼三は修猷館中学生である。謙《けん》一は五年で、礼三は今年入ったばかりだ。秋人と重造が肩を組んでいるが、重造の青白い額《ひたい》には、小さいとき、秋人が石を投げて三針も縫わせた傷痕が、はっきりと三日月形に残っている。

「山笠《がさ》競争があるんじゃが、伸兄しゃんの中隊が勝つとよかなあ」

「ううん、勝つさ」

二人は話しながら行く。「大濠《ほり》の方に行ってみよう」と、友彦《ひこ》は、雑沓《ざっとう》をわけながら、先にたった。晴れわたった真夏の陽は暑い。

営所のなかで、太鼓《こ》の音が起った。出発準備《じゅんび》の一番太鼓《こ》である。三番太鼓《こ》で、まず第一中隊の山笠が出発する。樽《たる》がぐっと兵隊達の肩に高く持ちあげられ、わっしょわっしょと走りだす。五分ずつ間をおいて、太鼓《こ》の合図で、各中隊の山笠《がさ》は動きだす。営門から下の橋に出て、本町を通り抜《ぬ》け、大濠《ほり》を一周して帰る順路である。時間をはかって勝敗《はい》を定めるのである。炎《えん》天の町を山笠《がさ》がやって来る。兵隊たちは、山笠《がさ》をかついでいる者も、ついて走っている者も、汗に濡《ぬ》れ、まっ赤な顔になり、わっしょい、わっしょい、と掛け声を合わせながら、懸《けん》命に走る。町並の人たちは一軒毎に表にバケツを出していて、つぎつぎに疾《しっ》走して来る山笠《がさ》と兵隊とにむかって、水をぶっかける。兵隊たちはびしょ濡《ぬ》れである。大濠《ほり》へ曲る角に来ると、町の消防隊が手押ポンプを出して、正面から威勢よくじゅっじゅっと水をかける。

「なにくそ、わっしょい、なにくそ、わっしょい」

七中隊の山笠《がさ》は散乱《らん》する時ならぬ雨のなかを驀《ばく》進した。はじめ、担《かつ》ぎ棒にとりついて走っていた仲太郎は、大濠《ぼり》近くなると、疲労《ろう》のために、みんなと一緒《しょ》に走ることができなくなった。あまり走るのは得意でないうえに、二、三日前から、すこし腹をこわしていた。山笠《がさ》の後の一団のなかに交って、喘ぎ喘ぎつづいた。これも演習の一つである。落伍《ご》をすれば上等兵になれないと、歯《は》を食いしばってみるが、苦しさで眼のさきがくらみ、今にも倒れそうになる。小さな石に躓いても、ぱたりと倒れ、すこしずつ遅《おく》れた。息がきれそうになると、水をぶっかけられ、はっとして、すこし走ったが、また倒れた。わっしょ、わっしょと耳元を声と足音とが通った。それは自分の中隊ではなく、あとの山笠《がさ》が追いついたもののようである。しかし、自分の身体の疲労《ろう》を考えて、(もう、仕方はない)と泣く思いで、仲太郎があきらめかけていると、「馬鹿たれ」と、耳元ではげしい声がひびいた。はっと顔をあげるとすぐ眼の前に、父の顔があった。発条《ばね》ではじきあげられたように飛びあがると、唇を破れるように噛《か》んで走りだした。二度ほど倒れたが、山笠を一つ追い抜《ぬ》き、自分の中隊の神輿《こし》にやっと追いついた。抱きつくように、担《かつ》ぎ棒をにぎり、全身を声にして、ふりしぼるように「わっしょ、わっしょ」と叫んだ。

森博士は、友彦《ひこ》をなんとかして、ふたたび桜木製作所に出るようにと、努《ど》力するところがあったが、どちらも頑《がん》固なので、どうもうまくいかない。謙朴《けんぼく》も仕方がないので、友彦《ひこ》に向くような心あたりを探してみた。その時には、彼は、先方に、かならず、元寇と神風とに就《つ》いての感想《そう》をあらかじめ聞いてみることを忘《わす》れないのである。

夏になって、「高木屋」は、いつになく、慌しく客を迎え送りした。「愛宕《あたご》さん」にお詣りに来たといって、珍しく飯塚《づか》のワカの実家から、両親が揃ってひょっくり訪《おとず》れて来た。どちらも八十を越えているのにすこぶる元気で、これまでにもときどき来たことはあるが、一緒《しょ》につれだってのことは、長い間にも数えるほどしかない。二十年ほど前に、手伝いに来てくれていた末の妹のキヌが、もう三人の子持ちで、十二になる忠男という男の子をつれて、両親にしたがっていた。友彦《ひこ》は自分の父母は早く亡くなったので、ワカの両親を大切にした。ことにワカの人となりの由って来るところに、つねに思いをいたしているので、ワカの両親をふり仰いでみたい気持もあったのである。子供たちも、「お祖父《じい》ちゃん」「お祖母《ばあ》ちゃん」となつき、夏休みなどには、川の近い母親の実家に行くことを楽しみにしていた。足に毛の多い川蟹《がに》や、鮠《はや》や鮒《ふな》がたくさんとれるのである。

「伸太郎は元気にやっとるかや?」

八十四にもなって腰も曲らない頑《がん》丈な祖父は、節くれだった手を後にまわし、友彦《ひこ》の丹《たん》精した庭の立木や盆栽《ぼんさい》や畑を、監督《かんとく》するように見まわりながら訊く。

「はい、元気でやっとりますようです」縁《えん》側で祖母に茶を入れながら、ワカが答えた。

祖父は孫たちを楽しそうに眺めわたしながら、「みんな、だんだん、天子さまのお役に立つようになるのう。礼三も、秋人も、忠男も、もうじきじゃ」と、機嫌ななめでない。しかし、そのあとで、ふっと思いだしたように、「友二はどげな風な?」

「はい、あまり、まだはっきりしませんような風で、天草の方に居ります」

「そらいけんのう」と、いったが、にこにこと、「なに、若いけ、じき、しゃんとなる。キヌの婿《むこ》の忠助も、ほんに弱い奴《やつ》じゃったが、今は村の草角力でも誰にも負けん奴《やつ》になったが」

子供は子供同士で、庭中を飛びまわって遊んだ。

祖《そ》父母が帰ってから十日ほどして、友枝大尉《い》が、国子と、三つになる男の子をつれてやってきた。友枝は陸大に入っていたが、卒業後、命ぜられて熊《くま》本の連隊に中隊長として行くことになって、立ち寄《よ》ったということであった。友枝大尉《い》は眼鏡の下の眼がいっそう思慮《りょ》深くなっているように見えたが、柔和に笑って、「お父さんの友の字を貰《もら》って、私の勝義の頭の上につけ、この子を友勝と命名しました」と、笑っていった。

真夏になって、弟の久彦《ひこ》が久しぶりでやってきた。久彦《ひこ》は珍《めずら》しく背《せ》広姿であったが、これも子連れで、十五になる長男の久男と、十二の二男久吉とを伴《ともな》っていた。東京の家には、十七の長女美江と、六つの三男久太郎とが、妻と残っている。「高木屋」を訪《おとず》れて来る者がいずれも子連れなので、藤田謙朴《けんぼく》もいささか舌を巻いて、「まるで、芋《いも》の蔓のごと、あんたんとこの縁《えん》辺にゃ子供がでけるばって、なんか仕掛でもあるとじゃなかな」と、あきれたような羨《うらや》ましげな顔である。謙朴《けんぼく》のところには、欧《おう》洲大戦の記念のように、宣《せん》戦布告の日に謙《けん》一が生れたきりだからである。

恰度、夏休みで、友二を除いて、子供たちはみんな家にいた。久彦《ひこ》が一週間ほど滞《たい》在しているうちに、久彦《ひこ》の子供たちも、近所の子供たちとすぐ友達になった。久彦《ひこ》はなにか忙《いそが》しいらしく、二人の子供を残して、ほとんど留守《るす》で、夜遅《おそ》く帰ってくることが多かった。ところが、その間に、少年たちは椿事《ちん》をおこした。ある日、「蛇の目屋」の二階から、十二三本の拡《ひろ》げられた番傘《がさ》につかまって、少年たちが飛び降りたのである。いっせいに号令をかけて飛び出したのだが、裏庭に落ちて立つことのできた者は少数で、あとはみんな引っくりかえり、腰や足をたがわせたり、眼をまわしたりした。傘《かさ》は半分くらい破れてしまった。先導《どう》者は久彦《ひこ》の長男の久男で、礼三と秋人とがこれに加担《たん》し、「蛇の目屋」の息子の徳《とく》四郎を説き伏《ふ》せ、徳右衛《とくえ》門の眼を盗《ぬす》んで、やったことであった。番傘《がさ》といっしょに少年たちが投げ出されたあとは大騒《さわ》ぎである。びっくりした徳右衛《とくえ》門はもとより、近所から駆《か》けあつまって来て、それぞれ子供たちは森医《い》院や謙朴《けんぼく》のもとへ運びこまれた。その日は、友彦《ひこ》は久彦《ひこ》といっしょに出て留守《るす》であったので、腰と額《ひたい》とを打ってうんうん呻っている礼三を、ワカと鈴《すず》子とが謙朴《けんぼく》のところへかついで行った。腕白だけあって、うまく地上に立って安全であった秋人が、それでも跛をひきひき後から従った。

「んだ、どうしたま。なんちゅう、とっけむなことばする子供どもじゃろうかい。よう死人がでけんこっちゃったたい」謙朴《けんぼく》は紋《もん》附の上から襷《たすき》をかけ、息子の謙《けん》一と負傷者の手当てをしてやりながら、団栗眼を間断《だん》なくきょろつかせて、ぶつぶつと呟《つぶや》く。「礼しゃん、なんごと、そげな無茶するとな? こまか者《もん》が二階から飛びゃ、怪《け》我するこた知れとるじゃろうもん」

頭に繃《ほう》帯した礼三は、口を結んだまま、痛さを我慢《まん》している。なにもいわない。

秋人が、横から、「ううん、怪我《けが》は絶対《ぜつ》せんていいんしゃるけん、みんな飛んだとばい」

「誰がな？」

「東京の伯父さんとこの久男しゃんが」

「ふうん。また、なしてそげな馬鹿なことばいうじゃろか」

「僕はよう知らんけどな、久男しゃんがみんなに話ばしてくれた。外国には、落下傘《さん》部隊ちゅうもんがあって、何百尺ちゅう高い空の上の飛行機から飛びだしても、誰も怪我《け》せんて。傘《かさ》にぶら下って降りるんじゃけん、痛いこともなんともないて、それで、『蛇の目屋』の傘《かさ》でやってみようちゅうて、みんなで……」

「そげんこっちゃったとかい。阿呆《あほう》らしか」と、謙朴《けんぼく》もあきれたり笑ったりした。

夕刻ちかく帰って来た友彦《ひこ》と久彦《ひこ》とは、ワカの報告をきいて、腹をかかえて笑いだした。しかし、笑ってばかりも居られないので、「蛇の目屋」をはじめ、被《ひ》害者の出た家に詫びにまわった。「蛇の目屋」の傘《かさ》は弁償《べんしょう》することにした。

夕餉の膳《ぜん》のまわりにいた久男も、久吉も、礼三も、あちこち、すこしずつ怪《け》我をして繃《ほう》帯をしている。久男と久吉は森医院の方に運ばれたとみえる。

「名誉《よ》の負傷かい」と久彦《ひこ》が笑うと、秋人が「叔父さん、傷痍《い》軍人じゃね」といったので、みんな笑った。久彦《ひこ》は息子が事件の張本人だということを知ってはいたが、すこしも怒る様子はなかった。そして、盃《さかずき》の酒を口にふくみながら、久彦《ひこ》をふりかえり、「兄さん、これからの戦争は飛行機になりますね」と感慨《がい》にあふれた面持でいった。

その夜、みんなが寝てしまってからも、月のよい縁《えん》側に出て、浴衣姿の兄弟は団扇《うちわ》で蚊《か》を追いながら、話をしていた。麦酒が三本ほど抜《ぬ》いてある。

「兄さん、いつか話したことが、だんだん実際《さい》になって来ましたよ、支那はますます、日本を馬鹿にする。ことに、張学良になってから、満洲の状態《じょうたい》はお話になりません。この六月に、洮安西方で、わが陸軍の中村震太郎大尉《い》が支那の官兵に虐殺《ぎゃくさつ》されたが、支那側はわが抗《こう》議に対して剣もほろろで、相手にならん。中村大尉《い》も、案《あん》内役であった井杉騎兵曹《そう》長も、ちゃんと立派な護《ご》照を所持していたんです。交渉《しょう》を重ねると、しまいには、そんなことは日本の捏造だなどという。そのうちに、七月には長春の北の万宝山で、支那の巡警《じゅんけい》や農民が、わが開拓《たく》民を包囲して射《しゃ》撃した。おまけに、わが駐箚《ちゅうさつ》師団が野外演習をしとると、支那に対する威嚇《かく》だなどと、難癖《くせ》をつける。日貨排斥《かはいせき》をやる。言語道断《だん》で、もう、排《はい》日侮《ぶ》日事件でも五百件になんなんとしとるんですが、碌《ろく》に解決しとる事件がない始末です」

友彦《ひこ》も心外に堪《た》えぬので、「はがいたらしいことじゃのう。これも軍縮《しゅく》のおかげかい?」

「日本の駐《ちゅう》満部隊は支那軍の十分の一にも足らんでしょう。張学良は手兵ともいうべき十一万の兵力を、北平、天津附近に持って居るし、奉天軍の主力といえば、まず、正規《き》軍二十五万というところでしょうな。これを、奉天省、吉林省、黒龍《りゅう》江省、熱河省と各方面に配っているんです。張学良の奴《やつ》、日本の微《び》々たる演習兵などは恐れるに足らんなんて、放言しています」

「馬鹿たれ奴《め》が」と、友彦《ひこ》はそこに張学良が居るように、肩を張って呟《つぶや》いた。

「まあ、ええでしょう」と、久彦《ひこ》は月をあおいで、気持よさそうに、団扇で風を懐《ふところ》に入れた。

数日の後、背広姿《せ》の久彦《ひこ》は飄然《ひょうぜん》とトランクを下げて居なくなった。久男と久吉とを残し、家内が迎えに来るまで頼《たの》むといい置いて去った。それから、出発の時、熱心に、礼三と秋人は幼年学校に入れたらよいだろうと、兄にいった。夏休み中、子供たちは博多湾《わん》に浸《ひた》ったり、平尾山や、鴻《こう》ノ巣《す》山に登ったりして遊んだ。伸太郎の演習を見に、城内練兵場にも行った。伸太郎もときどき外出で帰って来た。夏休みが終りに近づいた頃、東京から久彦《ひこ》夫人が来て、すすめられるまま、三日ほど滞《たい》在し、久男と久吉とを伴《ともな》って帰っていった。落下傘《さん》部隊長であった久男は、まだ額《ひたい》口に繃《ほう》帯をしていた。


それから、間もなく、「高木さん、満洲の柳《りゅう》条溝《こう》ちゅうところで、支那軍が鉄道を爆《ばく》破したちゅうが、いったい、どげんしたとじゃろうかなあ」新聞を持ってやって来た謙朴《けんぼく》が不審《しん》そうにいうのを聞いて、友彦《ひこ》はとうとう始まったと思っただけである。

九月十八日、我が独立守備《び》隊第三中隊は、奉天北方虎石台方面で、夜間の警備《けいび》演習を行った。河本中尉《い》以下六名の斥《せっ》候は、線路警備《けいび》の教練をやりながら、柳《りゅう》条溝《こう》を過ぎて、奉天工業区附近に進もうとしたとき、線路上にはげしい爆《ばく》音を聞いた。ただちに引きかえした河本中尉《い》以下の兵隊は、線路を破壊《かい》して逃げんとする支那兵を射《しゃ》撃し、一名は中隊本部へ報告に走った。中隊から大隊へ変は告げられた。大隊は非常呼集を行い、ただちに行動をおこし、その夜、抵抗《ていこう》する支那兵を撃破して、十九日、午後一時二十五分、北大営を占領するにいたった。かくして、満洲事変の火蓋《ぶた》は切られたのである。

九月十九日、午前三時、奉天城占領。午後二時には東大営占領。同日午前四時四十分、寛城子、正午にいたるまでに、南嶺《れい》確保、早朝には、営口の海港軍営占領。二十日、昌図占領。二十一日、多門師団長は混《こん》成約一旅団をもって吉林城に入り、吉林軍の武装解除。林朝鮮《せん》軍司令官は独断《だん》をもって、混《こん》成約一旅団を奉天に向わしめた。

謙朴《げんぼく》は毎日のごとく杉垣のかなたにあらわれて、「日本軍の進撃は、どうした早かことな? 羽が生えて、飛びよるごたる」などといった。

「ほんとに、足に羽が生えとるとかも知れんな」と、応待しながら、友彦《ひこ》はなにか胸にこみあげて来るものを、どうしても押えることができない。彼の眼には、戦線のどこかにいる弟久彦《ひこ》の姿がありありと見えた。肩幅の張った胸に垂《た》れた金色の参謀肩章《しょう》が、幻覚《げんかく》のなかにも眩《まぶ》しい。戦況の報道には、高木久彦《ひこ》の名はどこにもあらわれないが、弟がどこかにいることを、友彦《ひこ》は知っていた。弟がいつも不敵な表情をたたえていっていた言葉が、腹の底にこたえる思いで顧《かえり》みられた。(今にわかるときが来る)大阪城の時以来、弟は歯《は》を噛《か》み鳴らすようにして、つねにその言葉をくりかえしていた。弟のいった通り、そのわかる時が来たのだと思った。満洲の戦野から、弟がこちらに向かってほくそ笑んで、自分に笑いかけているような夢《ゆめ》を友彦《ひこ》はときどき見て、朝になると、子供のようにはしゃぎながら、ワカや子供たちを摑《つか》まえて、ときには謙朴《けんぼく》の家までわざわざ出かけて、「昨夜な、弟の久彦《ひこ》がな」と夢《ゆめ》の話をした。

「奉天の城門にな、どんどん兜虫《かぶと》のようにたくさん戦車が押し寄《よ》せていってな、とうとう、門を押しこかしてしもうた。わしが日露戦争のときに入院しとった病院に、張学良が居ってな、びっくりしてポコペン、ポコペン、ちゅうて眼をまわした。蜻蛉《とんぼ》のごと、飛行機が飛んでゆく。電信隊や、装甲自動車や、そのほかの機械化部隊がな、旅順から吉林まで一直線につづいてな」と友彦《ひこ》の話はだんだん脱線をする。

「伸しゃんも出征するとじゃなかかな」と謙朴《けんぼく》が訊く。

「さあ、事が大きゅうなりゃ出るかも知れんですな」

「馬占山ちゅうのが反抗《こう》しよるげなけん、事は簡単《かんたん》にゃ片づかんばい」

ワカは筥崎八幡《まん》宮に日参をして、お国の勝利と、兵隊の武運長久とを祈った。秋人も母について行って、かえって来ると、「お父はん、お宮の戦争石が、また、だんだん頭を出したばい」という。

「そげなことがあるもんか」

「それでも、出ちょるけん仕様んなか」

筥崎宮の境内に、朱塗《しゅぬ》りの柵《さく》にかこまれて、一個の石がある。なんでもない平凡《ぼん》な石であるが、立て札には、「湧出石、伝説ニ云フ、国家有事ノ際ニハ地上ニ湧出、平穏無事ノ時ニハ姿ヲ隠ス」と書いてある。元寇の時をはじめ、日清《しん》、日露、欧《おう》洲大戦などの戦争には、かならずこの石が頭をもたげたということである。最近は地中に隠《かく》れていたのであるが、また、満洲事変で、地上に現れて来たものらしい。友彦《ひこ》は秋人につれられて見に行ったが、秋人は、「あら、昨日見たときよりももっとたくさん出ちょる」と頓《とん》狂な声をあげた。

友彦《ひこ》は古さびた荘《そう》重な山門を見あげて、「敵国降伏」の勅額《がく》に頭を下げた。

山びこ

部隊は山峡《きょう》の道を蜿蜒《えんえん》と続いて行った。

ふさふさと実った稲田に、風が黄金の波を立てる。赤い柿が点々と象牙《ぞうげ》の玉のように光る。坂にかかって来ると、清《せい》流が道をはさんだり、遠ざかったりしていたが、いつか姿を消し、行く手には紅葉の壁が立ちふさがった。切りたった媚茶色の岩肌《はだ》に、紅葉がいっぱいに鏤《ちりば》められ、全山燃《も》えるがごとくである。せせらぎの音が耳にはいるが、どこにも水の姿は見えず、地中を流れているもののようである。密《みっ》生した杉林が、まぶしいほど深い秋の青空をつきさすように、亭《てい》々として聳《そび》えている。谷の奥で、小鳥が啼《な》く。

「ありゃ、鶯《うぐいす》とちがうかい」

真後《まうしろ》の竹下一等卒がそういった。背嚢《はいのう》に胸をしめつけられて、喘《あえ》ぎながら歩いていた伸太郎は、自分にいったように思ったので、「そうかも知れません」と、苦しそうに答えた。

「なんごと、いいよるかい。秋に鶯《うぐいす》が鳴きばしするか」

そういったのは、すこし前の方を歩いていた分隊長の後藤上等兵である。

「秋ちゅうたって、鳴く鶯《うぐいす》があるくさ。深山鶯《うぐいす》ちゅうのは、秋でも鳴くんじゃ。お前、なあも知らんな」仲太郎の前にいた森川という二年兵がいった。

また、黙《だま》って歩いた。実はもうみんなものをいうのも大儀なのである。路が狭《せば》まって来ると、兵隊たちの軍靴のひびきが、岸壁につきあたり、紅葉の谷から谷へ谺《こだま》して、向うの森林の道をも、別の部隊が通っているように錯覚《さっかく》された。

「高木、きつかか?」と、竹下がうしろから訊く。

「いいえ」と、仲太郎は首にまいた手拭《ぬぐ》いで汗をぬぐった。

「頑張《がん》れよ。日出生《ひじゅう》台の落伍《ご》坂にくらべりゃ、こんくらいの山道や、坂のうちにゃ入らんど。もう、じき、絶《ぜっ》頂じゃ」

「大丈夫であります」

軽機関銃をかついでいた仲太郎は、隣りの加島二等卒にわたした。水筒の水を一口のんだ。肩をたたいて動かしてみると、ぐきぐきと鳴った。背嚢《はいのう》をはねあげた。

登るにしたがって道が細くなるので、はじめ四列側面縦隊であった部隊の列は、三列になり、二列になり、しまいには一列になった。したがって、途方もない長い列になり、曲折《せつ》したいくつもの断《だん》崖の道を、何段にもなって兵隊が過ぎ、先登は仰ぎみるようなはるか高いところの紅葉の路を進んでいるのであった。紅葉のなかを縫ってゆく兵隊の列は美しい。見あげる断《だん》崖の列の美しさに、背嚢《はいのう》の負革をにぎって、やや前かがみに歩きながら、伸太郎は奇《き》妙な感慨《がい》にとらわれていた。美しいのがおかしいのだ。もう長途の強行軍で、だれもへとへとに疲れている筈《はず》である。初年兵だけではなく、二年兵も、みんな汗が軍衣の上まで滲み出ている。顔は赤く充《じゅう》血して汗にぬれ、足どりもほとんど引きずらんばかりだといってよい。伸太郎は踵や蹠《あしうら》に豆をふみだし、一歩一歩が針の上を踏《ふ》むように感じられる。小さな石ころにでもすぐ躓《つまず》いて倒れそうになる。それは自分だけではなく、全部なのだ。行軍には自信のあるという後藤上等兵や、竹下一等卒までが、ほとんど怒ったように口を利《き》かず、肩が痛いらしく、たびたび銃を右左に担ぎかえる。こうして、一人一人が労《ろう》苦にみたされながら歩いているのに、全体の列はいかにも美しいのだ。伸太郎は断《だん》崖のみごとな隊列を見あげながら、あらたな勇気と力とが身内に湧いて来るのを覚《おぼ》えた。

「小休止」

前方から逓《てい》伝して来た。兵隊たちはそのまま道のうえに腰を下した。

夕暮ちかくになって、部隊は琴《こと》茶屋の前を過ぎ、重々しく海松藍《みるあい》いろの古さびた銅の鳥居をくぐった。馬場の石段に軍靴が鳴った。疲れているのでつるつると辷《すべ》った。休憩《けい》の号令で、坂になった石段の両脇《わき》にくずれるように坐《すわ》った。背嚢《はいのう》から引きたおされるように、後にひっくりかえる兵隊もある。

「こげんしちょると、気持のよか。高木もやってみれ」あおむいたまま、煙草をふかしながら、竹下一等卒がいう。

「はあ」と、伸太郎も後むきになって、背嚢《はいのう》にもたれてみた。枝ばかりの桜の並木ごしに、にわかに、真紅に燃《も》えひろがっている夕焼け空が頭上にひらけた。こまかい鱗《うろこ》雲が積みかさねられ、空全体がかすかに移動しているようである。両側の旅館や土産物屋などから、町の人たちが出て来た。

「兵隊さんお出でなさい」「御苦労《ろう》さん」「おひどござしたろう」「お茶どうですか」などと、口々にいった。このあたりは嘗《かつ》ては彦《ひこ》山三千坊《ぼう》として栄えた山伏《ぶし》の宿坊《ぼう》のあったところである。しかし、今は昔日の繁《はん》栄はまったくなく、僅《わず》かにその坊《ぼう》の跡《あと》が若干のこっているだけで、宿屋の朱塗《しゆぬ》りの欄《らん》干の彫《ちよう》刻などに、それらしい面影がとどめられているに過ぎない。山伏《ぶし》の数も減り、ふだんは半農半商でいて、ときどき札をもって地方の檀《だん》那まわりをしているという。

「今夜はお泊りですか」と宿屋の娘らしい若い女が訊く。

「うん、山泊りじゃ」

「うちにお泊りなさいや。風呂《ろ》が熱う沸かしてありますけ」

「障《しよう》子もこのごろ張りかえたのとちがうかい」

「はい、張りかえました」

「『状《じよう》袋』はあるかい」

「状《じよう》袋も、便箋《せん》もあります」

兵隊たちは疲れているのに、思い思いに、町の人たちとそんな無駄《だ》ばなしをしている。

「背嚢《はいのう》を下せ、銃を組め」

第三小隊長の林少尉《い》が馬場の上段の方から怒鳴って来た。兵隊たちは背嚢《はいのう》をはずし、叉《さ》銃をした。

「いよいよ、宿泊じゃぞ」

兵隊たちは顔見あわせてにこにこした。どの宿屋にしようかなどと、もう物色している者もある。

「集合」

道路まで降りて堵《と》列した。狭《せま》いので肩を接《せっ》しあうようにして並んだ。中隊が入れかわるときに、伸《しん》太郎は列のなかに桜木常吉の顔を見つけた。常吉は機関銃中隊である。

「桜木、元気か」

「うん、お前も元気か。顎《あご》が出とるぞ」

すれちがいざま、両方から笑って声をかけあった。

中隊毎に整列が終ると、大隊長に敬礼が行われた。中隊長が人員報告をした。小柄《がら》な大隊長柴《しば》山少佐は、紅葉にまみれた石崖《がけ》の上にあがって、隊列を眺めまわしていたが、よく透《とお》る声で、

「みんな、よく頑《がん》張った。相当の強行軍であったのに、一人の落伍《ご》者もなかった。大隊長は満足である。日ごろの訓《くん》練が立派《ぱ》にものをゆうた。もう、どんなお役にも立つことがわかった。

お前たちも知っとる通り、いま、満洲の曠野《こう》では、多くの戦友が、日夜を分たず奮《ふん》戦をしておる。われわれもいつ出動しなくてはならんかも知れん。満洲の戦友に負けんごとせにゃいかん。一瞬《しゅん》の偸安《とうあん》もゆるされんのである。……これよりただちに夕食を終り、夜間演習を実施《し》する。細部は各中隊長の指示を受けよ。終り」

小隊毎に、兵隊たちはそれぞれ谷に入って、飯盒炊爨《すいさん》をはじめた。樅《もみ》、山毛欅《ぶな》、赤松、栂、杉などが密《みっ》生し、紅葉が夕映えのなかにひときわ明るかったが、やがてそれも薄《うす》れていった。

伸太郎は飯盒をぶら下げて、谷川に降り、米をといだ。

「おい、高木、水は、これくらいで、ええじゃろか」

横で同じように米を洗っていた島田である。島田は手が大きいので飯盒にさしこむといっぱいになり、不自由そうな緩慢《かんまん》な動作で、指さきで水と米をかきまぜている。伸太郎の肩章《しょう》には星が二つあるが、島田のには一つしかない。

「も少し、水を減らした方がよかろう」

伸太郎が島田の飯盒の水の分量《りょう》を見てやってから、また、自分の米をといでいると「わ、あら何じゃ」と、島田が頓《とん》狂な声をだした。図体に似あわず胆《きも》が小さいのである。島田の指さす方を見ると、三十米ほど離《はな》れた川むこうの一本の杉の幹を、異《い》様な一匹の獣がするすると登ってゆくのが見えた。灰褐《かっ》色で、栗鼠のようでもあり、狸《たぬき》か山猫のようにも思われたが、薄《うす》くらいのでよくわからない。見ていると、幹を伝わって頂上ちかく登ったその動物は、なにかを狙うようにちょっと姿勢をちぢめたが、いきなりひらりと飛び降りた。すると、それはあたかも一枚の座布団を投げたかのように、四角な恰好にひろがり、尾をひいて滑走しながら、ずっと先の一本の杉の根元に降りた。ふたたび、獣は杉の幹をよじ登りはじめた。鼯鼠《むささび》であった。鼯鼠《むささび》は登りきると、また飛膜《まく》のある両股《また》をひろげて平べたくなり、次の杉の根にむかって滑走して行った。こうやって、つぎつぎに樹に移って行くのであろう。

「あら、何か」と、島田はまだ気味わるそうである。

「鼯鼠《むささび》だい」

「奇《き》妙なもんじゃなあ。鳥かい？　獣《けだもの》かい？」

鼯鼠《むささび》が滑走路飛行をしながら、だんだん遠くなって行くのをしばらく二人は見ていた。すると、米をとぎ終って、ぼんやりしていた島田が、なにか思いついた顔で、伸太郎の方をむいた。

「高木」

「なんな」

「俺《おれ》はな、つくづく情《なさけ》ないとじゃが」

「なにが」

「いやな、なんでもないけどな、俺《おれ》や、なして、こげん詰《つま》らんじゃろかと思うてな」

「なんごと、いいよるかい。詰《つま》らんことなんて、ありゃせんじゃなかか」

「お前はそげんいうけんどな」島田はちょっと黙《だま》って、大きな掌《てのひら》に流れの水をすくったが、

「田舎のお袋がな、俺《おれ》が上等兵になるごとちゅうて、氏神様に願かけしとるげなたい。それに、俺《おれ》や、上等兵どころか、一等卒にもなりきらんか知れん。みんなが俺《おれ》を馬鹿にしちょる。というたところで、なんぼ気張ってみても、もの憶えは悪いし、身体は思うこと動かんし、……」

「なんば、いいよるか。お前ほど強か者《もん》な、中隊中にも居りはせんじゃなかか、中隊だけじゃのうて、大隊でも居らん。今度の行軍でもあれだけ歩いたとに、知らん顔しとる者《もん》な、お前だけじゃが。ひょっとしたら、お前は連隊一かも知れんばい。俺《おれ》のごと、行軍に弱い者《もん》な、羨《うらや》しゅうてならんとじゃ。お前を馬鹿にするなんて、そげんことのあるもんか」

「そうかな。そうゆうてくれるのはお前だけじゃ」島田の眼にきらきら光るものがあった。

「つまらん心配すんな。早よ飯炊《た》かにゃ、遅《おく》れてしまうが」仲太郎は、図体の大きな島田を引きたてるようにした。

森林のなかに、あちこち炊爨《すいさん》の火と煙とが見えた。暮れゆく紅葉の谷々に、青い煙がのぼった。仲太郎は戦友たちの急製の竈《かまど》のところに行って、飯盒をかけた。森林の奥で、ときどき、けたたましく鳴く鳥があった。

「高木一等卒は居らんか」熊笹《くまざさ》の藪《やぶ》をわけて、小隊長の林少尉《い》が出て来た。返事をすると、

「ちょっと、俺《おれ》といっしょに来い」といった。仲太郎は飯《めし》を島田にたのんでおいて、小隊長の後につづいた。

いったん馬場に出てから、彦《ひこ》山ガラガラや、絵《え》葉書や、白木の登山杖などを売っている土産物屋で聞いて、英彦山神社の宮司の宅をたずねて行った。昔風な藁屋根の家で、すぐわかった。林少尉《い》が玄《げん》関から案《あん》内を乞《こ》うと、奥さんらしい気品のある婦人が出て来た。主人にお目にかかりたい旨を告げると、夫人は引っこんで、入れかわりに、紫袴《はかま》をはいた長身の宮司があらわれた。

気さくな人のようである。

「なにごとですか」

林少尉《い》は敬礼をした。

「早速でありますが、大隊長の命を受けて、御諒《りょう》解を得にまいりました。自分は林少尉《い》であります。自分たちは福岡連隊の兵隊でありますが、今回、大隊単《たん》位にて、山岳密《がくみつ》林演習を行うことになりまして、自分の属《ぞく》しております柴《しば》山大隊は、当英彦山において実施《し》命令を受けたのであります。兵隊はただ今到《とう》着したばかりであります。今夜は密《みつ》林内の攻撃防禦《ぎょ》演習、明日はこれに引つづき払暁《ぎょう》の遭遇《そうぐう》戦をいたしまして、終る予《よ》定になっております。この地は神域《いき》でありますので、宮司殿のお許しを得たく、参上いたしたわけであります」

伝令として従っていた仲太郎は、淀《よど》みのない小隊長の明確な言葉を聞きながら、その子供のようにあどけない顔を見ずには居れなかった。林少尉《い》は士官学校を出、さきごろ見習士官から少尉《い》に任官したばかりだった。

「よくわかりました」端坐《ざ》して、膝《ひざ》の上に両手をおいた宮司は、「どうぞ、存分にお山をお使い下さい。お山が兵隊さんのお役に立てば本望です。この山も、実はこのごろハイキングというようなことが流行しまして、すこし困って居ることがあるのです。山に来てキャンプを張る、あれですが。それはええのですが、なかには無断《だん》で勝手なことばかりする者があるのです。まるで公徳《とく》心もなにも無うて、騒《さわ》ぎまわる、散らかす、飯をたくのに、焚《た》きものをとる、こともあろうに桐囲《きりがこい》の板をはぐ。ピッケルなんちゅうものを持って来て、神木や神殿をけずる。おまけに、火の始末をせんと来ています。昔の山伏《ぶし》の修業は立派《ぱ》で、跡《あと》を見せんということを誇って居ったもんですが、……いや、これは、あなたがたに申しあげることではありませんでした。兵隊さんなら、安心です」

なお細部の打合せをすまし、「では、どうぞ」と林少尉《い》は敬礼をし、伸太郎を促《うなが》して、暗くなった外に出た。すると、「もしもし」とうしろで呼ぶ声がした。振りかえると、玄関《げん》の電灯の下に、宮司とならんで一人の老人が立っていた。陣羽織のような紫色のちゃんちゃんこを着ているが、口も眼もわからないほど、顔中深い皺《しわ》につつまれ、ちょん髷《まげ》を結んでいる。林少尉《い》は玄関《げん》に入った。

「卒爾《じ》にものを伺いますがな」嗄れてはいるが、声は思いのほかに元気である。「わしは宮司さんとは古い友達で、遊びに来ちょる者《もん》じゃが、いま、奥で聞いちょったら、あんたがたは福岡から来たちいいよったようにあったが、福岡の鎮《ちん》台さんかん？」

「はい、福岡連隊であります」

「そんなら、ちょっと聞くが、高木伸《しん》太郎ちゅう鎮《ちん》台は居らんじゃろうか？」

外にいた伸《しん》太郎は自分の名のいわれるのを聞いて、玄《げん》関にはいった。

「自分が高木でありますが」そういった後、ちょん髷《まげ》の老翁《おう》を見て、それが是《これ》石平右衛《え》門老人であることを知った。

「ほう」と平右衛門は大げさにおどろいて、「立派な鎮《ちん》台さんになったのう。道で会うたっちゃ、わからんで。今日はええ工合に会えたもんじゃ。わしは鎮《ちん》台さんに会うたんびに、あんたのこと聞いちみよった。あんたにゃ、大正十一年の丙寅会のときから会わんけんど、お父はんからあんたの入営を聞いちょったもんじゃけ。……あんたのお祖母《ばあ》が、大の鎮《ちん》台好きじゃったが」

宮司の宅を辞《じ》し、馬場を降りて来ると、石段の上が白くまばらに明るかった。月がななめに桜並木の間からさしているのであった。

「いまの御老人はお前の知り合いかね」ならんで歩きながら、小隊長が訊いた。

「はあ、高木の祖《そ》父の戦友であります」

「お祖父さんの戦友？」

「はい、明治維《い》新のころの、慶《けい》応の戦争のときに、高木の祖《そ》父が奇《き》兵隊にはいって居ったことがあります。そのときに、いまの是《これ》石さんも兵隊でありました」

「ほう、古い話だなあ。すると、是石《これ》さんという人はずいぶん年のわけだな」

「もう九十にちかいのじゃなかでしょうか。詳しいことは忘《わす》れました。死ぬまでちょん髷は切らんていうちよります」

細い谷をくだりながら、「それにしても、宮司さんから、うまく釘をさされたな」

「は？」と、伸太郎は意味がわからない。

「ほかの登山者の不始末にかこつけて、俺《おれ》たちにも山を荒さんようにして欲しいと、宮司さんはいったのだよ。兵隊によく注意しておかねばなるまい」

小隊の位置にかえってくると、林少尉《い》は、

「高木、俺《おれ》が大隊長殿と、うちの中隊長殿とへ報告に行って来るから、お前、五、六中隊と、機関銃隊の隊長殿のところへ行ってな、いまの宮司さんの注意を、よく伝えて来てくれ」

「復唱、第五、第六、ならびに機関銃の中隊長殿へ、山を荒さぬように兵隊によく注意ありたしと、伝えて参ります」

「よし。一人でよいか」

「よくあります」

伸太郎は月光のあかるい道を、途中で出あう兵隊や山の人たちに、さがしてゆく部隊の位置を聞きながら行った。ところどころ、思いがけぬ杉林のなかや、曲り角で、歩哨《しょう》に誰何された。

「伝令」と叫んで通った。第五、第六中隊の位置はすぐわかったが、機関銃隊の場所がなかなかわからなかった。谷間をいくつも越え、流れをわたった。十二夜ほどのあかるい月光のなかに、山全体が海底のような青さである。かすかな風にそよぐ森林が海草のように思われた。岩にあたってくだける潺湲《せせらぎ》のながれが月光に銀の飛沫《まつ》を散らしている。けたたましく小鳥が啼《な》く。遠く梟の声もする。教えられたとおりに行くとだんだん人に会わなくなって、仲太郎は首をひねりはじめた。気がつくとなんの物音もなく、密《みつ》林のなかには深い静寂がただよっている。聞えるものは落葉を踏《ふ》む自分の軍靴の音だけである。森が深いので、いっぱいにさす月は、頭上で森林の蓋《ふた》によって遮断《しやだん》され、青い糸のように数条の月光がさしているきりだ。仲太郎は心細くなって来ると同時に、不安の念にかられはじめた。こんな離《はな》れた先にいる筈《はず》はない。路をまちがったと気づいた。急に狼狽《ろうばい》した気持になって、くるりと廻れ右をすると、歩度をはやめて、もときた道を引っかえした。夜目にもいちじるしい紅葉の路を走るようにして行った。流れをわたり、森林をくぐった。しかし、その道がさっき通って来た道とはどうもちがうように思えるのである。仲太郎はうろたえた気持になり、胸がどきどきしはじめた。どこで迷ったものかわからない。空を見あげて、月で見当をさだめてみようとした。同じところを何度も行ったり来たりしてみた。「おうい」と、どなってみた。「おうい」と答えるものがあった。仲太郎は耳をすました。あとはしいんとしている。もう一度呼んでみた。また、同じ声が答えた。口に輪をつくって「おうい、機関銃中隊」と、声をかぎりに叫んだ。森林の奥の方から、くぐもった声で、「おうい、機関銃中隊」と山びこが答えた。

冷えて来た山気に、口から吐く息が白く出て消える。伸太郎《しん》は情なくなって来た。自分の迂《う》闊《かつ》さに腹が立った。懐《かい》中時計を出してみた。七時をすこしまわっている。路に迷って、相当の時間、森林のなかをうろつきまわったようである。鳴いていた虫が伸太郎の足音がちかづくと啼きやみ、過ぎるとまた後で鳴いた。うろたえて右往左往する伸太郎の頭に、父の顔が浮かんだ。「馬鹿たれ」という声が耳のそばで聞えた。伸太郎は歯《は》をくいしばって、森林のなかにつっ立った。ふいに足もとから羽ばたきを立てて飛びあがったものがあった。夜目にも赤い色がわかった。鋭い鳥の啼《な》き声と羽の音とが消えると、森林がにわかにざわめきはじめた。風が出て来たのであろう。風のせいか、いままで聞えなかった流れの音が、かすかに聞えたように思った。耳をすましたが、聞きとろうとすると、木立のそよぎにまぎれてしまうのである。伸太郎は月光のいっぱい照っている紅葉の路に来て、不動の姿勢になった。東方に方角をさだめ、気合をこめて捧げ銃をした。それから、深く胸いっぱいに息を吸いこんで、山にむかって叫び立てた。

「陸軍歩兵一等卒、高木伸太郎の馬鹿たれ」

みなまでいい終らぬうちに、同じ言葉がかえって来た。それを聞くと、伸太郎はふしぎな落ちつきを感じて、ふっと微《び》笑がわいた。

流れの音をたよりに、紅葉に彩られた断崖《だんがい》の路を行った。軍靴のひびきだけが、しんとして夜気のなかへ消えてゆく。豆のできた足の痛さなどとっくに忘れているのである。ぐるぐる歩いていると、「誰か」と、巨大《きょ》な杉の木立のかげから、一人の兵隊が銃剣を擬《ぎ》して、とびだして来た。剣がきらっと光った。

「伝令」と、ほっとして答えた。

「高木じゃなかか」と、その歩哨《しょう》は頓《とん》狂な声をだした。

「香山か」と仲太郎も月あかりでわかった。顔見知りの第六中隊の兵隊である。

「お前」と、香山一等卒はふしぎそうに、「こげんとこにどうして居るとか？　ここは、小哨《しょう》陣地の監視哨《かんししょう》じゃが」

（もう、演習がはじまっている）そう気づくと、落ちついていた仲太郎の胸はふたたび騒《さわ》ぎはじめた。

「お前、なんの伝令かい？」と、香山はまた訊く。

「機関銃隊に連絡《れんらく》に行くとじゃがな。お前、位置を知らんかい？」

「村田中隊かい？　村田中隊は、この下の谷に居るが」と、指さしたが、「なんの伝令じゃ？」

「小隊長殿の命令で、山を荒すなということを伝えに行く」

そんなことかというように、香山は拍子《ひょう》抜《ぬ》けの顔をした。

「お前、そげんことより、早よ中隊に追っつかにゃ、演習の間にもなにも合わんど。七中隊は、南岳《がく》を攻撃するちゅうて、もうだいぶん前にこっちの道を出発した。お前、この演習にへまやったら、上等兵にゃなれんのじゃろうもん。今から走りゃ追っつく。白布で標識《ひょうしき》がしてある筈《はず》じゃ。行け行け」

仲太郎ははげしい昏《こん》迷におちいった。

「なんごと、愚《ぐ》図愚《ぐ》図しとるかい。早よ、行かんかい」

香山一等卒は仲太郎の躊躇《ちゅうちょ》しているのがいかにもはがゆそうである。彼もまた上等兵候補で、今度の演習でへまをやってはならないと必死になっている一人である。そして、仲太郎がただちに部隊に追いついて演習に加わることは、自明の理と信じているのだ。押しやられるようにして、仲太郎は部隊の行ったという坂道に出た。細い路が月光に川のように浮いている。香山のいったとおり、道しるべに、白い布片をつけた竹がところどころに立ててあった。しかし、仲太郎の足はだんだん重くなり、とうとう、森林の曲り角に来て立ちどまった。仲太郎の顔に苦渋《じゅう》のいろが浮かんでいた。ぎゅっと唇を嚙《か》んだ。森林のずっと奥で、さびしげに梟が啼《な》いている。この山のどこかに、多くの兵隊たちがいる筈なのに、どこにもそんな気配はなく、山は月の下にただ青く、森閑《かん》と静まりかえっている。するとはるかの頭上で一発の銃声が聞えた。仲太郎は顔をあげた。そうして、くるりと廻れ右をすると、いま登って来た路を引っかえした。林を抜《ぬ》けて、また香山一等卒のいるところへ出た。

「誰か」と誰何して飛びだした香山は、それが仲太郎なので、不思議そうに、「どうしたんじゃ。路がわからんとか」

「うん、路はわかったが、……機関銃隊はこの下に居るちゅたな」

「機関銃はこの下の谷じゃが」

「ありがと」

仲太郎が行きかけると、香山はあわてて遮るようにして、「やっぱり、山を荒すな、なんてそげん詰《つま》らんことばいいに行くとか？」

「うん」

「そげんこた、どうでもええじゃなかか。今度の演習で、上等兵になれるかなれんかが、きまるとぞ。せっかく、お前……」

「うん、わかっとる。ありがと」

仲太郎は香山をのこして、すこし行ったところから降りになっている路を下りた。急な坂で、石ころが軍靴の下からいくつも転がり落ちた。仲太郎の心はすでに晴れていた。いったんははげしい昏《こん》迷に陥《おちい》ったが、いまは心もさだまった。山を荒すなということを伝えに行くことは、自分に命ぜられた任務である。絶《ぜっ》対に任務は遂行しなくてはならない。演習に遅《おく》れることはいかにも残念で、そのために自分の成績が下るかも知れんが、そして、上等兵にはなれなくなるかも知れんが、だからといって任務の遂行をおろそかにすることはできん。そう思いながら、また、仲太郎は、外にはなにも考えることがないかのように、ただ上等兵になりたいと一途に思いつめていたことが、なにかあさましいと反省する心があった。

潺湲《せせらぎ》の音が足の底から聞えて来て、森のなかに部隊のいる気配がわかった。坂を降りきって近づくと、兵隊たちが屯《たむろ》していた。聞いてみると機関銃隊に相違なかった。すると、その話し声に気づいたとみえて、「高木じゃないか」といって、桜木常吉が近づいて来た。

「うん」

「今ごろ、どうしたんだい」

「伝令じゃ。隊長殿は居られるか」

「隊長殿は」と、常吉はちょっと考えるようにした。「さっき、陣地偵察《ていさつ》に行かれた。なにか用かね。俺《おれ》が聞いといて、伝えてやってもよい」

「ありがとう。俺《おれ》がお会いして伝える。どっちに行かれた」

「さあ、この上と思ったが」

伸太郎は路を聞いて、また熊笹《くまざさ》に掩われた別の坂道を登った。途中で会う兵隊にたずねて、やっと機関銃隊長に追いついた。

「伝令」と、伸太郎は捧《ささ》げ銃をしてからいった。隊長は振りむいた。

「命ぜられて、お伝えに参りました。山を荒さないよう、くれぐれも、兵隊に御注意《い》していただきたいとのことであります。終り」

「山を荒すな？　どういうわけかね」

「はあ、英彦《ひこ》山は神域《いき》でありますから、神木や神殿などを傷つけないよう、炊爨《すいさん》なども跡《あと》を汚《けが》さないようとのことでありました」

「そうか。わかった。お前は何中隊か」

「はい、第七中隊、高木伸太郎であります」

「よし、御苦労《ろう》」

伸太郎は捧《ささ》げ銃の敬礼をすると、一散に駈けだした。常吉がなにか話しかけるのにも耳をかたむけず、香山が近づいて来るのにも相手にならず、懸《けん》命に月光の路を走った。白い布片の標《ひょう》識《しき》をたよりに、曲った細い山路を行った。森林をいくつか潜《くぐ》った。下の見おろされる断崖《だんがい》の路をゆくと、はるかの眼下に点々と灯《ひ》のついている家が見えた。その家々はまっ青ななかに赤くふくらんで、いかにもあたたかそうである。伸《しん》太郎の頭に故郷の家が浮かんだ。白い布片の標《ひょう》識《しき》は路からとつぜん藪《やぶ》のなかにはいっていた。熊笹《くまざさ》をかきわけて灌《かん》木林にはいった。路らしい路もない。両側から断崖《だんがい》のせまっている狭《せま》いところをまたしばらく行った。岩を攀じたり這ったりした。もうずいぶん歩いたし、頂上もちかいのではないかと思われて、迷い子になった自分がおかしかった。自分の迂《う》闊さにあきれるばかりである。しかし、任務を果したという気持のために伸太郎の心は軽かったのである。標識《ひょうしき》かと思って見ると、コスモスか野菊かが月に照らされている。また路を失ったかと、不安な心で熊笹《くまざさ》のなかをゆくと、どこからか「誰か」と、どなられた。伸太郎は立ちどまった。

「高木か」と、前方の杉林のなかから、一人の兵隊があらわれた。歩哨《しょう》であろう。

「うん」

「どこを今までうろついちょったか。ふうたらぬるい奴《やつ》じゃのう。分隊長殿が心配しござるが」加島二等卒である。

「中隊はみんなここに居るとかい」

「うん、中隊本部はこの先に居る。ここは左翼《よく》隊でな、もう、じき行動を起して、南岳に向かって攻撃前進するげなたい。なんでも、南岳の絶《ぜっ》頂に敵の馬占山ちゅうのが陣地をかまえちょるそうじゃ」

話し声が聞えたのか、一人の兵隊が近づいて来た。分隊長の後藤上等兵であった。

「高木か」

「はい、高木であります」

「ちょっと、俺について来い」

そういってくるりと廻れ右した後藤上等兵は、がさがさと熊笹《くまざさ》を踏《ふ》んで森のなかにはいった。仲太郎もだまってその後につづいた。狭《せま》い森林の路をしばらく行ってから、後藤は立ちどまって振りむいた。いきなり、仲太郎の頰《ほほ》に、はげしい平手が飛んで来た。その音がしゅうんと森林の奥へ冴した。ずんぐりとした身体の後藤上等兵は仁《に》王立ちになって、腕組みをし、仲《しん》太郎を見つめている。背《せ》の高い仲太郎を見あげるようにしなくてはならない。なにもいわない。仲太郎も不動の姿勢で首をたれていた。そうして、ふと顔をあげたとき、梢を洩れる月に照らされて、分隊長の眼にきらきらと光りながらあふれているもののあるのに気づいた。また、黙《だま》って歩く分隊長のあとにしたがった。部隊のいる場所に行った。分隊の兵隊たちが、林のなかにかたまっていた。伸太郎を見ると、何人かが立ちあがりかけたが、喧《やかま》しやの分隊長がいっしょなのを知ると、誰もなんともいわなかった。

「分隊長殿」と、伸《しん》太郎は気になることがあるので、うしろから声をかけた。後藤上等兵はふりかえった。

「小隊長殿に復命しなくてはなりませんが」

「俺《おれ》から、もう、すんどる。お前が行かんでもええ」

怒ったようにそういって、林のなかに消えた。

伸《しん》太郎は分隊の兵隊たちの間に腰を下した。急に疲れが出たように、足や身体の痛さがわかった。

「高木、腹が減っとろう。飯を食わんかい」島田がいった。

「うん、あまり欲しゅうはない」

「それでも、食うとくがええ。朝までじゃから、腹が減るど。腹が減っては戦ができんでな」

魯鈍《ろどん》な島田はなにかうまいことをいったかのように、得意そうである。伝令に出るときに、そのまま置いていった飯盒も、背嚢《はいのう》も、島田が持ってくれていた。力が強いのでそんなことくらいは平気である。昔、日露戦争のときに、大砲をかついで山にあがった角力取りがあったが、島田もそれくらいのことはできるじゃろうと、ひやかされることもある。なんぼなんでも、大砲がかつげるもんか、と島田は照れてしまうのである。礼をいって、伸太郎《しん》はそれを受けとった。すこし空腹をおぼえたので、飯盒をひらいて食べた。まだ暖かった。おいしかった。

「いままで、どげんしとったとかい」

「路に迷うてなあ」と、もう、なんのこだわりもなく、笑って話すことができた。

「分隊長殿が心配してな、演習の始まる時間になっても、お前が帰らんじゃろうが。俺《おれ》たちに聞くけんど俺《おれ》たちもようは知らんし、なんでも小隊長殿のお使いでどこかに行きよったぐらいしか、返答がでけん。そしたら、加島が知っとってな、お前が山を荒したらいけんちゅうことを、ほかの中隊に伝えに行ったとわかった。そんうちに、小隊長殿がみえてな、高木は帰ったかちゅうて聞きなさった。そしたら、分隊長殿が、お前、どげえいうたと思うかい。分隊長殿がな、はい、帰りました、高木は小隊長殿の命令を各部隊へ相違なく伝えたそうであります。高木は帰るとすぐ自分が斥候に出しましたから、いま居りません、後藤から代って復命いたします、ちゅうてな」

伸太郎《しん》は森林のなかの無言の鉄拳《けん》が分隊長のたとえようもない愛情のあらわれであることを覚《さと》った。胸の底から、くつ、くつ、とこみあげて来るものがあった。

「あれ、また鼯鼠《むささび》が飛びよる」

島田が頓《とん》狂な声をあげた。月光のなかに、黒い板のようなものが、森林の梢の間をすうと滑走して見えなくなった。井本一等卒がしきりに軽機関銃を磨《みが》いている。彼は軽機銃手であるが、行軍のときにはややへこたれていたので、仲《しん》太郎や加島が軽機をかわって担《かつ》いでやっていた。井本は射《しゃ》撃の名人で、彼の機関銃には眼がついとるなどといわれていた。もう元気を恢《かい》復していて、「馬占山の陣地をミシンのごと縫うてやるんじゃ」と、意気すこぶる軒昂《こう》たるものがある。

後藤上等兵がかえって来た。いったん集合した小隊は、やがて南岳《がく》へ向かって攻撃前進をおこした。

仮想《そう》敵となっていたのは第五中隊である。「馬占山軍になるのはいやじゃのう」などと笑いながら、石田隊の兵隊たちは帽子に白帯を巻いて、南岳《がく》の一帯に防禦《ぎょ》陣地を敷いていた。南岳《がく》は英彦《ひこ》山中の最高峰で、斜《しゃ》面に石楠花《しゃくなげ》の原生林があり、熊笹《くまざさ》や、山毛欅《ぶな》や、オオカメ、躑躅《つつじ》、その他さまざまの灌《かん》木に掩《おお》われている峻嶮である。この山頂の陣地に向かって、第六、第七、機関銃の三中隊が密《みつ》林を縫って三方から肉薄《はく》攻撃をしたのである。黎《れい》明の光がかすかに東の空にほのみえて来たころ、はげしい銃声が山肌《はだ》に鳴りひびいた。攻撃軍と防禦《ぎょ》軍との両方から射ちだす音が、森林を縫い、谷をわたり、秋の朝の空気のなかに消えた。やがて、突撃の喊声とともに、攻撃軍は山頂の陣地に突入した。馬占山軍が勝つわけにはいかないので、南岳《がく》はここに占領されたのである。

「なんと、ええ気持じゃのう」

大隊長柴《しば》山少佐は、演習を終って山頂に集っている兵隊たちのまんなかに立って、あたりを見まわした。雲を破って、朝の新鮮《せん》な太陽の光線が真横からさしかけて来た。眼下の谷々から、まっ白い霧が音もなく湧《わ》きあがって来て、風にしたがって流れ、全山の紅葉をぼかし、望まれる九重山、八面山、雁股山、国見山、由布岳《だけ》などの山々の色を、濃《こ》くしたり薄《うす》くしたりしている。まだ、阿蘇《あそ》の煙は見えない。姿はわからないが、足下の四方八方からさかんな小鳥の囀《さえず》り声が湧《わ》く。

上宮本社の方から、青の袴《はかま》をつけた神主がやって来た。

「お茶を沸かしてありますで、お宮の方で、朝飯になさいませんか」

「御好意、お受けいたします」

大隊長の命令で、部隊は斜《しゃ》面を降り、神社の方へ行った。社殿の前に整列して捧《ささ》げ銃をした。叉《さ》銃された鉄砲と、二つずつ組まれた背嚢《はいのう》が列をなした。それから解散して、朝食になった。前日二食分炊いた残りを食べるのである。冷たくなっていたが、神主から接《せっ》待される茶をかけて、流しこんだ。

「この山に、天狗《ぐ》の爺さんが居ると聞いたがね」と、中隊長の大塚《つか》大尉《い》が、飯盒の蓋《ふた》で茶を飲み飲み、神主に話しかける。忙《いそが》しそうに兵隊たちに薬罐《かん》をとりかえてやりながら、柔和そうな神主も、話好きとみえて、

「はい、多門峡《きょう》のそばの茶屋に居ります」

「茶店の主人が、天狗《ぐ》になったのかね？」

「いえ、茶屋の主人ではないです。面白い親爺さんで、日露戦争の傷痍《い》勇士です。黒英台の戦闘《とう》で、負傷したとゆうて居ります。戦地から帰って、二、三年、玉屋神社の岩屋に籠《こも》って行《ぎょう》をやっとったんですが、だんだん足が地から浮くような気持になって来たんで、天狗《ぐ》のように飛んでみようと思うたんですな。それで、ある日、高い岩鼻から飛んだんです。そしたら、まだ天狗《ぐ》にはなっとらなんだとみえまして、谷底に落ちてしもうたんです。不思議に大した怪我《け》もせなんだんですが、あとで、私たちが見舞をいいましたら、やっぱり羽がないと工合が悪いというとりましたよ」

すっかり朝になった。九時まで、自由行動ということになった。兵隊たちは食事を終って、それぞれ思い思いの場所に屯した。前夜は一睡《すい》もしていないので、引っくりかえって寝ている者もある。空砲を射ったので、多くの者は小銃や機関銃の手入れをしている。参道を杖をつきながら、是石平右衛《え》門老人と、宮司とが登って来た。

伸《しん》太郎と常吉とは、紅葉の林のなかに、落葉を褥《しとね》にしてならんで引っくりかえっていた。杉の樹立を透《とお》して仰がれる空が、しだいに明るくなってゆく。常吉が吹く煙草の輪が、つめたい朝霧のなかにとけこんで消える。さまざまな鳴き声がするのは、赤げら、青げら、慈《じ》悲心鳥、つつ鳥などであろう。

「昔の山伏というのは、こんな峻《しゅん》嶮な山道を一本歯の下駄で歩いてたんだね」と常吉がいう。

「今でも、歩いとるよ。ここの山伏《ぶし》は昔はなかなか気概《がい》に富んどってな、幕末《ばく》のころには、長州の奇《き》兵隊なんかと連絡《れんらく》をとって、小倉《くら》城を乗っとろうなんちゅう計画をしちょる」

「だって、ここは小倉《くら》領じゃないかね」

「それたい。しかし、ここは天領で、小笠《がさ》原の殿様から碌《ろく》を貰《もろ》うとったわけじゃなか。お世話になることはなっておったろうが、小倉《くら》の殿様に弓を引いた。下関に外国の艦隊が攻めて来たとき、小倉藩《くらはん》が因循《じゅん》で、知らん顔ばしとるもんじゃけん、勤《きん》皇の山伏連《ぶしれん》中が憤慨《ふんがい》したんじゃな。しかし、小倉《くら》城占領計画は露見して、みんな、気の毒に殺《ころ》された。この山のどこかに、その墓がある筈じゃが」

「親父さんの薫《くん》陶よろしきを得とるとみえて、さすがに歴史《れきし》に詳しいなあ」と、常吉はひやかすとも、感歎《たん》するともつかぬ口調でいった。それから、ふと思いうかんだように、「そらそうと、なにか、その歴史《れきし》のことで、うちの親父とお前の親父さんとが喧嘩《けんか》別れしたということだが」

「そげん話じゃった。どっちも、似たような頑《がん》固屋じゃけんな」

二人は声を立てて笑った。深刻がる癖《くせ》のある常吉も、もう以前のようにあまり軍隊論もやらない。彼も兵隊を外から眺めるのではなく、いつ知らず兵隊のなかに溶けこんで来たからであろう。とりとめのない雑《ざつ》談をしているうちに、前夜の疲れが出て、いつか二人とも眠ってしまった。

どのくらい寝たか。ゆり起されて、伸太郎《しん》は眼がさめた。島田が立っていた。

「分隊長殿が呼びござる」

伸太郎《しん》は島田のあとにしたがった。常吉はまだ寝ていた。林のなかの各所に、眠っている兵隊たちが転がり、歯《は》ぎしりや鼾《いびき》がきこえた。

神社裏の広場に来ると、後藤上等兵が待っていた。

「参りました」

「高木、お前、班《はん》長殿の斥候に加われ。俺《おれ》も行く」

「は」

「すぐに武装して来い」

よくわからなかったが、伸太郎《しん》は叉《さ》銃してあるところに行って、背嚢《はいのう》をつけ、自分の銃をとった。後藤上等兵にしたがって、社殿の前に行った。昨夜の疲れでまだ身体が痛く、睡《すい》眠不足で頭が重かった。実はもう少し寝たいのである。これはあるいは昨夜の懲罰《ちょうばつ》であろうかとふとそんな考えが湧《わ》いたが、すぐにそのはしたない考えを恥じた。

社殿の前には、大隊長、中隊長、小隊長、下士官などがみんな集まっていた。宮司と、是石《これ》老人もいる。しきりに笑い声を立ててなにか面白そうに話している。大隊長の前に、班《はん》長の金子軍曹《そう》と、武装した四人の兵隊がいた。後藤と伸《しん》太郎が行くと、金子軍曹《そう》は、例《れい》の癖《くせ》で、眼をぱちぱちさせながら、

「うん、高木が行くか。第二分隊から一人出せと、後藤にいうたんじゃが、お前ならよかろ」

それから、大隊長の方を向いた。「復唱。金子軍曹《そう》は兵六名を率《ひき》いて下士斥《せっ》候となり、南不動、鬼杉、玉屋道を経て、奉幣《へい》殿に至る間の地形、ならびに敵情視察《しさつ》に参ります」

「よし」と大隊長はうなずいた。

金子軍曹《そう》を先登に、七人の斥《せっ》候兵はいったん南岳のいただきに出てから裏道へ降った。一番うしろから後藤上等兵がしたがった。間にはさまってゆく五人の兵隊はいずれも初年兵の一等卒ばかりである。石川、香山、高田、佐々木、と、それがいずれも上等兵候補ばかりであるのに気づいて、伸《しん》太郎は緊《きん》張のこころが湧《わ》いた。上等兵候補の最後の試験《けん》にちがいないと思えば、堅《かた》くならざるを得ない。

霧と紅葉《もみじ》と小鳥の声とにかこまれた路は、眼と耳とにはすこぶる快適《てき》ではあるが、実際《さい》はその行程の困難はなみ大抵《てい》ではない。ろくに路らしい路はなく、ほとんど垂《すい》直にちかい兎路《うさぎみち》を、つき出た岩角や木の根を伝って進まなくてはならない。あるところは鎖《くさり》や蔦《つた》をにぎって降り、手と手とをとりあって進んだ。深い谷底からまっすぐに、数十尺の杉が天をさしている。杉というものはどんな状態《じょうたい》からでも、天にむかって伸《の》びるものとみえる。落雷のために引き裂《さ》かれたり、二つに折《お》られたりした杉がいたるところにあるが、その斜《なな》めにたおれた幹から出ている数本の枝はことごとく垂《すい》直にならんで、太陽にむかって立っている。柱状《じょう》節理の岩が聳《そび》えたち、またその多くが崩《くず》れ落ちている急坂をくだる。軍靴の下から、岩のかけらと土煙が眼もとどかない谷の底へ落ちてゆく。この材木岩は、むかし鬼どもが一夜のうちに岩窟を築こうとしたが、神様の鶏鳴《けい》の真似におどろいて、そのままにして逃げた跡《あと》だといわれている。何組か、登山して来る人たちとすれちがった。紅葉の谷に静まりかえってならんでいる亭々《てい》たる杉林を見ていると、いかにも、烏天狗《ぐ》が杉から杉に、谷から谷に飛び歩いたさまが眼に浮かぶように思われる。伸《しん》太郎がふとそんなとぼけた考えに耽《ふけ》りながら、断崖《だんがい》の路を降りて来ると、やはり同じことを感じたとみえて、金子軍曹《そう》が「なるほどな、こんな山の景を見とると、天狗《ぐ》のごと飛んでみとうなるのう」と、笑っていった。

南不動の岩のうえに来て、三分ほど小憩《けい》した。巨《きょ》大な岩肌《はだ》をくりぬいて、祠《ほこら》がある。

「高田」と、金子軍曹《そう》が呼んだ。

「は」

「出発地点から、ここまでどのくらい来た？」

「は？」と、高田一等卒はどぎまぎした。首をひねりながら、口をもごもごさせた。

「香山」

「はい」

「お前は？」

「四千米であります」

「佐々木」

「はい、五千米と思います」

「石川」

「二千米であります」

「高木」

「はい、三千米であります」

「みんな、千米ずつ違うのかい。そげんことじゃ、満洲で斥候《せっ》にやられたら、満洲が倍になったり、半分になったりするど。まっすぐな道ばかりしかわからんちゅうのでは役に立たん。もうちいっと、気をつけて歩けや」

そこを出発。暗い。しばらく、崖《がけ》くずれしたような石ころ路をくだると、筆立の底のような狭《せま》い平地に出た。暗い。そこに柵《さく》を結んで、巨《きょ》大な一本の杉があった。鬼杉である。その太い幹は斥《せっ》候兵全部で抱えまわせばどうにか届くであろうか。どっしりと坐《すわ》り、幹は古び青さび、見あげる高さに天を掩《おお》うて、緑青いろの葉が茂《しげ》り、のしかかるような重厚さで見る者を圧《あっ》倒する。

「高木、お前に聞くがな」と、伸《しん》太郎が感歎《たん》して鬼杉を見あげていると、金子軍曹《そう》が声をかけた。

「はい」

「この杉の高さは何米くらいあると思うか」

「は？」と、伸《しん》太郎はもう一度見あげて、「六十米であります」

「佐々木は？」

「はい百米であります」

また、五人とも大分差《さ》があった。

「そんなら、この樹は何年くらい経っちょると思うか。樹齢《れい》じゃな。……高田」

「はい、五百年であります」

「香山」

「三千年であります」

「高木」

「千五百年であります」

金子軍曹《そう》も、後藤上等兵も笑いだした。初年兵たちは頭をかいた。

「ええか。お前たちはこんなことはどうでもええと思うちょるかも知らんがな、兵隊はなんにでも、ちゃんと、ほぼ正確な見当をつけることを知っちょらないかん。この杉でもな、高さがなんぼということがわかっただけで、作戦に役に立つか立たんかも定《き》まる。監視哨《かんししょう》を置くこともできりゃ、目標《ひょう》にすることもでける。飛行機との連絡《れんらく》にも使える。こんな樹が戦地にあったら、伐りたおして、谷にかけて橋にすることもでける。ところが、五十米の谷をわたるのに、樹が四十米では、せっかく骨折《お》って伐っても、役にゃ立たんじゃろうが。ええな、兵隊ちゅうもな、どこに行って、どんな戦争せんならんかわからん。なんにでも頭のはたらく勉強をしとかにゃ詰《つま》らん。わかったな」

「はい」とみんな答えた。

「この鬼杉はな」と、金子軍曹《そう》は魁偉《い》な顔でにやにやしながら、もっともらしい顔つきで樹を見あげ、

「樹の高さが、まず、五十七米ある。樹齢《れい》はほぼ千二百年ちゅうところじゃろう。直径が三百八十二糎、材積が三十立方米じゃ」

初年兵たちが斥候長《せっ》の判定《はん》をさすがにと思って感心していると、後藤上等兵が笑って、眼で、兵隊たちに鬼杉の横に立っている立札を示して見せた。その札には、金子軍曹《そう》のいったとおりのことが書いてあったのである。

すぐ近くから、岩の道にのぼった。靴が辷《すべ》る。銃を持っているので、いっそう歩きにくい。岩の肌《はだ》に、指の絵《え》と「マギレルナ」と、道程《みちのり》が白ペンキで書いてある。岩に吸いつくようにして杉林に出た。ヂョッキン蟬《ぜみ》がかんだかい声で啼《な》いている。赤杉の林は落葉も赤く、林全体が赤色で、まったく風がないので、なにかの装置のように無気味である。伸《しん》太郎はさっきから、気が鬱《ふさ》いでいた。今度の演習は、初めからへまばかりやった。とても、上等兵になる望みはなさそうである。上等兵になることがなにも兵隊の唯《ゆい》一の道ではないと反省はしているが、それかといって、戦友に負けたくはないのである。おとなしく柔和であると思われている伸《しん》太郎も、こういう意地の強さは、親譲《ゆず》りなのかも知れない。気が重く、だれの顔も見る気がしなかった。

ふたたび、断崖《だんがい》の路に出た。「気をつけれ」と、金子軍曹《そう》が先登に立った。眼下の森林の底から流れの音がきこえた。つき出ている木の根を踏《ふ》んで行った。すると、伸《しん》太郎が足をかけた杉の根がぽきりと折《お》れた。伸《しん》太郎はああと軽い叫びをのこして、紅葉《もみじ》の断崖《だんがい》を、石ころといっしょに落ちていった。

人事不省になっていた伸《しん》太郎は、耳のそばで鳴りひびく呼び声に正気づいた。流れの音が耳にはいった。眼にくっつくように、金子軍曹《そう》をはじめ、戦友たちの気づかわしげな顔があった。落ちてゆく坂の途中で、なにかで強く頭を打って気を失って以来、なにも憶えないのである。

「生きもどったな」と、金子軍曹《そう》がほっとしたようにいった。

「すみません」と、消えいりたい思いで伸《しん》太郎は頭を下げた。身体中がいたくて、顔がひりひりした。いつされたのか、頭から顎にかけて繃《ほう》帯がしてあった。香山がときどき手拭《ぬぐい》をだして、顔をぬぐってくれる。その手拭《ぬぐい》が血でまっ赤になっているので、伸《しん》太郎はいまさらのようにおどろいた。まだすこし頭が朦朧《もうろう》としている。立とうとすると身体が動かない。人の身体のようである。伸《しん》太郎はそのとき、自分の右手に銃のにぎられていることに気づいた。胸がどきんとした。(気絶《ぜつ》しても、自分は銃をにぎっていた)そう覚《さと》ると、ぐっと胸の底からこみあげて来るものがあった。押しいただくように、銃をあらためて眺めてみた。秋の日ににぶく、菊の御紋章《もんしょう》が光っている。ついている土を軍服の袖《そで》でぬぐった。涙があふれて来た。

「よかった、よかった」

金子軍曹《そう》がそういって、先に立った。香山が背嚢《はいのう》を持ってくれた。石川と高田との肩にすがってやっと立った。身体が痛く、ううと声《こえ》を殺して顔をしかめた。後藤上等兵が落ちていた帽子をひろってかぶせた。持ってやろうというのを断《ことわ》って、銃だけは自分の背《せ》に負った。すこしずつ歩いた。自分ひとりのために、と伸《しん》太郎はすまなくて、顔があげられなかった。

坂道をすこし行くと、滝《たき》のような水音がきこえた。そこに、一軒の茶屋らしい家があった。あたりは紅葉《もみじ》に燃《も》えるがごとくで、苔むした巨《きょ》大な巌《がん》壁がそそり立っている。土産物などを並べている茶屋に、十六七らしいひとりの娘が坐《すわ》っていた。大きな眼がくりくりし、健康《けんこう》な小麦色の皮膚《ふ》をしている。ぱさぱさの髪《かみ》をふりみだし、よごれた木綿の筒袖《そで》に薄《うす》みどりのメリンスの帯を高く締《し》めている。天狗《ぐ》の娘かも知れない。

「ここは、なんちゅうとこな?」と、金子軍曹《そう》が訊いた。

「玉屋あります」娘はぶっきらぼうである。

「そんなら、玉屋神社は近いのじゃな」

「すぐその上あります」

「奉幣《へい》殿まではどのくらいあるな」

「二十町あります」

「まだ、そんなにあるのか。ほんとかな」

「ほんとか嘘《うそ》か、行っちみりゃ判《わか》ります」

金子軍曹《そう》は、一行をふりむいて、「ここで、ちょっと休んで行こう」といった。

みんな背嚢《はいのう》をおろした。時計を見ると、十一時をすこし過ぎているので、昼食をすることにした。それぞれ、飯盒をひらいた。伸《しん》太郎もいくらか元気を恢《かい》復した。飯盒をはずしてみると、何度も打ちつけたとみえて、方々凹《くぼ》んでいる。娘が茶を入れて来た。

「お前のお父っちゃんな、天狗《ぐ》さんと違うかい」と、後藤上等兵は無遠慮《りょ》である。

「ちがいます」と、娘はぷんとした面持で奥にはいったが、盆《ぼん》のうえになにか山盛りに入れて出て来た。

「兵隊さん、鬼饅《まん》頭食いなさらんか」と、その盆《ぼん》を兵隊たちの間に置いた。

「ありがと。これ、なんぼな」

「兵隊さんじゃけ、銭《ぜに》はいりまっせん。たくさんあるけ、なんぼでも食べてつかあさい」

兵隊たちはむしゃむしゃと食べた。伸《しん》太郎も頬《ほお》ばりながら、またとうとう上等兵が駄《だ》目になったと考えていた。戦友たちの肩章《しょう》の星が三つになり、自分のが相かわらず二つである情景を想《そう》像してみた。しかし、不思議にもう口惜しさはなく、それよりも気絶《ぜつ》していても銃を離《はな》さなかった自分に、ひそかに満足する心があった。

巌《がん》壁の横の道から、ひとりの老人があらわれた。樵夫《きこり》のような風体であるが、眼が鋭《する》く、よく光る頭に、みごとな顎鬚《あごひげ》を生やしている。横になっていた伸《しん》太郎は老人にいちばんに気づいて、どこか藤田謙朴《けんぼく》に似ていると思った。

「やあ、兵隊さん、ようお出でやんした」と、丸味のある声で、いって、どさりと縁《えん》に腰を落した。

「お爺さん、あんたが天狗《ぐ》さんですか」後藤上等兵は相かわらず遠慮《りょ》がない。

「誰から、そんなこと聞きなさった?」老人は、くすくす笑った。それから「やっぱ、あんた、羽がないと飛べまっせんわい」といったが、娘のさしだす渋《しぶ》茶をのみながら、「あんたがたですか。今朝、早うから、山でどんどん鉄砲鳴らしよったとは? わしゃ、なんかわからんもんじゃけ、なんごとじゃろうかと町の人に訊いたんです。演習と知って安心しました。あんたがたは福岡連隊と聞きましたが、そうですか」

「そうです」と、金子軍曹《そう》が答えた。

「それは懐《なつか》しい。わしも福岡連隊です。これで、そのころは上等兵の暴《あば》れ者でしてな、あんた、日露戦争に行きました」天狗《ぐ》はいかにも感慨《がい》無量《りょう》の顔で、「今朝、鉄砲の音聞いとったら、ばりばりゆうて、機関銃が鳴りよった。いま、満洲の戦争でも、あれがどこでも使われとるじゃろうが、わしら、日露のときにゃ、あれがありまっせんでしてなあ。敵の方は持っちょった。敵がばりばり射つ音をきいても、おかしな音がしよるなあ、ちゅうくらいのことで、なんかさっぱり判《わか》らんじゃった。あとで、一分間に六百発も弾丸が出るそうなでと、たまがりました。あんた、それで、こっちでもやれちゅうわけでな、樹の股《また》に横に竹を通して、それに二十挺《ちょう》ほど鉄砲をくくりつけて、そら、テエと、一斉《せい》に引鉄《がね》を引いた。狙《ねら》え、撃て、を、ネエ、テエ、というた。そんうちに、わしの隊にこまい機関銃がわたって来たんで、大喜びしとったら、使わんで戦争がすんでしまいましたよ」

「ほう機関銃があったのですか。日露のときにゃなかったと聞いちょったが」

「わしらの隊だけじゃったか知れません。機関銃にもびっくりしたが、敵があっちもこっちも、鉄条網ちゅうものを張っちょって困りましたよ。あんた、まるきり、兎を引っかけるようなもんでしてな。しかし、わしらのときでも日本兵は強うござした。死んじょるのを見ると、じきわかる。露助はあおむいて大の字にひっくりかえっちょるが、日本兵はみんな敵の方むいて、うつぶせに、鉄砲にぎったまま倒れちょりました。わしは、占領旗持ちでしてな、一つの陣をとると、日の丸の旗もって走って行って、わあわあ泣きながら、万歳、万歳、ちゅうて、うちふりました。じゃが、いやなこともありましたよ。任務じゃけ、なんでもせんにゃならんが、白ペンキで、目標《ひょう》つくり行くのが、とてもいやでした。山の上に陣取っといて、敵の来るのを射つのに、距離《きょり》がわからんでしょう。それで、前の晩から、白ペンキをバケツに入れて、こっそり敵の方へ行く。そして、足歩ではかって、ここまで、二百米、ここまで三百米、四百米ちゅう風に、そこにある石に白ペンキを塗《ぬ》っちょくのです。それで、敵が来ると、その白ペンキの表識《しき》で、距離《きょり》がじき判《わか》る。ネエ、テエ、ちゅうと、面白いように中《あた》りました」

　金壺《つぼ》眼の天狗《ぐ》の老人は鉈豆煙筒《なたまめぎせる》をとりだし、思い出ばなしをする間中、無意識《しき》のようにきざみを詰《つ》めかえながら、瀬戸物の煙草盆《たばこぼん》をいまにも割れそうにばちばちと打つ。

シベリヤ鉄道が単線《たん》なので、それを往復するとして、敵の兵力輸送《ゆ》を計算して居ったところが、やって来た貨車《か》はあと戻《もど》らずにどんどん棄《す》てて、あとからあとから輸送《ゆ》して来たので当てがはずれたとか、軍服が途中からいまのようなカーキ色になったとか、黒英台附近の饅頭山《まん》攻撃で、背丈《せ》よりも高い高粱畑を通っていて負傷したとか、露助の捕虜《ほりよ》は贅沢《ぜい》だったとか、そんな話を天狗《ぐ》はしきりに喋舌《しやべ》ったあとで、

「ありゃ、兵隊さん、怪我《け》なさっちょるな」と、はじめて伸《しん》太郎に気づいて、眼を丸くした。急にあわてた様子で立ちあがって、奥に入ったが、「これは、日露のときに使うたええ薬じゃけ」と、貝殻《がら》にはいった膏《こう》薬のような黒い薬を持って来た。

「ぽつぽつ行こかい」と、金子軍曹《そう》は立ちあがった。

「兵隊さん」と、老人は一行がみんな立つと、急になにか思いだしたように、「あんたがた、みんな、嫁女《よめじょ》があんなさるか?」

兵隊たちがなんのことかと思っていると、

「嫁女がなかったら、うちの娘あげてもええ、要んなさらんか?」

「その女の子はお爺さんの娘かい?」

「いんね、姪《めい》じゃけんど、要りゃあげる」

「ありがと。まあ、考えて返事しよう」

後藤上等兵が笑いながら、「香山、お前、貰《もら》え」

「要りません」

あまり望み手がないらしいのを見て、天狗《ぐ》は、「ははあ、おきんや、詰《つま》らんど」と、娘の顔をふりかえり、大きな声を立てて笑った。娘もおかしそうに屈託《たく》なげな声でいっしょに笑った。斥候《せっ》の一隊はそこから玉屋神社の前に出て、ふたたび深い紅葉《もみじ》の谿《けい》谷に入った。伸《しん》太郎もいくらか元気が出たので、香山だけの背《せ》につかまって行った。三呼《さんこ》峠に出て来ると、谷に人家があるらしく、どこかで泣く赤ん坊《ぼう》の声がいくつもの山びこになって、森林の奥にひびいていた。清《せい》流があったので、水をのんだ。「天狗《ぐ》の娘、お前にちょうどよかぞ」「こくな」などと、兵隊たちはまだ話している。断崖《だんがい》の道を抜《ぬ》けて、奉幣《へい》殿にようやく辿りついた。大隊本部がそこにあった。金子軍曹《そう》が報告をした。負傷している仲《しん》太郎を見て、中隊長が、「お前も天狗《ぐ》になったつもりで飛んだのと違うか」といって笑った。軍医《い》から、あらためて手当をして貰《もら》った。

英彦《ひこ》山の演習を終った部隊は夕食の後に、夜行軍で帰営することになった。部隊が集結すると、柴《しば》山大隊長は、「お前たちがこうやって英彦《ひこ》山の紅葉《もみじ》見物をしとるときにも、満洲の戦友は、日夜、奮《ふん》戦をして居る。馬占山は、……南岳《がく》の馬占山ではない。ほんものの馬占山じゃ。……この十五日には、遂に嫩江の鉄橋を爆《ばく》破した。いよいよ事態《たい》は重大になった。お前たちもいつ出動になるかわからん。これから急遽《きょ》馬占山軍を衝《つ》くの意気をもって、夜行軍をやる。元気で頑《がん》張れ」

月明の道を部隊は進発した。

行軍のできない伸太郎《しん》は、バスで停車場まで出て、汽車で帰るように命ぜられた。島田二等卒が附添《そ》いに残された。「無理すんなや」と、金子軍曹《そう》や、後藤上等兵がいった。常吉も心配そうである。部隊の軍靴の音が夜のなかに遠ざかって行くのを耳にしながら、伸太郎《しん》はいい知れぬ寂寥《せき》に閉されていた。落伍《ご》した悲しみに、涙がにじんだ。しかし、それは、「上等兵が飛んだ」口惜《くや》しさではなかった。彼は森林の山びこにむかって、もう一度、「陸軍歩兵一等卒、高木伸太郎《しん》の馬鹿たれ」と、どなってみたかった。

「高木、元気を出せや」

島田は兄貴《き》のように伸太郎《しん》の肩に手をおいた。

濁流

黄浦江《ほ》のうえに駆逐艦《くちく》が浮いている。黄浦江《ほ》はちょっと見るとただ黄色い川のようであるが、そのながれは早くて、岸辺では桟橋《さん》や、船や、杭《くい》や石垣などにぶっつかりながら、すさまじい音を立てている。濁流《だく》は駆逐艦《くちく》の舳で二つに割れて、急に白いしぶきになる。雪をまじえた風に軍艦旗がちぎれて飛びそうにはためいている。対岸の上海《シャンハイ》の街《まち》は暗澹《たん》とした吹雪の下に静まりかえり、ときどき、どろうん、どろうんと、遠雷のような砲声が聞える。

短軀《く》を外套《とう》につつんだ桜木常三郎は、舢舨《サンパン》から桟橋《さん》にあがると、不機嫌《げん》な顔つきで、大股《また》に貯炭場《ちょ》を横ぎった。六尺ほどの竹棒をかついだ支那人の一隊とすれちがった。寒そうに唇を紫色にし、海老《えび》のように背《せ》を丸めている。戦争の最中であるし、手に手に竹棒を持った眼の鋭《するど》い支那人と出あうと、ちょっとどきっとするが、彼等はいずれも苦力《クリー》で、ただ仕事を切りあげて帰ってゆくところに過ぎない。常三郎は馴《な》れているので人相のよくない苦力《クリー》たちのまんなかを抜《ぬ》けながら、「完了《ワンラ》？　謝々」と声をかけた。苦力《クリー》たちも、にっと笑う者があった。常三郎は時計を見るまでもなく、いまは四時ちょっと過ぎだな、と思った。苦力《クリー》たちは実に几帳面《ちょう》で、四時になったらまるでゼンマイが切れたようにきちっと仕事をやめるからだ。途中であろうが、もうちょっとやれば仕事が片づく時であろうが、そんな頓着《とん》はない。現金な奴等《やつ》だと思う。しかし、苦力《クリー》たちが法外に安い賃銀で、どんなひどい、また汚い仕事でも黙々《もくもく》としてやるのを見ていると、なにか無言の圧《あっ》倒を感じるのである。彼等はこの寒空に跣足でいる者もあれば、帽子を持たない者もあり、大部分の者がぼろぼろになった薄《うす》物を着、綿入れの者でもあちこち破れて黒い綿がはみだしている。彼らがそれぞれ持っている太い竹竿は彼らの全財産で、この棒一本でどんな力仕事でもして生活してゆくのだ。日本人であれば二人でやっと担《かつ》ぐことのできるほどの重量《りょう》のものを、一本の棒で両方に二個かついで歩くほど、力も強い者が多い。その彼らが洟《はな》水をすすりながら黙々《もくもく》と働く姿を、常三郎はときに薄《うす》気味わるく感じるときがあった。(いったい、彼らは、なにを考えているのだろう?)いま、日本軍と支那軍とは、上海郊外ではげしい戦闘《とう》をまじえている。支那軍の抵抗《ていこう》は頑《がん》固だが、しだいに追いつめられて、今はその死傷も少くない。それなのに、同じ支那人である苦力《クリー》たちは、そんなことはまるで自分たちと関係のないことだというように、もっさりした様子で日本人のところに来て働いている。無神経なわけでもあるまいが、やや腑《ふ》に落ちないのである。上海《シャンハイ》に来て以来、常三郎ははじめはそれが不思議で、毎日のように首をひねっていたが、いまはそれも馴《な》れた。そうして、このごろはなにかそのふてぶてしい神経を感歎《たん》するようになっていた。

常三郎が苦力《クリー》の列のなかを抜《ぬ》けて、事務所の方へ煉《れん》瓦塀を曲ると、うしろから声をかける者があった。ふりむくと、ま正面からの吹雪に顔をしかめながら、見あげるような一人の苦力《クリー》が立っていた。皸《あかぎれ》のひどい大きな右手で、竹棒をかついだままである。じゅっと洟《はな》を手でかみすててから、ぎょろりとした眼でまっすぐ常三郎を見て、「旦《だん》那、お願いがあるんですが」と、いった。

なにか用か、とたずねかけた常三郎は、ふと気づいて、「また、もうすこし賃銀をあげてくれというのだね?」と、訊いた。

「はい、旦《だん》那」と、苦力は猫なで声でいって、馬鹿叮嚀《ていねい》に頭を下げた。

「相談して、なんとかしよう」

「明日からにして、いただきたいのです」

「明日の朝、現場で返事する」

「多謝《しゃ》」と、もうお礼をいって、苦力はくるりとまわり、背《せ》を吹雪にたたかれながら、のそのそとかえって行った。苦力たちは交渉《しょう》の顚末《てん》を待っているらしく、塀のかげで、なにかがやがやと話しあう声が聞えて、足音が遠ざかっていった。

歩哨《しょう》の立っている門を二つ抜《ぬ》けて、事務所にかえった。扉《とびら》をひらくと、冷えきった身体にほうっと暖気がぶっつかって来た。

「お帰んなさい。大人《タージン》、寒かったでしょう」

事務室はがらんとしていて、給仕の支那娘が一人いた。コーヒーを入れて来た。常三郎はストーヴのそばに寄って、飢えたような手つきで煙草をとりだし、火をつけた。すぱすぱと、気ぜわしげな手つきで吸った。まだ、太い眉に雪が乗っている。好きな煙草と暖気のおかげで、ようやく彼の渋面が綻《ほころ》びた。細い眼をいっそう細くして、

「変ったことはなかったかね？」

「ありません」

「菊池大尉《い》は？」

「たったいま、警備《けいび》隊の陣地に行かれました」

「なにかあったのか？」

「いいえ、兵隊さんに豚饅頭《ぶたまんじゅう》を持って行ってやるとかいって」

「部下をよく可愛がる人だな」

「はい、親切なお方です」

椅子に腰をおろしていると、常三郎は身体中が暖まって来て、眠気をもよおした。うつらうつらしながら、（戦線は寒いだろうな）とストーヴの傍《かたわら》でぬくぬくとしているのが、なにかすまない気持になるのである。すると、常吉はどこらにいるのだろうと、また気になって来た。自分がこうしている間に、ひょっとしたら戦死か戦傷がをしているのではないかと、落ちつかぬ気持になって来る。

満洲での紛擾《ふんじょう》は年を越すと、上海に飛火した。排《はい》日の勢が高まり、各所に日支人の衝突《しょう》がおこった。一月十八日には、日蓮宗《れんしゅう》の僧徒五名が殺《さつ》害される事件がおこると、空気はますます険《けん》悪となったが、二十八日夜、租《そ》界警備《けいび》のため、わが陸戦隊が北四川路から支那街《がい》に入ろうとしたとき、突然《ぜん》、支那正規《き》軍から発砲された。支那軍はすでに八万の兵力を三線に配置していて、第十九路軍長蔡廷楷は、「最後の一人となるまで誓《ちか》って日本軍に抵抗《ていこう》し、鮮《せん》血をもって黄浦江を染めん」と豪《ごう》語していたのであるから、事態《たい》はますます悪化する一方となったのである。

桜木常三郎は、戦争となるとじっとして居れない妙な性癖《へき》があるとみえる。日清《しん》、日露、両役とも進んで従軍した。しかし、彼は戦争のどさくさに一儲《もう》けしようなどという魂胆《たん》は毛頭ないので、ただ、お国のためになにかお役に立ちたいという一本気があるだけなのだ。そこで工場主である身が、今度も従軍を願い出て、通訳を兼《か》ねて軍の嘱託《しょくたく》となった。「古い大将」はいなくても、工場は「若い大将」が後をひきうけることになる。彼が出発しようと準備《じゅんび》しているときに、二月初め、福岡連隊にも動員が下り、一個大隊が編《へん》成されて、混《こん》成第二十四旅団に編《へん》入された。碇《いかり》大隊は常三郎の知らぬ間に、博多を出発した。上海《シャンハイ》に来ると、桜木常三郎は、軍に必要な燃《ねん》料の世話役みたいな任務についた。軍艦や輸送船の焚料炭積込みなどを、苦力《クリー》をつかってやるのである。事務所は浦東《プートン》側にあった。上海《シャンハイ》語はどこか勝手がちがうようであったが、やっているうちに、どうにか間に合った。ところが、苦力《クリー》たちが、足もとをつけこんで賃銀の値《ね》上をせまり、聞かなければ罷《ひ》業をするという気配を示して厄介《やっかい》至極《ごく》なので、内地から日本人の仲仕を呼びよせることになった。さっそく、若松港から、御用船に石炭といっしょに乗りこんで、五十人の仲仕たちが来た。彼等の船は呉淞《ウースン》の沖合で砲撃されたりしたが、到着《とう》すると、すぐに荷役にとりかかったので、大いに仕事が進捗《ちょく》した。仲仕たちらは組名を襟《えり》に抜《ぬ》いたいなせな半纏《はんてん》姿で、駆逐《くちく》艦の横腹に棚板を吊《つ》り、掛け声もろとも天狗《ぐ》とりでせっせとホールに焚料炭を詰《つ》めこんだ。六尺竹を林立させて、苦力《クリー》たちが珍《めずら》しそうに毎日見に来た。

それらの仲仕のなかにも、自分の息子が戦争に来ているという者が二人あった。一人は六十がらみの眼の赤い老人で、組の帳《ちょう》面方をしていた。ある霰《あられ》の降る日に軍艦の甲板で、「桜木さん、菊池大尉《い》さんから聞きましたが、あんたの息子さんも、ここに来とらっしゃるそうですな」と話しかけて来た。

「来とります。あんたのとこもですか？」

「へえ、さようで」

「やっぱり、碇大隊ですか？」

「さあ、なんちゅう隊か知りまっせん。来ちょるのは、間違いなしに来ちょります。わしも、上海《シャンハイ》に行くといいますけ、倅《せがれ》に会えるかと思うて来ましたけんが、来てみりゃ、戦争のあっちょるとことはだいぶん離《はな》れとるし、もう会うことはあきらめました」

「なんといいますか？」

「倅《せがれ》ですか？」

「あんたは？」

「わしは井本松太郎といいますが、倅《せがれ》は繁助《はん》といいます」

聞いたような名だと思って、ちょっと考えた桜木は、二度ほど小首をうごかしただけで、思いだした。それは常吉や仲《しん》太郎の戦友で、連隊きっての軽機関銃の名人だといって、外出日に、桜木工場に遊びに来たことがあるからである。そう思いつくと、眼や口元がよく似ていると、あらためて老仲仕の顔が見なおされた。井本射手《しゃ》は口癖《ぐせ》のように、「敵陣地をミシンのように縫う」という男であった。さすれば、今頃はあまり遠くない戦線で、得意の腕をふるって十九路軍をミシンのように縫っているのであろう。すると高木仲《しん》太郎も来ているのかも知れない。実は桜木は自分の息子の常吉が碇《いかり》大隊に加わって出発したことだけは知っていたが、あとは誰が来ているのかまるで知らないのである。

桜木はつくづくと井本を眺めた。井本はもう年のために働く方は若い者にまかせて、自分は鉛《えん》筆と手帳《ちょう》を持って勘《かん》定方をつとめているのであろうが、いかにも風采《さい》があがらず、よれよれの半纏《はんてん》も頼りなさそうであれば、薄《うす》い唇から出ている反《そ》っ歯《ぱ》もいかにも貧寒に見える。ところが、その息子は連隊一の軽機の射手《しゃ》といえば、おそらく今度の戦闘《とう》でも花形役者で、部隊の信頼《らい》を一身に集めているかも知れない。桜木は奇妙な感慨《がい》におちいって眼がちかちかした。

「じゃが、もう、繁の奴《やっ》も、今ごろは生きちょるか死んじょるか、わかりませんよ」

老仲仕は、そういって、妙な笑いかたをしたが、桜木は、背《せ》筋を逆箒《ぼうき》で撫《な》でられた思いがした。

常三郎は息子の安否が気になるので、碇《いかり》大隊の戦闘《とう》の状況《じよう》をしきりに知りたがった。特務機関の菊池大尉《い》がときどき来て、戦況を知らせてくれた。菊池大尉《い》は年は若いのに、鼻から下はごわごわした濃《こ》い髭で埋めているので、ほとんどひと廻りも年長に見られることがあるらしい。給仕の姑娘《クーニヤン》はやんちゃなところがあって、陰《かげ》では「髯《ひげ》大人」と呼んでいる。しかし、桜木は自分が矮軀《く》のゆえをもって、「小大人」と呼ばれていることはしらない。

「碇《いかり》大隊は二月七日に駆逐《ちく》艦に移乗して、黄浦《ほ》江を遡《そ》江してから、夕刻になって、徐《じよ》家屯附近の停車場桟《さん》橋から上陸したらしいね」

これが最初に聞かされた碇《いかり》大隊の動静である。

「そのなかには、機関銃隊もいるんでしょうね?」桜木は常吉のいる中隊のことさえわかればよいようである。

「そりゃいるさ。待てよ、碇《いかり》大隊の機関銃は」と、手帳《ちよう》をめくって、「村上中隊だな」

「その隊に、桜木常吉というのが居るのには気がつかれませんでしたか?」

「兵隊のことまでは知らん」

それから、何日か経って、

「どうも戦場はクリークばっかりで、わが軍はずいぶん苦労《ろう》しとるらしいな。泥たんぼのうえに、まるきり橋はなし、人も馬も通れんところばっかりで、ちっとやそっとの難儀じゃないらしい。そのクリークの対岸に敵が頑《がん》張っとるんじゃからいっそう困る。工兵隊が川のなかにはいって、軽架《か》橋材料を肩に乗せて、そのうえを歩兵を渡しとるということだ。どこの隊だったか、突撃をするのに、決死隊ではない、必死隊というのを作って、クリークに飛びこんで行ったそうだが、そのときの命令をきいて、さすがに軍人の俺《おれ》もあきれた。こういうんだ。『最後ノ一兵ニ至ルマデ戦イ、最後ノ一兵ハ、武器弾薬ヲクリークニ投ジタル後、戦死スベシ』

……」

「ほう」

「それで、兵隊は黙々《もくもく》として命令にしたがうんだからな」

それからまたしばらくして、

「とうとう、廟巷鎮《びようこうちん》が落ちたよ。敵もずいぶん頑《がん》張ったなあ。敵は八十八師で、機関銃、重機、軽機をたくさんに持っとった。だいぶん前から陣地を構《こう》築して、あちこちにいくつも掩蓋《えんがい》のある立射《しや》散兵壕《ごう》を掘っとったんだね。そのうえ、深さが四米もある有刺《し》鉄線の鉄条網を張りめぐらして、おまけに、所々に外壕《ほり》を設けとった。それに、あのあたりは地形がだいたい平坦《たん》な田畑で、麦の穂《ほ》が一寸ほど出て居るきり、見透《とお》しがよく利く。攻めてゆく方には、例《れい》のクリークが蚯蚓《みみず》のようにくねくねと這っとる。攻撃は楽ではなかったろう。しかし、攻撃隊は勇敢《かん》でね、工兵と協《きよう》力して鉄条網破壊《かい》をやった。敵は無茶苦茶に射つ。二十二日の朝だよ。五時というから、まだ暗い。十六夜の月はあったんだが、曇っている上に霧で暗澹《たん》としとる。まず、敵前百米くらいに突撃陣地を作った。鉄条網破壊班《かいはん》が何組も出て、猛《もう》烈な敵火のなかで、鉄線を切った。破壊班《かいはん》は何組も全滅《めつ》したんだよ。指揮官《き》の落ちついたのが居って、発煙筒で煙幕《まく》を張った。敵がやけに射つので、攻撃部隊には死傷が続出する。しかし、……」

「ちょっと待って下さい。その攻撃部隊というのはどこですか？」

「碇《いかり》大隊だよ」

　桜木の眼のいろが変って来た。

「しかし煙幕《まく》を張ったときに、微《び》風が吹いとって、敵の方に煙を送ったのは天佑《ゆう》だね。歩兵は鋏《はさみ》で、工兵は爆《ばく》薬筒で、必死の破壊《かい》口をいくつか作った。工兵のうちには、爆《ばく》薬筒といっしょに爆《ばく》死して、突撃路を作った三人の兵隊もある。そうして、遂に各中隊は敵陣に吶喊《とっかん》して、堅《けん》塁《るい》を奪《だつ》取したんだ。敵はなおも頑《がん》強に抵抗《ていこう》して、二回も逆襲《しゅう》して来たが、撃退した。たいへんな戦だったようだなあ」

「こちらの損害は？」

「少なくなかったようだね。そのために三個中隊はやむなく二小隊編《へん》成にしたということだった」

「それで機関銃隊はどうだったんですか？」と、桜木は上ずったような訊《き》きかたである。

「さあ、それはよく聞かなかったが」

「戦死者の名前はわかっていませんか」

「名前までは知らん」

「桜木常吉というのはどうなったでしょうか?」

さっきからの桜木の態度《たい》がすこしずつ腹に据《す》えかねていたらしい菊池大尉《い》は、このとき、大きな眼で、くわっと桜木を睨《にら》んで、「馬鹿者」と大喝《かつ》した。桜木は呆気《あっけ》にとられて飛びあがった。

「さっきから見とれば、なんだ。自分の息子のことばっかり心配して。貴《き》公の息子一人くらい、死んだって生きたって、なんでもないじゃないか。もっと、男らしくしろ」

菊池大尉《い》はそういい残すと、机の上の戦闘帽《とう》をつかみ、長靴でどすどす板の間を蹴《け》るようにして、表に出て行った。桜木は呆然《ぼうぜん》として、椅子に腰を下していた。硝子扉《とびら》からは菊池大尉《い》の広い肩幅は消えて、石炭山の間で、熱心に仲仕たちが働いているのが見え、その向こうには黄色い黄浦江に浮かんでいる二隻《せき》の駆逐艦《くちく》と、戎克《ジャンク》船の広い帆が見えた。ほとんど聞きとれないくらいに、砲声が聞える。

「大人、どうなさいましたか?」

心配そうに、姑娘《クーニャン》が眉をよせて、近づいて来た。なにかわからないが、いつもおとなしい「髯《ひげ》大人」が、めったに出さないような大声を発したので、腑《ふ》に落ちかねたのであろう。「うん、煙草をくれ」と、濡《ぬ》れ犬が頭をふるように首をうちふってから桜木はいった。姑娘《クーニャン》は自分の服のポケットから、「ルビー・クイン」の箱をとりだした。

「よい煙草《たばこ》を持っとるな」

桜木はそういって、三本ほどとった。姑娘《クーニャン》もかえして貰《もら》った煙草に、自分も一本火をつけて、紅をさした唇にくわえた。桜木は細い眼をいっそう細くし、腹の底まで煙をしみとおらせるようにゆっくりと大きく呼吸をして、煙草を吸った。五、六ぺんやっているとすこし落ちついて来た。彼は奇妙なことを思いだしていた。それはいつか高木友彦《ひこ》と元寇のことで議論をして、友彦《ひこ》から、「馬鹿たれ」と怒鳴りつけられたことである。桜木とて狷介《かい》にして頑《がん》固の者であるから、なかなか人に屈するものではないが、いま、菊池大尉《い》の口から出た「馬鹿者」と、友彦《ひこ》の口から出た「馬鹿たれ」とに、どこか共通なものがあるような不思議な昏《こん》迷におちいっていた。事柄《がら》がまったくちがうのに、どこか脈絡《らく》の通じているような感じがするのはどういうわけであろうか。そのことがあってから、桜木は常吉のことなどは曖《おくび》にも出さぬようになって、身を粉に働いた。

三月にはいって間もない日、久しぶりで、ひょっくりやって来た菊池大尉《い》が、にこにこと、

「兵站《たん》病院にいっしょに行こう」といった。

桜木はなんにも聞かずにだまって菊池大尉《い》のあとにしたがった。

風はまだ冷たいが空はよく晴れている。舢舨《サンパン》を呼び、黄浦《ほ》江をななめに横切った。早い流れを溯るのであるが、支那人の船頭はたくみに細い櫓《ろ》をあやつる。江上には幾隻《せき》かの外国軍艦が浮かび、ガーデン・ブリッジ

が近づいて来ると、高層《そう》な建築物の櫛比した上海《シャンハイ》租界の上にへんぽんといくつかの外国の旗がひるがえっているのが見えた。

「桜木君、上海《シャンハイ》という街《まち》は妙な街《まち》だな。支那の街《まち》であって、支那の街《まち》ではない。米英が支那を食いものにする足場なんだね。しかも、この街《まち》で一番うつくしい公園の入口には、『支那人と犬と入るべからず』という立札が立っているんだよ」歯《は》を噛《か》むようないいかたである。

「そんなことがありますか」と、桜木もおどろいた。

「英米人の東洋人に対する考えかたというものを、われわれはよく腹に入れとかにゃいかん。まして、日本に対する彼等の心を警戒《けいかい》することを忘《わす》れてはならん。今度の戦争だって、日本軍は、彼等のためにどんなに不利な戦争をしたかわからん。租《そ》界や外国権《けん》益のあるために、わが軍は滅《めつ》法苦労《ろう》した。支那軍もそれをよく心得とって、わざと租《そ》界を背《はい》景にするように陣地を作る。向うからは射ち放題《だい》だが、こっちから射つと租《そ》界へ弾丸がはいる。英米はまた故意にわが軍の妨《ぼう》害をする。支那軍の弾丸だって時には租《そ》界に入ったろうがそれはいわんで、わが方にばかり抗《こう》議を申しこんで来る。……例《れい》はいろいろあるが、……簡単《かんたん》にいうと、今度の戦争だって英米が蔭《かげ》で糸をあやつって日本と支那とに溝《みぞ》を作らせようとしたんだね」

「そんなことですか」と、桜木はそういうことになるとさっぱり見当が立たない。

舢舨《サンパン》は桟《さん》橋についた。黄包車《ワンポウツ》を二つ呼び、兵站《たん》病院に行った。勝手をよく知っているらしい菊池大尉《い》のあとから行くと、一つの部屋の前に止って、「ここに貴《き》公の息子がいる」と、いった。それから、「吾輩《はい》は戦友のところに行って来るから」と、廊《ろう》下を曲って行ってしまった。

入口の扉《とびら》の上に黒の名札が六枚並べられ、三番目に、「上等兵桜木常吉」とあった。なんにも駭《おどろ》くまいと心にさだめてはいたが、胸がどきんとした。胸をおさえて静かに扉《とびら》をノックした。

「おうい、おはいり」と、中で誰かが答えた。たしかに息子の声である。桜木は、ぐっと唾《つば》をのみこんで、そっと扉《とびら》を開いた。

「あらあ」常吉は入口を見て、頓《とん》狂な声を発したが、口を開いたまましばらくぽかんとしていた。寝台の上に坐《すわ》って雑誌《ざっし》を読んでいたらしく、そのままの姿勢で開いた口がふさがらない様子である。父が上海《シャンハイ》に来ていることなどまったく知らなかった常吉には、こんなところへ突然《ぜん》父があらわれようとは夢想《むそう》だにしなかったからであろう。息子の白衣の姿に桜木はおろおろとなりかけたが、強いて笑顔をつくって、「よくやった」といった。なにがよくやったのかわからない。

部屋には常吉をふくめて六人の患《かん》者がいた。六つの寝台にそれぞれ白衣の兵隊たちが起きあがった。

「倅《せがれ》がお世話さまで」と、桜木は兵隊たちに向かって頭を下げた。「桜木上等兵のお父さんですか」

「ほう、いつ上海《シャンハイ》にいらっしゃったんです?」「よくわかりましたなあ」などと兵隊たちは口々にいった。その間にも、桜木の眼は常吉の身体中をいそがしく這いまわった。どんな怪我《けが》かと気が気でないのである。

「すみません」

常吉は首をたれた。色は黒く焦げているが頬《ほほ》は落ちて青ざめている。不精髭《ひげ》を剃っていないのでいっそう憔悴《しょうすい》しているように見える。どこにも繃《ほう》帯はないので、病気なのだとわかった。ほっとしたと同時に、急に拍子《ひょう》抜《ぬ》けがして桜木はなにか腹立たしい思いが湧《わ》いて来た。

「高木の伸《しん》太郎君は？」と怒ったように訊いた。

「高木は来て居りません」

「来とらん？　病院に来とらんというのか？」

「いいえ上海《シャンハイ》に来て居りません。高木はとても戦争に行きたがって残念がって居りましたけど、命令で残されました。営所で初年兵の教育係をやって居ります。そうそう森先生のところの息子さんが今年入営したでしょう。なんでも同じ中隊で、どうも工合が悪いといっとりましたよ」

「伸《しん》太郎君が来とったら、病気なんぞせんできっと、めざましい働きをやったろうなあ」

腹が立つと押えることのできない桜木はそんな心にもない皮肉をいってみたりしている。兵隊が戦地で病気になることは仕方のないことで、なにも非難すべきではないことくらい桜木とてわからなくはないのである。同室の兵隊たちもいずれも病患《かん》であったとみえて、桜木の言葉にみんな不興げな顔をした。しかし、いまさら一度いった言葉を取消すような器用なことはできない性質だから仕方がない。

「それで、ほかの戦友たちは変わったことはなかったのか？」

常吉は、ちょっと考えるように小首をひねったが、ひくい声で、「だいぶん戦死や戦傷がありました」

「ちょっと、名をいうてみれ」

「全部は知りませんが、私の隊では、江淵《ぶち》少尉《い》、それから」と常吉は思いだし且《か》つは冥《めい》福を祈るように眼をつぶり、一人の名をいうごとにうなずきながら、「高木の隊出身では班《はん》長の金子軍曹《そう》殿が廟巷鎮《びょうこうちん》で戦死されました。それから、和田一等兵、大隈《くま》一等兵、吉岡一等兵、井本一等兵、……」

「井本？」と桜木はびっくりするほど大きな声をだした。

「ええ、井本です」

「連隊一の軽機関銃の名人といって、前に高木の伸太郎君と家に来たことのある井本一等卒じゃな？」

「そうです。その井本です」

「そうか」と桜木はおさえがたい溜《ため》息が出た。ぜんそくで息を切らしながら石炭のなかで働いている半纏姿の見すぼらしい井本松太郎の顔が浮んで来た。「その井本一等卒のな」と桜木がいいかけると、常吉が、「お父さん、いまは一等卒でなくて一等兵になりましたよ」と訂正《てい》した。

「ふうん、いつなったのかい?」

「去年の終りです」

「去年の、たしか十一月十日からと思いました」と、一番窓側の寝台の兵隊がいった。

「そうですか。そんなら、その井本一等兵の親父さんがやっぱり上海《シャンハイ》に来て居ってな、わしのところで働いとるのだよ」

「ほう」と、常吉もほかの兵隊も異口《い》同音にいった。

「帰らんかね?」菊池大尉《い》が扉《とびら》を開けて覗《のぞ》いた。もっと居たかったが、桜木もいっしょに病院を辞《じ》した。

舢舨《サンパン》で帰って来ると、仲仕たちは貯《ちょ》炭場で石炭の繰《く》り替《かえ》をしていた。そのなかをさがすと、棒立ちになってしきりに鉛《えん》筆を舐めながら帳《ちょう》面をつけている寒そうな井本松太郎の姿が見えた。現場ではたらいているときに息子の戦死を知らせてやるわけにもいかないので、夜にでもなってからと桜木は横を通りながら、「精が出ますな。御苦労《ろう》さんです」と声をかけた。

井本は鉛筆をくわえたまま振りかえって、

「はあ」と寒そうな声で答え、「いまお帰りですか? 街《まち》はざわついとるでしょうな」

「避《ひ》難民でたいへんですよ」

井本の顔が見づらい思いで、桜木は逃げるようにすたすたと事務所の方に行った。二階の自室にあがって窓の外を見た。空はどんより曇っている。黄浦江《ほ》にはここから正面にあたるところに駆逐艦《くちく》が浮いている。浦東《フートン》にはまだ敗《はい》残兵などがいるのでいつ襲撃《しゅう》を受けるかわからない状態《じょうたい》であったが、そういう危急の場合にはこちらから赤旗を振れば、軍艦からも救《きゅう》援《えん》隊が来てくれる手筈《はず》になっていた。支那軍が盲目撃ちにする砲弾がときどき租《そ》界を越えて黄浦《ほ》江に落下した。多くは水中に没《ぼっ》したが、ときに戎克《ジャンク》船や舢舨《サンパン》を沈めたり、ここの貯《ちょ》炭場に落ちたりした。石炭のなかで大勢の仲仕が余《よ》念なく働いている。柵《さく》のそとから六尺竹を林立させた苦力が覗《のぞ》いている。桜木の眼は井本の半纏《てん》姿に釘づけになって離《はな》れない。そして、自分のところの常吉は三男であるが、井本のは一人息子であったと思いだして二度びっくりした。

「馬鹿者」

なにかすまないような気持が胸にわいて来た桜木は細い眼で川向うを睨《にら》みながら、友彦《ひこ》や菊池大尉《い》から自分がいわれた言葉を兵站《たん》病院の常吉にむかって投げてみた。

夜になっても、桜木は井本に息子の戦死を告げることがどうしてもできなかった。帳面方《ちょう》である井本は一日の仕事の状況《じょう》を毎夜報告に来るのである。その夜も、曲がりくねった下手な字の帳面《ちょう》をひらきながら、ぼそぼそと報告をする井本の姿が桜木はどうしても正視《し》できなかった。

「ああ、もうわかりました。御苦労《ろう》さん」と、追いかえすようにした。

明日は話そうと思いつつ、四五日はいつの間にか過ぎてしまった。井本は夜になるとかならず帳面《ちよう》を持ってやって来た。寒さのために持病のぜんそくが昂《こう》じたとみえて、ひどく咳《せ》きこむことが多かった。桜木がようやく一大決心をして口を切ろうとした途端に、井本が海老のように身体を曲げて咳《せ》きいるのでそのままになったこともある。しかし、桜木は井本に息子の戦死を告げることに、単《たん》にそれのみに勇気を要したわけではない。彼とてもそんなに気弱な男でもない筈《はず》である。ただ彼の心はいつも病気して無事でいる自分の息子のことが引っかかっていたのである。つまり常吉も戦死をしているのであったら、なんの躊躇《ちゆうちよ》するところもなく話すことができたであろう。そういう奇《き》妙な当惑《わく》のなかにあって、依怙《いこじ》地な桜木は二度と息子のいる病院にも行こうとはしなかった。

一週間ほど経った。井本が毎夜来ることは同じであった。洟《はな》水をたらしながらする井本の報告を聞きながら、桜木はもう自分の口から話すことはやめようと考えていた。

「戦争は、都合よう、いきよるようですな」などと井本はにこにこというのである。

ある日、菊池大尉《い》がやって来て、「桜木君、貴《き》公もちかく無罪《ざい》放免になるぞ」と元気な声でいった。

「どういうわけですか?」

「ちかく停戦協《きよう》定になる模《も》様だ。敵の最後陣地の大場鎮《ちん》も三月二日には落ちたし、真茹、南翔《しよう》、嘉《か》定もわが軍の有に帰した。いくら支那軍が威張っても、実力の前にはいかんともできん。支那軍の尻《しり》押ししとった英米も兜《かぶと》をぬいで、今度はお面をかぶりかえ、仲裁《さい》役と来た。ふふ、笑わせるよ」

「満洲の方はどうなったんですか?」

「向うは向うで馬占山も追っぱらうし、斉々哈爾も占領し、敵の錦州《きん》政府も引っくりかえした。そうして満洲はまったく生まれかわったようになった。独立したのだ。新国家の建設という運びになった。そうなればいずれまた英米が焼き餅をやいて、国際連盟《さいめい》あたりがなんのかんのということだろうが、一意初志にむかって邁進《まい》あるのみさ」

菊池大尉《い》は髭《ひげ》をしごきながら、すさまじい眼でなにかを睨《にら》むようにした。

「結構《こう》ですな」と桜木も大いに慶祝《けい》の意を述《の》べた。よくはわからないが、ともかく日本の国力が拡《かく》大してゆくことには喜びを禁《きん》じ得ないからである。日清《しん》、日露のとき、釜《ふ》山府で痛感したことを思いおこして感慨《がい》はひととおりでない。

「しかし」と、菊池大尉《い》は急に憮然《ぜん》とした顔つきになって、「こんなに日本が前進するためにはやっぱり兵隊の苦労《ろう》が大変だからなあ。表ばかりを見とってはいかんよ。軍の苦労《ろう》というようなものはそっちのけで、えてして派《は》手な結果にばかり世間の眼がいきたがる。君も知っとるように、今度の上海《シャンハイ》だけだって生やさしいことじゃなかったのだからなあ」

「はい」桜木は神妙に返事をした。

「それに今度来た兵隊はやっと初年兵から二年兵になったばかりのが多かったんだが、強かったなあ。貴《き》公のところの息子もそうだったね?」

「はい」

「それから」菊池大尉《い》は思いだすように「ここの仲仕にたしか井本とかいうのと、田村というのが居ったな？」

「居ります」

「それがね、やっぱり、どっちも息子が今度来とった。井本の息子は戦死した。井本一等兵の話を司令部で聞いたがね、どえらい勇敢《かん》な奴《やつ》で、軽機関銃を持ってどんどんまっさきに行って、飛んで来る弾丸なんか屁《へ》とも思わんで落ちつきはらって敵陣を射っとったそうだ。それで部隊が井本に誘導《ゆうどう》されるみたいになったんだね。俺《おれ》はミシン屋じゃとかなんとかいっとったそうな。惜しいことに廟巷鎮《びょうこうちん》でやられた。額《ひたい》を真すぐに射ち抜《ぬ》かれたので即死したそうだが、それでも井本の機関銃からどんどん弾丸が出るんで、不思議に思ってみると、しっかりと槓桿《こうかん》をにぎって引鉄をひいとったそうだよ」

桜木は眼がちかちかして来たが、「それが親父はまだ息子の戦死を知らんのです」と呟《つぶや》くようにいった。

「なに、ちゃんと知っとる」

「え？」と桜木はおどろいた。

「俺《おれ》が四五日前に話してやった。親父、なんにもいわんで、そうですか、と一口いっただけだったよ」

桜木は腑《ふ》に落ちない。毎夜やって来る井本の様子にすこしも変ったところがないので、まだ知らぬものとのみ思っていた。ところがもう四五日も前に知っていたのだ。桜木は頭がしいんとして来た。顔が赤らんで来た。自分が常吉の戦死を告げられて、「そうですか」とはたしていえるであろうか。

桜木がそんな感慨《がい》にとらわれているとは知らず、菊池大尉《い》はなにか思いだしたとみえていかにもおかしそうに、

「しかし、停戦になったときは面白かったそうだな。わが軍と支那軍の陣地とがあまり離《はな》れてないところがあるんだ。そしたら、停戦になると同時にどちらの陣地からも壕《ごう》の上ににゅうと身体を出して休憩《けい》したんだな。約束だから、鉄砲を射つことはならん。すると、敵の陣地からいきなりのこのこと這いだして、こっちに近づいて来る奴《やつ》がある。どうも風体が兵隊とはちょっとちがう様子で、四角な木の箱をぶらさげておる。日本の兵隊たちはおかしな奴《やつ》が来たのでなにかと思っとると、こっちの陣地までやって来て、『先生《シーサン》、ミガキか?』といったというんだ。なんのことはない。靴磨《みが》きなんだよ。そこでこっちの兵隊も笑って泥だらけの兵隊靴を磨《みが》かせた。俺《おれ》も俺《おれ》もといって足を出すと、にこにこして何人でも気前よく磨《みが》いてくれる。金をやろうといっても取らん。そしてまた、謝謝、といいながら支那軍の陣地に帰っていった。そこにおった中隊長が俺《おれ》の同期《き》生でね、そいつから聞いたんだが、その靴磨《みが》きが腰の蝶番《ちようつがい》でもはずれたような歩きかたでひょこひょこ帰って行くんで、見送りながらこっちの陣地で大笑いした

ら、支那軍の陣地でも笑いだしたそうだよ」

「そういうもんですかな」

このときが菊池大尉《い》に会った最後になった。世話になったのでお礼がてら一夕ゆっくりお別れをしようと考えていたのに、突然《ぜん》、桜木は内地帰還《かん》の乗船命令を受けた。命ぜられた日に指定の埠《ふ》頭に行ってみると、暫《しばら》くをともに暮した仲仕たちも同じ便で帰国するもののようであった。上海《シャンハイ》丸である。

解纜《らん》。出発。黄浦《ほ》江をくだって来ると、呉淞《ウースン》砲台に日章《しょう》旗が春の風をうけてひらめいている。だだびろい揚《よう》子江の河口へ出るとようやくうねりが出て来た。客は混雑《こんざつ》していて、仲仕たちは甲板の上に雑魚《ざこ》寝である。船艙の傾斜《しゃ》した蓋《ふた》のうえにまで茣蓙《ござ》を敷いて列び、船の傾くたびに辷《すべ》り落ちる。桜木は仲仕たちのなかで井本松太郎の姿ばかりが気になった。心なしか井本は貧寒な様子で痩《や》せた膝《ひざ》を抱き、あまり仲仕たちの話にも加わらずぼんやりしていることが多かった。黄色い海の水がやがて青くなって来ると、支那を離《はな》れたという思いがようやくはっきりする。

夜、甲板の手欄《すり》にもたれて暗い海の方をながめながら、泣いている井本の姿を桜木は見た。洟水をすすりあげながらはげしく咳《せ》きこんだ。桜木は近づいていって背《せ》をさすってやった。井本はふりかえって、恐縮《しゅく》し、「これは、桜木さん」と気まりの悪そうな顔をした。

慰《なぐさ》めるつもりであったが、なにかひけ目があってどうしても言葉が出て来ないので、桜木は仕方なしにもう呟きやんだ井本の背《せ》をさすっていた。

「そらそうと」井本は急に顔をあげて、「菊池大尉《い》さんから、あなたの息子さんが戦病で入院しとられると聞きましたが、その後よろしいのですか?」

「さあ、よく知りませんが、大したことはありますまい」

「出発前にお別れに行ってあげましたか?」

「いってやりませんでした」

「そんな……」井本は父親としての無情を責めるようなはげしい詰問《きつ》の眼をした。

波にゆられながら、上海丸は翌朝長崎に入港し、税関検査《けんさ》を受けて客は上陸した。それぞれ目的の土地へ出発していった。桜木は若松へ帰る仲仕の一行と同じ汽車に乗った。皆と別れ、博多駅で降りた。電報が打ってあったので、停車場には夫人や弟や工場員などがほとんど五十人もの同勢で迎えに来ていた。いずれも日の丸の小旗を持っている。トランクひとつを下げて、出口から出た桜木を歓《かん》迎の一行はとりまいた。

「兄さん、お帰んなさい」と、「若い大将」といわれている弟がにこにこと近づいて来た。

「うん」と桜木はうなずいたが、不機嫌《げん》に、「みんな、旗なんか持っていったいどうしたんじゃ?」

「凱旋《がいせん》を迎えるためですよ」

「誰の?」

「兄さんのです」

「馬鹿たれ」

桜木はそう吐きだすようにいいすてると、呆気にとられている皆をのこしてすたすたと歩きだした。人混みのなかに短軀《く》の姿はすぐに見えなくなった。

清流

三月二十三日、午後七時五分、福岡連隊からの上海《シャンハイ》派遣《はけん》部隊、博多駅着。戦野を馳駆《ちく》して来た軍靴に故国の土を踏《ふ》みしめながら、兵隊たちはなつかしい兵営に帰っていった。凱旋《がいせん》をむかえて、街《まち》は人と旗と万歳の声で埋まった。群衆《しゅう》のなかに、「高木屋」も、一家総《そう》出で旗を振りながらまじっていた。

「お父はん、このなかに伸《しん》太郎が居るともっとうれしいとですがね」

ワカがそういうと、友彦《ひこ》も同じ気持であったとみえて、「うん」と、やや残念そうにうなずいた。

「伸《しん》兄さんはなして戦争に行かんじゃったと?」と、秋人が訊く。

「そげ誰もかれも戦争に行ってしもうても、あとが困るけな。伸《しん》兄さんは残って、新兵さんを教育する大事な役をいいつかっとりなさるとじゃもん」

「ふうん」と、秋人は母の説明がわかったようなわからないような顔である。

二十五日、城内練兵場で、戦死者の慰霊《いれい》祭が行われた。列中にあって、伸《しん》太郎はあらたな悲しみに涙がとめどもなくあふれて来た。多くの戦友がたおれたが、わけても日夜起居をともにして可愛がられて来た班《はん》長の金子軍曹《そう》と、仲のよかった戦友井本一等兵とを失った悲しみは深かった。ふたたび帰らなくなった人々への追憶《おく》がつぎつぎに胸に浮んで来る。とくに、英彦山での演習のときのことがまざまざと眼前に髣髴《ほうふつ》して来て、もう金子班《はん》長も井本一等兵もこの世にいないというようなことがふと信じられなくなるのである。それからしばらくの間は、どこからか金子軍曹《そう》や井本が、「やあ」といって、ひょっくりと出て来はしないかと思ったり、声を聞いたように思って振りむいてみたりするようなことが、よくあった。伸《しん》太郎は兵隊の命のきびしさというものにようやくつきあたったような思いで、命ぜられた初年兵教育の任務《む》に一切をあげて没《ぼっ》頭した。

「高木上等兵殿は日ごろはやさしか人じゃけんど、なんか、たいそうきびしゅうて、恐しかときがあるちゅうて、新兵たちがいいよるばい」

島田一等兵が笑いながらいうことがある。伸《しん》太郎はもともとおとなしく思いやりのある気質なので、初年兵たちからも慕《した》われたが、訓《くん》練となると別人のようなはげしさを発揮《き》したので、そういわれたのであろう。

営庭に、兵隊たちの手で勅諭《ちょくゆ》下賜《し》記念碑《ひ》がつくられた。明治十五年からちょうど五十年にあたっていたからである。中央に自然《ぜん》石の大きな碑《ひ》が据《す》えられ、「誠心」の二字が刻まれた。その周囲に五つの小さい石が置かれ、それぞれ「忠節」「武勇」「礼儀」「信義」「質素」と書かれた。躑躅《つつじ》が石に配された。

この日、軍服を着た友彦《ひこ》は神棚に灯明をあげ、一家の者をそろえて、父友之丞《じょう》が涙とともに手写した赤罫《けい》紙綴じの軍人勅諭《ちょくゆ》を朗《ろう》読した。五十年前、父友之丞《じょう》がまだ幼なかった自分を前に据《す》えて勅諭《ちょくゆ》を読みきかせた記憶《おく》がよみがえって来た。まだ五歳でよく意味はわからなかったが、父のはげしい熱情が熱い火箸《ばし》のように胸のなかにつきささって来るのを覚《おぼ》え、「ヒトツ、グンジンハ」という言葉を寝言にまでいった。そんなことが頭に浮びながら、友彦《ひこ》は古色蒼然《そうぜん》としてところどころ虫の食った赤罫《けい》紙の帳《ちょう》面を持った手がふるえた。ワカ、鈴《すず》子、友二、礼三、秋人、綾《あや》子の五人がみな膝《ひざ》に手をおいて、首をたれて聞いている。たまたま友二は天草から帰省していた。捧読していきながら友彦《ひこ》は涙があふれて来たが、五十年前に自分に寝言までいわせた父の熱情を同じように自分の子供たちに注がなくてはならぬと気負っていた。その夜、だれも寝言をいう者はなかった。

昭和八年、一月、伸《しん》太郎除隊。祝いの席に列なった謙朴《けんぼく》は、「もう飲まん、もう飲まん」といいながらさかんに盃をかたむけていたが、急におかしくてならぬように笑いだした。

「どうしたことかい。よう、まあ、こげん向う傷の人間ばっかり、揃うたことな。高木さん夫婦だけでよかとに、息子の伸《しん》太郎君や礼三君まで、おつきあいしちょる」

「なるほどなあ」と、「筑《ちく》前屋」の八木重平も気づいて感心した顔をした。

「ほんとに」と、ワカも自分の額《ひたい》に手をやって笑った。

友彦《ひこ》もワカも伸《しん》太郎も礼三も、いずれも同じようなところに同じような傷痕があるのである。いくらか形や色がちがうが、それらの傷はそれぞれの意味《い》を持っていた。友彦《ひこ》の傷は幼いころ鯉のぼりの逃亡を防ぐために竿を登ろうとして落ちたとき、ワカのは礼三の夜泣きの呪禁《まじない》をしに行って崖《がけ》から落ちたとき、伸《しん》太郎のは英彦《えひこ》山の絶《ぜつ》壁から谷へ墜《つい》落したときのものである。礼三のは落下傘部隊となって「蛇の目屋」の二階から飛び降りたときのものだ。

「うちの倅《せがれ》まで仲間入りばしとる」と、筑《ちく》前屋はつれて来ていた重造の顔を見てあきれた顔で笑った。重造は福商の一年生であるが、彼の額《ひたい》には秋人が石を投げてこしらえた傷痕がある。

「まあ、しかし、伸《しん》太郎君も上等兵になって帰んなさったとじゃけん、いうこたなかたい」

謙朴《けんぼく》は、前にしきりに伸《しん》太郎の進級《きゅう》を力説していたことがあるので、大いに満足の様子である。

その夜、伸《しん》太郎は蒲《ふ》団のなかで奇《き》妙な戸まどいを感じていた。すでに皮膚《ふ》のようになっていた軍服をぬいだときには名状《じょう》しがたい淋《さび》しさを感じたが、「状《じょう》袋」でない寝床に消灯喇叭《ラッパ》を聞かずに寝ることがなにか頼りなくて仕方がないのである。兵営に対するはげしい郷愁《しゅう》が胸にわいてなかなか寝つくことができない。

「伸《しん》太郎、桜木の常吉君はどうしたかん？」

父が寝床のなかから話しかけて来た。

「志願して残りました。将校になるつもりでありましょう」

「身体の方は？」

「上海ではだいぶん悪かったそうでありますが、いまはええようであります」

「そうでありますか」と、友彦《ひこ》は柄《がら》になく伸《しん》太郎の口調を真似て笑った。

「桜木さんも上海《シャンハイ》に行っとったそうじゃな」

「はい、軍属《ぞく》で従軍しとられたそうであります」

「そういうところは、感心じゃが、……」

「このごろ、桜木さんの工場に井本上等兵のお父さんが出て居るそうであります。井本は廟巷《びょうこう》鎮《ちん》で戦死しましたが、なんでも井本のお父さんも上海に行っとったとかで、桜木さんといっしょじゃったそうであります。桜木さんが井本のお父さんを引きとって世話するとかいうちょりました」

「ほう」

「桜木さんは上海から帰ったときに、博多駅で出迎えの人たちをたいそう怒りとばしたとか聞きましたが」

「なしてや？」

「出迎えの人たちが大勢で日の丸の旗を持って行って、凱旋《がいせん》を迎えるとかなんとかいうたんで、なんが凱旋《がいせん》かちゅうて憤慨《ふんがい》しなさったとかでありました」

「ほう、そげなことがあったかい」

仲《しん》太郎の話を聞いて、友彦《ひこ》は喧嘩《けんか》別れした桜木をまた見なおしはじめたようである。人間が単純《たんじゅん》であるからわけはない。しかし、いわばこれは仲《しん》太郎の謀略《ぼうりゃく》にかかったようなものである。

仲《しん》太郎は、ふたたび「高木屋」と染め抜《ぬ》きのある半纏《てん》を着て、店の主人となった。入隊前と同じように自転車で飛びまわった。

仲《しん》太郎が帰ってからしばらくは謙朴《けんぼく》の訪《ほう》問がうるさいほどになった。山羊髭《ひげ》をしごきながらやって来る紋《もん》附羽織の漢《かん》方医《い》は、まず仲《しん》太郎と森博士の二女の芳《よし》江との縁《えん》談をとりきめたい魂胆《たん》があるが、杉垣のそとにあらわれると、団栗眼をむきだして、赤鼻をさすりながら、「リットン卿《きょう》もスットン狂も糞《くそ》もあるか」と、いまいましげに怒鳴るのである。

満洲事変に対してまったく東亜《あ》の事情に暗い国際《さい》連盟《めい》は日本を侵略《しんりゃく》呼ばわりし、リットンを首班《はん》とする調査《さ》団を派遣《はけん》したが、二月二十四日、連盟《めい》は遂に誤謬《ごびゅう》と誹謗《ひぼう》とに満ちたその報告書を採択《さいたく》した。

「そげな馬鹿なことがあるか」と、友彦《ひこ》も謙朴《けんぼく》とともにぷりぷりと腹を立てた。立ってもいても居られない焦《しょう》燥に駆《か》られた。もし会議が東京ででも開かれているのであったら、「俺《おれ》が話をつけて来る」といって、友彦《ひこ》はさっそく上京したかも知れない。嘗《かつ》て、遼《りょう》東半島還《かん》附を憤慨《ふんがい》して花の都へ飛びだしていった父友之丞《じょう》の血はそのまま友彦《ひこ》の体内に伝わっているように思われる。しかし、ジュネーヴまではちょっと出かけるわけにもいかないのである。

二十七日、国際連盟《さいめい》脱退の大詔《しょう》が渙発されると、友彦《ひこ》も謙朴《けんぼく》も手をとりあって喜んだ。赤瓢簞《ひょうたん》を出して来て祝盃《はい》をあげた。何度も額《ひたい》をたたいて、「万歳」をとなえた。ワカは、「あんたたちはまるで子供のごとある」と笑った。


春も過ぎてから、ある日、「高木屋」の暖簾《のれん》を排《はい》してのっそりと一人の大男がはいって来た。洋服姿であるがよれよれで、垢《あか》じみたネクタイもだらしなく皺《しわ》くちゃである。節くれだった大きな手に大根をぶらさげていて、「おごめん」と、間のびした銅鑼声で案内を乞《こ》うた。

「これは、島田さん」ワカは前に外出日に伸《しん》太郎と来たことがあるので見憶えていた。

「高木上等兵は居りますか。女房づれで博多に出ましたけ、寄《よ》りました。お土産と思うてちいとばっかし大根を持って来ましたが、お宅にゃたくさんあるとでしたなあ」と、島田は店にならんでいる野菜の山を見て苦笑した。

「やあ、島田、よう来たのう」

自転車で帰って来た伸《しん》太郎は戦友を見て駆《か》けこんで来た。しかし、伸《しん》太郎は島田のうしろに従っている丸髷《まげ》の女に気づいて、眼をぱちくりさせた。見たようだとちょっと首をひねって、すぐにそれが英彦山の玉屋で会った天狗《ぐ》の娘であることを知ったからである。

天狗《ぐ》の娘の方はあのとき負傷していた軍服姿の伸《しん》太郎と、いま見る鳥打帽に半纏《てん》姿の伸《しん》太郎と見わけがつかないとみえて、ぺこんと頭を下げて、「旦《だん》那さんがいつもお世話になります」

といった。地味な木綿着で、これも手に大根の束を下げている。

「さあ、どうぞ、おあがりなさって」ワカは手をとるようにした。

「はい、それではちょっとお邪魔《じゃま》いたします。おきん、入れや」

奥座敷に通った。友彦《ひこ》は在郷軍人会の用件で留守《るす》であった。庭の百日紅に雀がたくさん来てしきりに囀っている。瓢簞《ひょうたん》池の縁を蝦蟇がのそのそと歩いているのが見えた。除隊以来はじめてなので話は尽《つ》きない。

「ところで、御寮《ごりょう》さんをいつ貰《もろ》うたとな」

「ううん、つい一箇月ほど前じゃ。実は後藤上等兵殿の世話でな」

「ほう」

「一昨年《おととし》の秋に英彦山に演習に行ったことがあろうが。紅葉のきれいじゃった時たい。あんときに後藤上等兵殿がこのおきんに会うたそうでな、俺《おれ》にちょうどええ嫁女が居るけん貰《もら》わんかちゅうんでな」

島田がやや気恥かしげにぽつりぽつりと話すのを聞きながら、仲《しん》太郎はおさえがたい微《び》笑がわいた。夫の話す間中、おきんは出された生菓子を無遠慮《りょ》にぼりぼりとかじっている。

「そのときたい。俺《おれ》が崖《がけ》から落ちて、貴《き》様の御寮さんに介《かい》抱して貰《もろ》うたとは」

「なんじゃ、そげんことか」と、島田は頓《とん》狂な声を立てて笑いだした。おきんもびっくりして、菓子を食う手を休め、まじまじと仲《しん》太郎の顔を見なおした。

「ああ、いつかお前が話しよった英彦山の娘さんはこの方ばいな」と、傍にいたワカも微笑《び》して、

「その節は伸《しん》太郎がいろいろ」とあらためて礼を述《の》べた。

「いいえ、なんにも、世話なんどはしちょりまっせん」おきんはぶっきらぼうである。

かぎった用件があるからといって、島田夫婦は一時間ほどいて帰って行った。帰りに島田は、

「いっぺん俺《おれ》の田舎にも来てくれんか。筑後川がすぐそばじゃし、川の風情もなかなかええもんばい。それに俺《おれ》の友だちにあぶらまのまあしゃんちゅうて鯉とりの名人が居るけん、鯉をいやちゅうほど御馳走《ごちそう》する」といった。

十二月二十三日、皇太子殿下御誕《たん》生。国を挙《あ》げて喜びの祝典《てん》はくりひろげられ、「高木屋」でも赤飯を炊き、赤瓢簞《ひょうたん》に酒を盛った。いつになく酩酊《めいてい》した友彦《ひこ》は一家の人々を前にして、柄《がら》にもなくあまり上等ではない声を張りあげて、「すめらみくにのもののふは」と「筑《ちく》前今様」を歌った。

喜びが重なって来た。藤田謙朴《けんぼく》の仲介で、伸《しん》太郎は森博士の二女芳《よし》江と結婚《こん》した。いっそ同じときにしようというので、鈴《すず》子は是《これ》石平右衛《え》門老人の媒酌《ばいしゃく》で、小倉《くら》の旧《きゅう》家である木村英治へ縁《えん》づいた。しばらく転地して身体を養《やしな》っていた友二も天草を引きはらって帰って来た。そこへ礼三が熊《くま》本の幼年学校に入学することになった。こういうときに、久彦《ひこ》が少将に進級《きゅう》したという知らせがあった。「おめでただらけじゃな」と、謙朴《けんぼく》もいささかあきれた。

芳江《よし》は小柄《がら》な女で、従順であるがすこぶる快活な気質である。白い瓜《うり》実顔に張りのある眼がいつも活気にあふれている。ワカはよろこんで、「芳江《よし》さんが来て、家のなかが明るうなったごとある」といい、嫁にむかっても、「伸《しん》太郎があんなじゃけ、気を引き立ててやって下され」などともいった。女学校を出て、新しい学問にも興味を持っている芳江《よし》はときどきワカの旧弊《きゅうへい》がおかしくなる模《も》様であったが、別にさからおうとはしなかった。火鉢に入れた木炭がはぜて火の粉を飛ばすときには、ワカはぐっと火を睨《にら》むようにして、「山に居るときのことを忘れたか」という。

芳江《よし》は笑って、「お母さんはなんとでもお友達ですわね。蝦蟇《わくど》でも、燕《つばめ》でも、猫でも、犬でも、お母さんのいうことなら聞きますもん」

「ほうれ、ごらんな。木炭がはぜるのをやめたろ」と、ワカはまじめである。

あるとき、芳江《よし》の上の歯《は》が虫が食って抜《ぬ》けた。表にすてようとすると伸《しん》太郎があわてて止めて、

「歯《は》は叮嚀にあつかわんにゃ。上の歯《は》が落ちたら白帆紙につつんで屋根にあげる。下の歯《は》のときにゃ床の下に入れて、また来てつかさい、というときゃ、じきにあとが生える」

「そんなことあるか知ら」医《い》者の娘であるから彼女も科学的である。

「お母はんがそういいなさるとじゃけん間違いはなか」

「そんなら、そうしましょう」と、芳江《よし》は白帆紙に歯《は》をつつんで、笑いながら、「また来てつ

かさい」といって屋根に投げあげた。

前から森博士は桜木常三郎と高木友彦《ひこ》とを仲なおりさせようと考えていて、何度も斡旋《あっせん》の労《ろう》をとろうとしたが、両方とも頑固《がんこ》で効果《こう》がなかった。ところがいつの間にか二人とも心境の変化を来していたとみえて、あるとき碁《ご》を打ちに来てひょっくり話しだすと、友彦《ひこ》はしぶしぶではあったが承諾《だく》をした。それで桜木に話すと、高木さんがその気ならということになった。

礼三が熊本《くま》へ出発する日が近づいたとき、伸《しん》太郎の発案《あん》で島田の田舎《いなか》を訪《ほう》問することになった。日曜日なので一行は大勢である。友彦《ひこ》、ワカ、伸《しん》太郎、芳《よし》江、友二、礼三、秋人、綾《あや》子、謙朴《けんぼく》、森博士、桜木、「筑《ちく》前屋」の重造、それに井本松太郎がしたがっていた。久留《る》米で久大線に乗りかえ、いくつ目かの駅で降りると、時間の打合わせがしてあったので迎えのために島田が出ていた。ぞろぞろと十三人の一団は下車した。閑《かん》寂で空気の清澄《せいちょう》な農村のまんなかにぽつんと寒駅があり、鋸の目のように起伏《ふく》に富んだ耳納山《みのうさん》が衝《つい》立のように聳《そび》えている。麦の波がうつくしい。白い雲のながれにさからって、笛のように鳴きながら数羽の鳶《とび》が悠々《ゆうゆう》と舞っている。

「やあ、高木、久しぶりじゃのう」

島田といっしょに立っていたずんぐりした詰襟《つめえり》服の男がなつかしそうに寄《よ》って来た。後藤であった。

「これは後藤上等兵殿」と仲太郎《しん》もなつかしくて、「あなたも、このあたりでありますか」

「うん、島田のところのじき傍《そば》じゃ。生えぬきのどん百姓《しょう》でなあ」

後藤は大声で笑ったが、仲《しん》太郎は兵営にいたときの後藤上等兵の姿をいまも飾《かざ》り気のない百姓《しょう》姿の後藤のうえに重ねてみて、なにか鼻の頭がつうんとなるような感慨《がい》を覚《おぼ》えた。

一行はバスで片瀬まで行った。そこで後藤や島田がいつも世話になっているという郵《ゆう》便局《きょく》長に引きあわせられた。その人はこのあたりの大地主で、いかにもお大尽《じん》といったような福々しい相をしていた。大柄《がら》なすこぶる気さくな人である。その人の家でしばらく休憩《けい》した。

「舟の用意がでけました」と、島田が知らせて来た。一行は麦の穂《ほ》の美しい畦道を抜《ぬ》けて、空気のつめたい筑《ちく》後川の堤《てい》防に出た。幅のせまい底の浅い三隻《せき》の舟に分乗した。ゆらゆらするので奇《き》声をあげる者もある。一隻《せき》は後藤が漕ぎ、一隻《せき》は島田が漕ぎ、あとの一隻《せき》は島田の女房のおきんが漕いだ。おきんはもう丸髷などはこわして、山に居たときのように無造作に髪《かみ》をたばねている。緑のメリンスの帯が目立つ。「天狗の娘も山から川に来りゃ、河童に早がわりするのう」と、後藤が櫓をあやつりながらひやかしている。浅いところに来ると水棹で舟をあやつった。三隻《せき》の舟は上流にむかって進んだ。

青くよどんだところ、わりあいに浅くて河底の赤褐《かっ》色の砂が水のいろのように見えるところ、勢あまった流れが曲り角に来て、くるくる幾つもの小さな渦《うず》をつくりながら瀬波を立てているところ、筑《ちく》後平野を幾筋にも別れながら潤《うるお》している分流が出あってしぶきをあげているところ、そういう水をあつめてひろびろと筑《ちく》後川は流れている。舟の舷は水面とすれすれなので、ちょっと平均《きん》を失えば顚覆《てんぷく》しそうである。無気味である。堤《てい》防は萌えでたばかりの青草につつまれ、ときどき水面をかすめるようにしてよしきりが鋭《するど》い声で鳴いて過ぎる。

「日本の川は美しいなあ」

上海にでかけて揚《よう》子江や黄浦《ほ》江の濁《だく》流を見て来た桜木の眼には、筑《ちく》後川の清《せい》流はほとんど水晶を溶かしたながれのように映るらしい。

「まあしゃんが来ました」と、島田の漕ぐ先頭の舟に乗っていた郵《ゆう》便局《きよく》長がいった。指さす方を見ると、耳納山《みのうさん》を背《はい》景にしたはるかな土堤のうえを、一人の男が自転車でやって来た。自転車を棄《す》てると堤《てい》防の傾斜をくだって来て、繁茂《はんも》した葦のなかに見えなくなった。やがて葦の林をかきわけて出て来て、水辺の小舟に飛び乗った。その舟にはさっきから一人の若い男が乗っていて、まあしゃんが乗るとすぐに櫓をこぎだした。舟は岸をはなれた。

「おそなりました」と、まあしゃんは怒鳴った。

「なんの、よかたい。ご苦労《ろう》ばってん、いっちょよかとこ頼《たの》むばい」と郵《ゆう》便局長がいった。

上流に行って、舟をとめた。見物の三隻《せき》は岸に寄《よ》って土堤にあがった。

まあしゃんは裸《はだか》になった。赤銅色に焼けて光る皮膚《ふ》、もりあがった筋骨のたくましさ、均斉《きんせい》のよくとれた身体つき、色は黒いが端正な顔、舟の舳に黒い褌《ふんどし》ひとつで、右手に三つ又になった鉄矛をにぎってつっ立ったまあしゃんの姿は、あたかも希臘の彫《ちよう》刻を見るようである。

「高木、まあしゃんも兵隊でな、上等兵なんじゃよ」

後藤にそういわれて、伸《しん》太郎はあらためてまあしゃんを見なおした。

まあしゃんの右肩の筋肉は修練の成果であろうか、そこだけ瘤のようにふくれあがり、右腕を動かすたびに生きているようにぐりぐりと動く。鯉を追うために後藤と島田が川下から棹で水面をたたいた。まあしゃんはもうよいというように手をあげた。錨《いかり》をしずめ巻きざし綱《づな》を端から水中に落していった。それから岩にとびあがって、草むらから蓬《よもぎ》の葉をひとにぎり摑《つか》みとると頑《がん》丈な手でもみつぶして、水中眼鏡の硝子《ガラス》をふいた。まあしゃんは、鉄矛を右手にもって、じっと水面を睨《にら》んでいたが、深く息を吸って水中に消えた。

ひとびとは水面を注視《し》した。まあしゃんはいつまでも水中からあがって来ない。青く淀《よど》んだ水の底から、白い水泡《ほう》がくさりのようにつながってくるくる舞いながらあがって来る。

「こげん長いこと、人間が水に潜《もぐ》ることはでけん筈《はず》じゃがなあ」と、謙朴《けんぼく》は不思議そうである。

やがて、まあしゃんは水面に浮いて来た。ぶるぶると乱暴《らんぼう》に顔をなでた。右手に持った鉄矛に、二尺にちかいかと思われる一匹の鯉がつきさされていた。

「やったな」と、郵《ゆう》便局長は大よろこびである。みんなも手をたたいた。

まあしゃんは、にこりともせずに、その鯉を舟のなかに投げこむとまた沈んだ。

「冬分にゃ矛なしで鯉ば抱いてあがって来ます。一枚の鱗《うろこ》もはがさんで、水音も立てんで取ることもあります。いっぺんに二匹両方に抱いてあがったことも珍《めずら》しかことじゃありまっせん」

郵便局長《ゆうきょく》が解説していると、まあしゃんがあがって来た。今度は駄目《だ》だったらしい。ぷっと唾《つばき》をはいて水面を睨《にら》んでいたが、三度沈んだ。今度は一尺ほどのをつきさしてあがって来た。すこしずつ漁場を移動しながら、こういう風にして時間が経った。

「神代橋《くましろばし》ちゅうのはもっと上かん？」と友彦《ひこ》が上流の方を見ていった。

「ずっと下であります」と船頭の後藤がこたえた。嘗《かつ》て上官であった後藤のあやつる船に乗って、さっきから仲《しん》太郎はどうも尻《しり》がくすぐったそうである。

「このあたりに、元寇のときに軍勢が群がっとったんじゃな」

感慨《がい》にあふれた眼で友彦《ひこ》は沿岸を見わたした。同じ舟に桜木も乗っているし、森博士はひやりとしてふりかえった。話が危険《けん》な歴史《れきし》のことになって来たからである。

「仲《しん》太郎、お前たちの秋季《き》演習もこのあたりであったのとちがうか」

「はい、もっとこの下流で、工兵と協同《きょう》で架《か》橋渡河演習をいたしました」

「お前に話したことがあったかな、工兵の元祖《そ》のことを。……元軍が押しよせて来たときに、太宰《ざい》府から九州各国に檄を飛ばして召集令を発したところが、ただちに、ぞくぞくと地方から部隊が集まって来たんじゃがな、悪いことにそのときが大雨つづきでな、この筑《ちく》後川の橋がみんな落ちとって渡られん。激《げき》流がごうごうと逆まいちょる。参集して来た部隊がみんな渡れずにこの南岸にひしめきおうとった。このなかに肥《ひ》前の豪《ごう》族で神代《くましろ》某という者が居ったが、彼もわれこそ先陣して手柄《がら》を立てようと家の子郎党《とう》を率《ひき》いてやって来とった。ところが川が渡られん。そしたら、彼はとうとう自分の個人的な勲功《くん》の望みをすてた。そして、部下を督励《とくれい》して舟を集めて来て架橋《か》をはじめた。流れははげしいし、材料は乏《とぼ》しいし、きちんとした橋はとてもでけん。そこで、兵隊たちがみんな川にはいって、こしらえた橋をつかまえたり、身体でつっぱったり、肩で支えたりして、ほかの部隊を渡らせた。そのために太宰府《ざい》への集結は間にあったが、神代部隊は一番あとになった。上海《シャンハイ》でも、クリークをわたるのにやっぱり工兵が人間の橋をつくったちゅうが、こげな、おのれをすてる精神があるんで日本は強いんじゃなあ。なにも、神風ばっかりに頼らんでもええんじゃよ」

友彦《ひこ》はそういってじろりと桜木の方を見た。

聞えたのか聞えないのか、桜木はそっぽをむいて、まあしゃんが水にもぐった場所をじっと見つめている。河底から白い泡《あわ》や砂や水草などが舞いながらつぎつぎあがって来る。雲行の悪化をおそれた謙朴《けんぼく》は横から、

「高木さん、今度から国号をニッポンと呼ぶことにきまったちゅうのは、ほんなことな?」と、大きな声で話しかけた。

「わしもそう聞いたが」

「政府の命令な?」

「さあ、文部省の国語調査《さ》会できまったとか、いうとったようにあったが」と、どうやら思う壺《つぼ》に神風は吹き去ったようである。

日のかたむくころまでに、鯉は大小とりまぜて十七本ほどとれた。郵《ゆう》便局長は大満足で、

「こげん鯉とりの上手は日本中鉦《かね》ん草鞋《わらじ》でたずね歩いたっちゃ、居りゃしますめえ。河童でん水んなかじゃまあしゃんにかなわんごたるちゅうて、みんないいますばい」と、自慢《まん》の鼻が高い。まあしゃんはてれくさそうな様子で、妙に仏頂面をしている。

夕方、柴《しば》刈村にある局《きよく》長の自宅で、みんな夕食の御馳《ち》走になった。この局《きよく》長は近郷では一種の風雅《が》人とよばれている人で、家には全国の郷土玩《がん》具の類《るい》が万を超《こ》えるほど集められ、木形子《こけし》だけでも数千本ならんでいるので、芳《よし》江や子供たちは珍《めずら》しがってうち興じた。

席に、まあしゃんに刺《さ》された鯉が刺身や甘煮《うまに》や味噌《そ》汁になって出た。

酒になってから、後藤が、「ほう、あなたが井本君のお父さんでありますか」と、頓《とん》狂な声を出した。これまで、いっしょにいたのに知らなかったのである。

「倅《せがれ》がたいそうお世話になりましたそうで。いつも繁《しげ》があなたのお噂《うわさ》をしちょりました」

「有名な喧《やかま》しやが居るちゅうてでしょう」と後藤は頭をかいた。みんな笑った。なぐられたこともある伸《しん》太郎はいまもじもじときまり悪そうにしている後藤に、いいがたい親しみを感じた。

「いいえ、あんた」と、井本はしょぼしょぼした眼をもううるませて、誰に話すともなく、

「繁《しげ》がいうちょったことをいまにわたしは忘れません。平尾台で実弾射撃《しや》の演習をしたときに、あいつ、ぼんやりした奴ですけ、薬莢を一つなくなしましたそうで、わたしは兵隊のことはよう知りませんが、実弾射《しや》撃で薬莢を失うことがなによりも喧しいとかで、一発なくしただけで

も上等兵にはなれんくらいのもんじゃそうで、あいつ困って、戦友をたのんで、さがしましたが、どうしても見あたらなかったそうです。そしたら、後藤さんがあいつの頬べんたをぶちなさってから、なにぼやっとしとるか、ここにあるじゃないか、どこに眼がついとるかちゅうて、薬莢を探しあてて下さったちいいます。ところが、あとでわかってみると、ほんとはやっぱり薬莢は紛《ふん》失しとったんです。それを後藤さんが自分のをくれなさっとったんで、上官には自分が紛《ふん》失したと報告して、後藤さんが始末書を書きなさったんです。御恩を返さにゃならんと口癖《ぐせ》のようにいうちょりましたのに、碌《ろく》なお役にも立たんうちに、死んでしまいまして、……」

首をたれていた後藤は顔をあげて、「そらそうと、こげんとこではなんですが、井本君はなにか遺言をしてあったでしょうか」

「いんね、なんにもしちょりません」

「そうですか」

後藤はいおうかいうまいかと考えている風であったが、思いきった面持で、

「実は、自分が聞いておることがあるのでありますが」

「はい、どんなことでありましょうか」井本は痩せた膝《ひざ》を乗りだして来た。

「すみませんが」と、後藤は一座の人たちに気をかねるように、「ちょっと、庭に出てくれませんか。高木、島田、君たちもいっしょに来てくれ」

後藤がさきに立って庭に出た。そのあとから井本松太郎が降り、伸《しん》太郎と島田がつづいた。

細い三日月と星が空にあおがれた。いくつかの灯籠《ろう》や石橋や飛石を踏《ふ》んで、築山の裏に出た。

「さっそくでありますが」と、後藤は不動の姿勢になった。

「はい」

「井本君が上海派遣《はけん》部隊で出発しますときに、自分は井本君から話されました。ほかに戦友もたくさん居ったとに、どうしたわけか、井本君は自分にだけ打ちあけてくれたのであります。詳しいことは存じませんが、井本君のお母さんにあたる方がどこか長崎の田舎の方に居られるちゅうことでありましたが」詳しくは知らないといったが、後藤は一切を承知しているのである。複雑《ふくざつ》な事情があるので、井本松太郎を苦しめることになるような点にはわざと触れないようにしながら、「それで、簡単《かんたん》に申しあげますと、井本君が自分に申しますには、上海に行く以上はお国のために戦うのじゃけん、いつ死んでも悔いはない、ただ心のこりは家を出ている母親のことだけじゃ、もし自分が戦死したら、お父さんにお母さんといっしょに暮すように伝えて欲しい、いつかお父さんに話そうと思うておるうちにいいそびれた、生きてかえれば自分が話すが、生還《かんき》を期さんつもりじゃけん、たのんで置きます。……そういうことじゃったとであります」

井本松太郎は海老《えび》のように身体を曲げて、ふかく首をたれていた。

「井本君は戦死しました。立派《ば》な死にかたじゃったと聞きました。井本君はすぐに上等兵に進級《きゅう》しました。それで自分は井本君の言葉を遺言として、お父さんに伝えたいと思いましたとに、どげんしてもあなたと連絡《れんらく》がつかんじゃったことであります。上海から帰られてから、家を畳まれてぶらっとどこかに行かれたきり、誰もあなたの行方を知らんというのであります。兵事課《か》にも参りましたが、兵事課《か》でも、井本上等兵に金鵄勲章《きんしくんしょう》が来とるとに、受けとり手がのうて困っとるということでありまして」

井本は顔に両手をあててはげしく嗚咽《お》した。咳きいるので、後藤や仲《しん》太郎が肩をさすってやった。井本はやがて涙をよごれた豆絞《しぼ》りの手拭《ぬぐい》でふいた。顔をあげることができずに、呟《つぶや》く声で、

「そげんまで、あいつはわたしらのことを心配しちょりましたか。ようわかりました。繁《しげ》の考えどおりにいたします」

「そうして下さい。それで井本上等兵の英霊《れい》も安心するでしょう。自分も肩の重荷がとれました」

庭の四人は顔を洗うようにして涙をぬぐって、席にかえった。

座は紋《もん》附姿の謙朴《けんぼく》が長鬚を撫《ぶ》しながら、もち前の嗄れ声で話すのに賑《にぎわ》っていて、

「そもそも、高木の御寮《ごりょん》さんの呪禁《まじない》もええ加減なもんばい。それがくさ、『蛇の目屋』の子が咽喉《のど》が辛《から》いの、眼をちぎってくれのちゅうけん、麻疹《はしか》じゃろうちゅうて、御寮《ごりょん》さんに聞いたとおり、『アノ子もコノ子も留守《るす》』ちゅうて貼《は》り紙ばした。そしたら二人も麻疹になった。それで、字が細かったけん、わからんじゃったとじゃろうちゅうて、大きゅう書きなおしたばって、

また一人殖《ふ》えた」

「入って来てから留守《るす》というても駄《だ》目ですよ」ワカはむきになって弁《べん》解する。

みんな笑った。

第三部

閣下

昭和十二年、七月七日、北京《ペキン》郊外、蘆溝《こう》橋附近において、豊台駐屯《ちゅうとん》のわが部隊は夜間演習中、支那軍より不法なる射《しゃ》撃をうけた。ここに支那事変の火蓋《ぶた》は切られ、さまざまの経緯《い》と波瀾《らん》とを経て、その波及はとどまるところを知らず、今日に及んでいるのはひとびとの知るとおりである。

はじめ、わが方は隠忍《いんにん》自重の不拡《かく》大方針を持して、局《きょく》地解決をはからんとしたが、支那は逆に不当な抗《こう》議を提《てい》出し、中央軍を続々と北上させて、わが軍を三方より包囲せんとする勢を示した。また、上海《シャンハイ》方面においても、あらかじめ構《こう》築したトーチカ陣地によって、抗《こう》戦の準備《じゅんび》をした。

七月二十八日、皇軍はついに決然《ぜん》と起こって行動を開始した。たちまち宋哲元《そうてつ》を首班《はん》とする二十九軍を平津一帯から撃攘《じょう》し、京綏《すい》、京漢《かん》、津浦《しんぽ》の三方面に迅《じん》速の作戦を展《てん》開して、京綏《すい》方面では、居庸関、八達嶺《れい》の天嶮を陥し、八月二十七日、張家口、九月十三日、大同、十月十四日、綏遠《すい》、十七日、包頭と占領して、内蒙《もう》を平定した。京漢《かん》、津浦《しんぽ》の敵四線陣地も、九月二十四日には滄州が落ち、保定、太原と占領された。

上海《シャンハイ》方面においては、八月十四日、敵空軍があらわれて爆撃《ばく》を加え、陸戦隊は数十倍の敵兵力と交戦して、よくこれを支えた。松井最高指揮《き》官の隷《れい》下に属《ぞく》する陸軍部隊の上陸によって、力攻がつづけられ、激《げき》戦が展《てん》開された。堅《けん》固なる敵陣地正面に対する敵前上陸、クリークの渡河など、その戦闘《とう》は惨《さん》烈をきわめたが、十月二十六日、堅塁《けんるい》大場鎮《ちん》、江湾鎮《わんちん》を奪《だつ》取し、蘇《そ》州河を渡るを得た。十一月五日、柳《やな》川兵団、杭《こう》州湾《わん》北岸に大挙《きよ》上陸、爾《じ》後、両軍の進撃によって、一軍は、嘉《か》定、太倉、蘇《そ》州、句《く》容と進み、一軍は、嘉《か》善、嘉《か》興、湖州、広徳《とく》、蕪湖と迂《う》廻し、両方面から、南京を包囲した。敵都南京が陥《かん》落したのは十二月十三日である。蔣《しょう》政権《けん》は漢《かん》口に退いて、なお対日抗《こう》戦を呼号した。

「蔣介石《しょうかい》ちゅうのはどうした執念ふかもんな。南京が落ちりゃへこたれると思うとりゃ、まだねばりよる。南京陥《かん》落で提灯《ちょうちん》行列したばって、もう一ぺん漢《かん》口陥《かん》落の提灯《ちょうちん》行列ばせにゃならんな。手間のかかることたい」

謙朴《けんぼく》は団栗眼をきょろつかせてはがゆそうにいったが、彼はいまだ先見の明があったとはいえまい。漢《かん》口が落ちてもなお戦争がつづくであろうなどということは、視《し》野のせまい漢《かん》法医《い》には想《そう》像もつかぬことであったからである。

「それがくさ、支那のうしろに、アメリカ、イギリス、なんちゅう第三国がおって、尻押しばしとるけんたい」

どこで聞いたか、したり顔で「筑前屋」がそんなことをいった。

翌年五月十九日、南北両軍の壮大な挟撃《きょう》包囲作戦によって徐《じょ》州陥《かん》落。引きつづき、揚《よう》子江を遡《そ》江したわが軍は、安慶《けい》、九江を占領し、長江一帯では、桐城、宿松を陥れ、諸軍は呼応して、遂に、十月二十五日、漢《かん》口の一角に突入した。二十七日には武漢《かん》三鎮《ちん》の制覇《は》が成った。蒋《しょう》政権《けん》は四川省の奥地深く重慶《けい》に遁《とん》入したが、なお抗《こう》戦を呼号するのである。

一方、南支方面では、十月十二日、バイアス湾奇襲《わんきしゅう》上陸、破竹の進撃をもって、二十二日、広東占領。これより先、五月十一日、厦門《アモイ》、六月二十三日、南澳島はわが海軍によって領有されていた。年があけると、二月十日、海南島制定。六月二十二日、汕頭占領。かくして事変後、陸海軍の緊密《きんみつ》な協《きょう》同作戦によって支那の要地は大半確保されたが、この間においても、警備《けいび》に、討伐に、建設に、皇軍の活躍《やく》は寧《ねい》日もなかったのである。

自動車はしだいに海の見える道に出た。背《せ》広姿の高木久彦《ひこ》は友彦《ひこ》や礼三の手紙をかわるがわる読んだり、走り去る外の景色をながめたりしていた。

十二月というのに硝子にあたる陽の光りが眼にいたいほど眩しいので、もう晦日《みそか》に近い冬のさなかであるというようなことは考えなおしてみなければ合点がゆかぬのである。車は埃をまきあげながら木麻黄《もくまおう》の並木を抜《ぬ》けたり、鳳凰《ほうおう》木や、クロトン、仏桑華《グマメラ》、いかだかずらなどが点綴されている山肌《はだ》の横を通ったりしているうちにいつか海岸線に出て来て、明るい陽の下にぎらぎらと紺碧《こんぺき》にきらめき光る海のいろを見て、（ああ、ずいぶん南に来た）と、久彦《ひこ》はためいきをつくようにして感慨《がい》をあらたにした。白砂の渚《なぎさ》には無作法に髪《かみ》をふりみだしたような工合に阿檀《あだん》の林がつらなっていた。このあたりは海からの風がつよいとみえてあまり背《せ》は伸《の》びず、ひくく砂の上を這《は》っている。ガジマルの梢から赤い羽の鳥が疾《しっ》走する車におどろいて立った。めったに人に会わないが、転々と漁夫の家らしい粗末な家があり、ときどき頭にいろいろなものを載《の》せて色の黒い土地の女などが跣足《はだし》で通った。甥《おい》の礼三の長たらしい手紙は罪《つみ》のない稚《ち》気にあふれていて、久彦《ひこ》はほとんど五行ほど読むたびに微《び》笑がわいた。めったに便りもくれなかったのに、なにを思いついたのか、便箋《せん》に二十枚にも達する長篇《へん》の手紙をくれた。南支へ小隊長として出発するという直前に書いたものらしい。

「わが陸軍士官学校の大先輩《ぱい》、然《しこ》うして敬愛する叔父《おじ》上、陸軍少将高木久彦閣下《ひこかっ》に対し、遥《はるか》に敬礼をなしつつ訣《けつ》別の筆をとります」

そういう書きだしである。それからすぐに、「私は小さい時には有名なる泣き虫でありました」とつづく。「ありましたというのは聞いただけでありまして、あったかどうかは私自身は確認しないのであります。然《しか》らば、正確にはあったそうであります、とすべきでありましょう。いずれにしろ、幼少のみぎり、夜泣きをして母上を手こずらせた私は、遂に私の夜泣きを癒《なお》さんとされた母上を死に瀕《ひん》する危険《けん》に陥《おとしい》れたのであります。私は未《いま》だに母上の額《ひたい》に残る傷痕を合掌《しょう》したい思いであります。その泣き虫の私は、今は名誉《よ》ある小隊長として戦地へ出発いたします。戦地にはすでに事変と同時に召集をうけた伸《しん》太郎兄さんが、奮《ふん》戦して居ります。兄さんはいまどこにいるかわかりません。また、戦地で、私が会えるかどうかもわかりません。しかし会うと困ります。兄さんは伍《ご》長ですから、軍紀にしたがって、私に敬礼をしなくてはなりません。私はどんな顔をしたらよいでしょうか。そうは思いながら、ほんとうは伸《しん》太郎兄さんに会いたいのであります」

幼年学校から予《よ》科士官学校にすすみ、部隊配属《ぞく》ののち、士官学校を出て少尉《い》に任官するまでの思い出が綿々と手紙にはつらねてあった。たまたま座間《ざま》の新校へ移ったときで、まだ建物が完備《び》せず、廊《ろう》下をゆくのにも雨に濡《ぬ》れて困ったなどと書いてある。その年、五十期《き》生徒卒業式に行幸あらせられ、親しく生徒の演習を臠わせ給うた天皇陛下には、学校の所在地に、「相武台」の名を賜《たま》わせられた。

手紙を読みながら前方を見ると、約束の人が待っている筈《はず》の鵞鑾鼻《がらんび》の白い灯台が前方に見えて来た。

「今度は私と一緒《しょ》にだいぶん同期《き》生が戦地へ出発します。予《よ》科のときには、同期《き》生のツラを覚《おぼ》える部屋などがありましたが、戦地では戦帽の結び紐《ひも》を青にしといたらどうじゃなどという話も出ましたが、それは服装違反になるからとて沙汰《さた》やみになりました。父上や叔父上が年をとられてからも、同期《ぎ》生という言葉をなつかしそうに使って居られるのが、私にもやっとわかりました」

「八千メートル持久駈足《かけ》でぶったおれたとき、区隊長殿から、痩《や》我慢《せまん》と勇気と混同《こん》するな、といわれた言葉が頭にこびりついています。実はあの時すこし前に腹下ししたのが、ほんとになおってはいなかったのに、身体の悪い者は申し出よといわれても、申し出なかったのです。しかし、走りだしたら倒れるまで走れ、と区隊長殿はいつも申されていましたので、怒られたり褒められたりしました」

「戦地で大隊長されとった方が、学校に来られると、中隊長をやられ、中隊長されとった方が学校では区隊長をされるので、はじめは成績が悪くて一級廻《きゆう》れ右をさせられたのかと思っていました。あとで、そうでないとわかって、大いに赤面いたしました」

「一、純《じゆん》忠至誠生ヲ捨テ義ヲ取ル、一、謙譲淡白《けんじようたん》ニシテ命令ニ悦《えつ》服ス、一、気節ニ生キ実行ヲ尚ブ、一、責《せき》任ヲ重ンジ功利ニ超《ちよう》越ス、一、質実剛健《ごうけん》ニシテ廉《れん》恥ヲ重ンズ、学校のこの伝統《とう》精神をお守袋に入れて行きます。母が千人針を作ってくれました。これは伸《しん》太郎兄さんのと同じで、筥崎宮の神符《ぷ》が縫いこんであります」

「同期《き》生七八人と連《つ》れだって帰省しましたが、事故があったらしく、私たちの乗った汽車が梅田市駅で二時間以上も停車しました。そのうちに夜が明けて来ました。すると、これまでの学校での起床後の習慣《かん》を思いだして、私たちはプラットフォームに出て、雄健《おたけび》神社に額ずいた気持で東方を遥《よう》拝し、勅諭《ちよくゆ》を奉唱いたしました。そしたら、乗客にも在郷軍人が居りまして、たちまち三十人ほどになって、ヒトツ、グンジンハ、と大声で怒鳴りました。よい気持でした。客がみんな見て居りました」

「出発前には慶《けい》事が重なり、いっしょにお祝いをいたしました。先ず第一は父の還暦《かんれき》賀です。父は年とともに一層《そう》頑《がん》固親爺になるようですが、小さい時から、父が不愛想《そう》ないいかたで、私たちに話してくれましたいろいろなことは、今、大きくなって戦地へ出て行く私の胸のなかに、あたたかいものになって残って居ります。恐らく、伸《しん》太郎兄さんもそうであったでしょう。父は老いてますます盛というところであります。第二は伸彦《のぶひこ》が誕《たん》生を迎えました。伸彦《ひこ》は伸《しん》太郎兄さんが出征してから生れたので、戦地の兄さんはまだ顔を知らないのです。伸彦《ひこ》は父のつけた名で、その名らしく、のびのびと太って大元気です。昨日、はじめて歩きました。第三は秋人の甲種合格《かく》。弟は腕白で身体は誰にも引けはとりませんが、成績は上等というわけにはいかず、幼年学校も士官学校も駄《だ》目だったのは一寸残念でしたが、入営すれば立派《ぱ》に兵隊になるでしょう。第四は私の戦地への出発。母は、とうとう天子様にお返しすることができたといって、喜んだり泣いたりしながら、私を目盛りのある大黒柱に立たせました。伸《しん》太郎兄さんが出るときも、そうしたのです。友二兄さんが、家のことは俺《おれ》が居るけん、心配すんな、といってくれました。いくつかのおめでたが重なって、森先生、謙朴《けんぼく》さんをはじめ、近所の人々も来て祝ってくれました。そのときに、父は乃木将軍の赤瓢簞《ひょうたん》はすぐに小包にして戦地の伸《しん》太郎に送るつもりじゃ、といって居りました」

久彦《ひこ》は終始微笑《びしょう》をふくんでいる。

「謙朴《けんぼく》さんが、なして瓢簞《ひょうたん》ば送りなさるな、とびっくりした顔で聞いて居りました。父もよくわからん風で小首をひねって居りましたが、どげなわけか自分も知らん、戦地から仲《しん》太郎が是《ぜ》が非でも乃木さんの赤瓢簞《ひょうたん》を送ってくれとゆうて来た。なんにも慰《い》問品はいらんから瓢簞《ひょうたん》を送って欲しい、それが一番の慰《い》問じゃなどと、ゆうて来た、二度も三度も、ゆうて来る、わけがわからんが折《せっ》角それだけ思いつめてゆうて来るんなら、よくよく欲しいとじゃろうけん、送ってやるつもりじゃ、ただ、途中で割れにゃええが、と、父もさすがに長年愛撫《ぶ》して来た瓢簞《ひょうたん》だけに、何度も何度もさすりながら名残り惜しそうにして居りました。謙朴《けんぼく》さんは、そりゃ仲《しん》太郎君が支那で酒の味ば覚《おぼ》えたとたい、支那にゃ老酒《ラウチユウ》とか、酎焼《チヤンチユウ》とかいうよか酒があるけん、仲《しん》太郎君も酒飲みになったとじゃろう、といいました。それにしても、わざわざ赤瓢簞《ひょうたん》を取り寄《よ》せるまでのことはなかろう、これにゃなにかわけがあるにちがわん、と父はいつまでも不思議そうにして居りました。私はその翌朝家を出発しましたので、父が瓢簞《ひょうたん》を送ったかどうかは知りません」

その場の情景が眼に浮んで、久彦《ひこ》は唇《くちびる》がほぐれた。しかし、礼三がこの手紙を書いてから、まもなく、礼三のうえにひとつの運命の転換《かん》がおこっていた。そのことは兄友彦《ひこ》の手紙のなかに書いてあった。日附は後になっている兄の手紙の方を久彦《ひこ》は先に読んだのだが、礼三の手紙をまだ読み終らないうちに、自動車はぎぎと砂を嚙《か》んでとまった。すぐ横に紺碧《こんぺき》の空を摩《ま》している白い灯台が見えた。

「参りました」

運転手が扉《とびら》をあけた。久彦《ひこ》は、「ありがとう」といって車を降りた。

すでに待ちかねていた先着の人たちが灯台の事務所の窓硝子《ガラス》のところに列んで、顔を出していた。

「やあ、どうも遅《おそ》くなりました。屏東《へい》で手間どったもんですから」

カンカン帽をとって、久彦《ひこ》は石の階段を登った。ひょろ高い檳榔樹が羽をひろげたように立ち、あざやかな緑のひろい芭蕉《ばしょう》の葉が海風にぱさぱさ鳴っている。まだ青い実が鈴《すず》なりについている。

「よく来られたなあ」

まっ白な八字髭《ひげ》を生やした赭《しゃ》顔の老人が扇をつかいながらなつかしそうにいった。和服である。

「お久しぶりでした。御元気の御様子で」

久彦《ひこ》はその老人を年をとられたなあというように感慨《がい》をこめた眼で見た。

「十年以上も会わなんだなあ」とその老人も昔を偲《しの》ぶ面持である。

「そんなに、あんたがたは久闊なのかね」老人とならんでいたもう一人の背《せ》広の紳《しん》士が、あきれたようにいって笑った。怒り肩の中背《ぜい》であるが、顔は黒々と焼け、毬《いが》栗頭である。口に鉈豆《なたまめ》煙管《きせる》をくわえている。年配は五十五六というところであろう。すこし離《はな》れて、地味な洋装をした二十二三の娘がいたが、久彦《ひこ》を見て頭を下げた。

「この方は？」久彦《ひこ》は訊いた。

「わしの娘だよ」八字髭《ひげ》の老人が答えた。

「まさか、また見合ではありますまいなあ。上野公園、西郷隆盛《たかもり》銅像前に、午後三時までに来れ、にはおどろきましたからなあ」

「今日も見合かも知れんぞ」

みんなは声を立てて笑った。

「義兄《にい》さん、灯台の上にあがってみましたか」と久彦《ひこ》は鉈豆煙管《なたまめぎせる》の紳士《しん》に声をかけた。

「まだあがらん」

「あがってみましょう」

「うん」

灯台守に案内されて、四人はせまい灯台の鉄梯子をのぼった。

高い灯台の眼下に、明るい空と海とが展《ひら》けた。強い太陽の光線は一枚一枚鱗《うろこ》のように小さく砕《くだ》けては、風の方向にしたがって移動してゆく波にぎらぎらと反射《しゃ》しながら、海全体の上を銀色に光らせる。眼を細めなければ眩しくて見て居られない。一隻《せき》の船の姿もない。鷗《かもめ》が数羽、阿檀《あだん》の林や浜豌豆の這《は》っている白砂の渚《なぎさ》にときどき降りるが、やがて海の方へ紙片のようにひるがえりながら消えてゆく。

「ここが日本の南端じゃな」

相かわらず鉈豆煙管《なたまめぎせる》をくゆらしながら、毬栗《いが》の紳士《しん》はなにか思いをこめたように呟《つぶや》いた。彼は久彦《ひこ》の姉キヨの夫で、現役中将の川崎栄二郎である。背広姿なので紳士《しん》といえばいえるが、風貌《ぼう》からするとまるでどこかの村夫子のようにしか見えない。八字髭《ひげ》の老人の方は往年水戸久彦《ひこ》に嫁を世話した当時の志村参謀《ぼう》である。いまは中将で退役し、高砂族を多く使って農場を経営している。久彦《ひこ》が台湾《わん》に来ると知って、ここで落ちあうことにした。たまたま来島していた旧知《きゆう》の川崎中将も、ここに会することになった。もとより三人の会合が単《たん》なる物見遊山ではなく、任務《む》の上の連絡《れんらく》があることはいうまでもない。

灯台の老人は志村中将は前から知っているが、あとの武骨な客たちがどちらも現役の将軍であろうとは知る由もない。灯台守は別に居るらしく、この老人は小使かなにかであろう。潮風にたたかれた赤銅色の艶《つや》のよい顔をにこにこさせながら、老人は灯台の歴史《れきし》や構造《こう》などを、訥々とした口調で説明する。しまいには灯台の話をはずれて、ここはまったく常夏《とこなつ》でありますよとか、このあたりでこの間儒艮《ジユゴン》がとれたとか、これは浅瀬に来て子供を抱いて哺《ほ》乳するので人魚といわれたのだとか、ここらは石灰岩のため水が出ず天水をとっているが、九月末ごろから季《き》節風が吹きだすと雨が降らず、仕方がないので水牛で水を運んで来るとか、そんなことをなにかと口まめに話をした。

久彦《ひこ》はぎらぎらと銀波を光らせる海と、底のぬけた青い空とを睨《にら》むようにして立っていた。この鵞鑾鼻《がらんび》は台湾《わん》の南端であるとともに、さっき川崎中将が歎《たん》息したごとく日本の南端でもある。そうして、この南端からいくばくも離《はな》れていない南方の海上に、フィリピンがある。そこはアメリカの領土であって、星条旗がひるがえっている。そこはまたこのごろ呼号されるABCD包囲陣のAにあたる場所でもあるのだ。久彦《ひこ》は旬《じゅん》日ののちにはそのフィリピンに渡る予《よ》定であるが、自分の帯びている任務の大きさを考えると、身内の肉がひきしぼられる思いがした。思わず唇《くちびる》を噛《か》み頑《がん》丈な肩を張るようにして、南の空を睨《にら》んだ。支那との戦いが避《さ》けがたき宿命であったごとく、日本はさらに大きな敵と戦わなければならないのだ。それを誰も望んではいず、またいまは真剣に考えている者も少いが、それは日本に課《か》せられた大いなる試練《れん》となるにちがいない。やや瞼《まぶた》を細めて、南の空を凝視《ぎょうし》する久彦《ひこ》の眼はらんらんと妖《あや》しく光っていた。

「この爺《じい》さんの息子が一人居ってな。二年ほど前に出征して、いま海南島に居るちゅうことじゃよ」

志村が老人を指さしていった。

「ほう」

「はい、瓊《けい》山に居るとかいうて、さきごろ便りがありました。不精な奴でめったに手紙をくれませんが、わたくしも文盲《もう》で、いっこう無音にして居ります」

どのような辺陬なところからも兵隊が出ている。久彦《ひこ》はいつか対馬にわたったとき、人跡《せき》未踏《とう》と思われる山間の家の屋根に、出征者の標識《ひょうしき》である日章旗《しょうき》が笹竹《ささ》のさきに結びつけられて、ぽつんと立っているのを見たことを思いだした。

一同は灯台を降りた。

四人は海辺に出た。もっと荒海を想像《そう》して来たのに意外に静かで、ゆるやかなうねりの波はおだやかに汀をあらい、海の音も耳ざわりになるほどでもなかった。髭《ひげ》だらけの阿檀《あだん》の曲りくねった根をかきわけて、足音におどろいた椰子蟹《がに》が右往左往した。

「高木君」志村は下駄《た》でさくさく砂を踏《ふ》みながら、「どうだね、見合につれて来たわしの娘は？　気に入ったかね、入らんかね？　ひとつ、こいつを君の相棒にして、フィリピンに連《つ》れていって貰《もら》いたいのだが。昔は命令を下したが、いまはそういうわけにはいかんが」

「結構《こう》ですな」と、久彦《ひこ》は言下に答えた。すすめる方もすすめられる方も、どちらも無言のうちにその意味を読みとったのである。

「友彦義兄《ひこにい》さんのところは、伸《しん》太郎君も礼三君も出征じゃな。礼三君は少尉《い》になったのかい」

と川崎中将が訊く。

「小隊長要員として戦地へ行くのでしょう」

「そりゃそうと、礼三はいったいどうなったんじゃい。仁科《に》弥《や》助にやったのかやらんのか」

「それがですね」と久彦《ひこ》は苦笑をうかべて、「どうも仁《に》科にやったらしいんですよ」

「ふうん」

「もともと仁科《に》に三番目の男の子をやる約束はしとったんじゃけど、仁科《に》がどこに居るかわからんので忘れかけとったんですな。それもそのはずでしょう。約束してから二十年の上も来にゃ、死んだものくらいにゃ誰でも思うでしょう。仁科《に》は日露役で戦傷して帰ってからも、軍の特殊任務についてずいぶん功績もある男ぢゃけど、晩年はさっぱり行方が知れなんだんです。それが、蒙疆《もうきょう》から、雲南、西蔵《チベット》、印度の方まで行って相当苦労《ろう》をしていた様子で、すっかり健康《こう》を害してひょっくり帰って来たんです。そうして、訪《たず》ねて来たんです。兄貴《き》夫婦もちょっとびっくりしたようです。それが礼三が少尉《い》として戦地へ発つ数日前のことじゃったとかで、仁《に》科もさすがにいくら約束じゃったとはいえ、すっかり成人して、立派《ぱ》な青年将校になっている子供をくれとはいいかねて、あきらめかけて居ったといいますが、兄貴《き》がやってしもうたんですね」

「そんな」と志村はすこしおどろいて、「子供のときならともかく、そんなに大きくなっとるのに、貰《もら》う者も貰《もら》う者なら、やる者もやる者だね」

「兄貴《き》も苦しかったでしょうが、軍人ハ信義ヲ重ンズベシ、というわけじゃったようですな」

「いかにも、義兄さんらしい」と、川崎は感に堪《た》えたようである。

「いちばん駭《おどろ》いたのは本人の礼三じゃったんですが、これもはっきりした子で、しまいには事情がわかると、同じく、軍人ハ信義ヲ重ンズベシの精神に殉《じゅん》じたんですな。即日、籍《せき》の手つづきをすまし、仁《に》科礼三と名乗ることにしたそうです。涙をながして喜んだ仁《に》科弥《や》助は伝家の宝刀の助広を軍刀にして、礼三の餞《せん》別にしてやったそうです。兄貴《き》の手紙にそんなことが書いてあります」

どこからか爆《ばく》音が聞えて来たので、四人は期《き》せずして頭をあげた。まぶしく明るい青空に高く飛んでいる小さな機影をなかなか捕《と》えることができなかったが、やがて銀粉のようにも細くきらめきながら機首を北に向けた二台の偵察《ていさつ》機が視《し》野にはいった。久彦《ひこ》がなにかうなずいていると、みるみる青空に溶けこんでしまった。

「ノモンハン事件もどうやら一段落つくにはついたが」

川崎中将が思いだしたように誰にいうともなく呟《つぶや》いた。誰もなんともいわない。しばらく四人は黙《だま》って歩いた。八つの足の下で白い砂がさくさくと鳴る。

「パリーはいつ落ちるかな?」ぽつんと志村将軍が呟《つぶや》く。欧羅巴においても動乱《らん》の火蓋《ぶた》は切られたのである。

「ジーグフリード線《ライン》とマジノ線《ライン》と、どっちが堅《けん》固かという比較《かく》になるかな?」答えるのでも問うのでもなくいって、川崎中将は相かわらず鉈豆煙管《なたまめぎせる》を嚙《か》んでいる。

「要塞《さい》の比較《かく》じゃなくて、攻撃精神の問題《だい》かな?」志村中将も天を仰ぐようにしながら自問自答する。海風にみごとな八字髭がひるがえる。

「川上操《そう》六という人は偉かったですな」

久彦《ひこ》は久彦《ひこ》で別のことを考えているように、欧《おう》洲大戦の方はそっちのけで、ひょっくりとそんなことをいう。

志村の娘の珠江はこのとぼけた三将軍の話ぶりがおかしくてならぬように、ハンカチを噛《か》んで笑いをこらえている。男のように秀《ひい》でた濃《こ》い眉の下にある二重瞼《まぶた》の眼はいかにも張りがあって、かつ美しくもあるが、無駄《だ》口は一切きかぬ謙虚《けんきょ》さもある。

「ときに農場経営はうまくいきますか」と川崎中将が訊く。

志村将軍はかくしきれぬ得意のいろでにやにやしながら、早口の話し癖《ぐせ》で、

「ぼつぼつじゃな。なにしろ不毛の原野で開墾《こん》するんじゃから、そう簡単《かんたん》にはいかん。しかし、高砂族が実によく協《きょう》力してくれるんで、存外成績も悪くはない。開墾《こん》地は石ころが多いんで閉口じゃが、高砂族はどんな困難な場所でも平気で、仕事も敏《びん》速じゃから案ずるようにはない。濁《だく》水渓《けい》の上流から水をとるんじゃが、泥などを溶かしてながれて来てね、この水で灌漑《かんがい》するとその泥が肥《ひ》料になる。米を植えられるところは水田にし、あとは甘《かん》蔗畑にするんじゃ。高砂族は、つまり、むかしは生蕃《ばん》といわれた連《れん》中じゃが、訓《くん》練によってはこんなになるもんかと、一驚するほどじゃよ。請《せい》願巡査《じゅんさ》もおるんじゃが、わしは万事を軍隊式でやっとる。軍人精神というものはどこに持っていっても効《こう》果があるもんじゃとつくづく感じいった。彼らには頭目が居る。わしのところのはチンガロソ・ガコ、女頭目はバレゴル・チババイというが、彼らには彼らの制度や習慣《かん》があって、そいつを尊重してやるとこちらのいうこともよく聞く。ことに、高砂の若者たちは訓《くん》練次第でちっとも兵隊と変らんのじゃ。日本語も上手でな、それに体力は

強健《けん》で精悍無比じゃし、山野を飛びまわって山を伐り拓くのはお手のものじゃし、靴をはかせると、どうも工合がわるい、跣足《はだし》の方がよいなどというてな、……」

話が一段落するのを待って、久彦《ひこ》はなにか考えついたことがあるように、意気ごむ口調で、

「閣《かっ》下、その高砂族というのは毎日働いて居るのですか」

「うん、毎日働いとる」

「今日、かえりに見せていただけませんか」

「よろしいとも」

また、しばらく砂の音ばかり立てて、四人は黙《だま》って歩いた。四人ともそれぞれになにか考えごとがあるようである。

瓢箪と兵隊

どろどろにこねかえされた道を二台のトラックが行くと、前方の丘陵《きゆうりよう》からいきなり機関銃弾が飛んで来はじめた。竹林に掩《おお》われて、壁ばかりに焼け落ちた家が数軒ある。弾丸はそこから飛んで来る。敵襲《しゆう》と知って、トラックに乗っている兵隊たちが立とうとしたとき、前を行くトラックが、があとはげしい音を立てて前にのめった。あやうく顚覆《てんぷく》しそうになって、やっと止った。兵隊はばらばらと飛び降りた。トラックは前輪のタイヤを射《う》ちぬかれ、運転台の硝子も割れて運転手は顔をまっ赤にしていた。竹林からの弾丸ははげしくなった。こちらからも軽機関銃や小銃で応戦した。弾丸が泥濘の赤い水にしぶきをあげる。トラックにあたる。敵の兵力はわからないが、こっちは一個分隊しかいない。竹林のなかに敵兵の姿がちらちらする。どんどん増加しているようにも思われる。

「後を気をつけろ」道傍の凹地に伏《ふ》せた眼鏡の伍《ご》長がいった。

両方の弾丸がはげしく交錯《さく》した。まっ青な空には一片の雲もなく、雲雀が鳴いているがその姿は見えない。突然、かん、と鋭く甲《かん》だかい音がした。「あいた」と叫んで一人の兵隊がひっくりかえった。斜面《しゃ》をころがって水の深い田圃《ぼ》のなかに落ちこんだ。いったん頭から沈んだが、ぶくぶくと鉄兜《かぶと》を水面にあらわした。胸まで泥水につかったまま、しきりに頭を振っている。髭《ひげ》面の上等兵である。

「やられたのか」土堤から伍《ご》長が叫んだ。

「どかんと頭にこたえたが」と、自分でも不思議そうにしながら、銃をにぎってのそのそ這いだして来た。

「鉄兜《かぶと》が身代りになっとる」ほかの兵隊がいった。鉄兜《かぶと》の右角がこねたようにへし曲っている。髭《ひげ》の上等兵は左手で触ってみて、「なるほど、これはむごうやられた」と、おかしそうに笑った。

銃声が奇《き》妙な方角から聞えはじめた。遠くから起こったのであるが、どこか別のところで戦闘《とう》が始まったようでもある。すると、竹林からはげしく飛んで来ていた敵弾がしだいに緩慢《かんまん》になって来た。やがて、まったく途絶《とだ》えた。援《えん》軍が来たことがわかった。別の場所ですさまじい銃声がしばらくつづいた。その銃声も間もなく聞えなくなった。しばらくして竹林のなかに数人の兵隊の姿があらわれた。日本の兵隊である。こちらに向かって手をあげて、なにか叫んでいる、距離《きょり》が遠くてよく聞えなかったが、眼鏡の伍《ご》長は道の上に立って高く銃をあげ、「ありがとう」と、怒鳴った。

泥田に落ちこんだ上等兵は、ぶつぶついいながら、トラックに乗ったが、「畜生《ちく》、醤油樽《しょうだる》に穴をあけやがった」と、いまいましそうに呟《つぶや》いた。前盒の間にはさまっていたらしく、上等兵の腰から一匹の青蛙がぴょんと飛びだした。

二台のトラックには食糧品《りょう》が満載《さい》されていた。一隅《ぐう》には弾薬箱もあった。赤黒い醤油《しょう》が、米俵や味噌《そ》や野菜をよごしながらぼたぼたとこぼれている。硝子《ガラス》の破片で顔を怪我《け》した運転手は無造作に三角巾《きん》でぐるぐる巻いて、後の運転手と二人で、もう射ち抜《ぬ》かれたタイヤの取り換《か》えにかかった。どちらも若い一等兵である。どの兵隊も汗をだらだら流している。

「これだから、連《つ》れていかんといったんだよ」

軍服の泥を落しながら、眼鏡の伍《ご》長が、同じく服の泥を拾った木片でたたいている一人の若い一等兵に笑いをふくんで声をかけた。

「いいえ、よろしいとであります。覚悟《かくご》して参ったとでありますから」

一等兵は元気に答えた。癖《くせ》なのか、鉄兜《かぶと》をこころもち阿弥陀《あみだ》にかぶって、紐《ひも》で顎をかたく締《しめ》ているのでちょっと見ちがえるが、その一等兵は「筑前屋」の八木重造である。重造はそう景気よく答えはしたものの、やや青ざめて興奮《ふん》した顔をしていた。

竹林から、四五人の兵隊が泥濘《ねい》に埋った畦道をつたいながらこちらにやって来た。先登の曹《そう》長が、「怪我《け》人はなかったか」と、銅鑼《どら》声を出した。このあたりでは無精髭《ひげ》を立てるのが習慣《かん》とみえる。トラックの方の兵隊にも三四人顔を髭《ひげ》だらけにしたのがいるが、向うから来た四人の二人までが鍾馗《しようき》のようである。

「怪我《けが》はありません。ありがとござした」と眼鏡の伍長《ごちよう》が答えた。

「広東《カントン》からだね。増城行きかい」

「はあ」

「輜重《しちよう》もたいへんだなあ。支那兵の奴ら、なんべん討伐してもまるきり蠅《はえ》を追うようなもんだからなあ。このごろ奴《やつ》らもさすがに山ん中で腹ぺこになったとみえて、よく兵站《たん》を襲撃《しゆう》しやがる。昨日もこのすこし先で出て来やがった。もう、大丈夫だ。早く行ってやってくれ。警備《けいび》隊の戦友が乾干しになっちゃ困る」

修理のできたトラックはふたたび泥濘《ねい》の道を出発した。南支の六月は酷熱《こく》とともに雨季《き》のさなかである。今日は珍《めずら》しく雲も見せず晴れているが、いつ降りださないともかぎらない。みずみずしい緑に掩《おお》われた重畳した山岳《がく》がひっそりと前面に聳《そび》えているが、そこにはまだ敗《はい》残軍が何万といって蟠《ばん》踞しているのである。部落のある附近では黙々《もくもく》と田圃《ぼ》に出て働いている支那農民の姿が見え、水牛がのそのそ歩いていたり、泥水のなかに浸《ひた》っていたりする。二台のトラックはいくつかの丘陵《きゆうりよう》地帯を越え、村を抜《ぬ》け、山をくぐり、川をわたった。途中、思いだしたようにぽつんぽつんと日本軍の歩哨《しよう》線があった。たまに擦《す》れちがうトラックもあった。

陽がかたむいてから、やっとトラックは増城に到《とう》着した。真紅の美しい夕焼けが西空に最後のきらめきをとどめると、南支のたそがれはまるでぱたんと幕《まく》でも落すように急速に暗くなってしまう。増城はまったく瓦礫の廃墟《はい》である。広東《カントン》攻略《りゃく》のときに、砲弾と爆《ばく》弾と火災とで大半焼失した。その後も便衣隊の放火で、惨めな残骸《がい》を曝した。占領当時は龍《りゅう》眼肉の盛りで、黒い甘《うま》い果実がたくさん散乱《らん》していたが、その木も枯れはてた。しかし、町中の大部分の樹々は焼け焦げ、あるものはむざんに裂《さ》けて倒れているけれども、それらの死木と思われる樹々の梢や枝から、いま薄《うす》緑の新芽が吹き出ていた。強靭な植物の生命力が雨季《き》にあってあらたな息を吹きかえしたものであろう。増城はもとはかなりの街《まち》であったのに、今はただところどころに白壁のくずれ残りが見つけられるばかりである。しかし、その廃《はい》墟のなかにも新しい営みがはじまっていた。いくつかの歩哨《しょう》線を抜《ぬ》けて増城にはいると、いたるところに、焼けのこりのブリキや、板片、針金、瓦などを寄《よ》せ集めてつくられた低い家があった。小屋といった方がよい。俄《にわか》づくりのそれらの家々にはよごれた支那人たちの姿が眺められた。老人も子供も女もいた。彼等はトラックが通ると、奇《き》妙な笑顔をたたえてお辞《じ》儀をした。敬意を表するために、うやうやしげに親指を立ててさしだす独特の挨拶《あいさつ》をする男もあった。それらの支那人たちはいずれも、腕や胸に、「良民証《しょう》」の布をつけ、家々には、さまざまの形の日の丸の旗がかかげられてあった。

戦地に来たばかりの八木重造ははじめて戦争の姿を見たように、このような風景が珍《めずら》しいと同時に、警備《けいび》のきびしさにも思いいたり、また会いたくてたずねて来たなつかしい人がこんなところにいるのかと、眼がちかちかした。

廃墟《はい》のなかに、粗末なバラックの兵舎があった。煉《れん》瓦塀の残骸《がい》などを利用して建てられてあった。それらの兵舎にはよく遮蔽《しやへい》して作られた抵抗《ていこう》線がある。町はずれの増江を隔《へだ》てたすぐ対岸に敵がいるからであろう。薄闇《うすやみ》のなかに、兵隊の姿が見うけられた。

「なんとか隊といったね」と眼鏡の伍《ご》長が訊《き》く。

「時川部隊の坂田隊でありますが」

「時川部隊なら、このあたりだろう。坂田隊というのは知らんが、ここらで聞きゃわかろう。……おい、止れ」と伍《ご》長は運転手台を屋根の上からばたばた叩《たた》いた。トラックは止った。重造は礼をいって飛び降りた。トラックは部隊本部の方へ、たそがれの道を曲って行ってしまった。

重造は井戸端で沢庵《あん》を洗っていた一人の兵隊を見つけて、坂田隊の位置をたずねた。これも鬚《ひげ》面で、肌《はだ》のすいている破れた襦袢《じゆばん》を着ていたが、庖《ほう》丁の手を休めて、面倒くさそうに、「坂田隊ちゅうのはもう無うなったばって、もとの坂田隊の本部がこの先の曲り角の家じゃけん、行ってみやい」といった。重造はこんなところで故郷の言葉を聞いて、いいようのないなつかしさを感じ、その不愛想《そう》な兵隊の顔をまじまじと見た。坂田隊がもうないというのは腑《ふ》に落ちなかったが、教えられた道を行きかかると、またその兵隊が、うしろから「誰に用があるとな」と、訊いた。

「高木伸《しん》太郎という伍《ご》長の方に、お目にかかりたいとでありますが」

「ああ高木班《はん》長かい。高木班《はん》長なら、本部にゃ居らん。本部の前を通りすぎて」といいかけて、夜のなかをすかすように、庖《ほう》丁を持った手で前方を示して、「あそこに大きな樹が見えようもん、あの木の下じゃ」と教えてくれた。

瓦礫《がれき》の積みかさなった路を黒い樹を目標《ひょう》に行った。「誰か」と誰何された。歩哨《しょう》のいた場所に門があって、「さわむらたいほんぶ」という板札の字が辛《かろ》うじて読みとられた。なお行くと、点々と小屋があって、暗いなかで兵隊たちが飯盒炊爨《すいさん》をしていたり、食事をしていたり、将棋《ぎ》をさしたりしているのが見えた。太い幹の兵舎をそれだと思い、近づいて行くと、入口から、見あげるように大きい一人の兵隊が右手に大根を一本ぶらさげて、のっそり出て来た。

「ちょっとお伺いいたしますが」

「なんかい?」

「高木伸《しん》太郎伍《ご》長の居られるのはここでしょうか」

「うん、高木はここじゃが、今は居らん。伍《ご》長じゃなか。軍曹《そう》になった。高木になにか、……」

「島田さんじゃありませんか?」重造は思わず頓《とん》狂な声を発した。

「誰かい、お前ゃ」

「『筑《ちく》前屋』の八木重造ですよ」

「ああん?」島田はしばし呆然《ほうぜん》としている風である。中からのランプの暗い光のなかに重造の顔をのぞきこむようにしてから、やっと、「おう、そうかい、重やんかい」と、どんと重造の肩をたたいた。重造はよろよろとよろけた。

「入れや」

島田一等兵はまた大根を下げたまま、くるりと廻って戸口を入った。舎内は粗末ではあるが、よく整頓《とん》されていた。その部屋には二十人ほどの兵隊がいた。入るとすぐ重造は正面にある祭壇《だん》に気づいた。いまはどこの部隊にも設けられてある戦没《ぼっ》者の祭壇《だん》である。まずそれに敬礼した。顔をあげると、祭壇《だん》の中央にあるものに眼がとまった。それは見覚《おぼ》えの「高木屋」の赤瓢簞《ひょうたん》である。赤瓢簞《ひょうたん》は黒い紐《ひも》で結ばれ、蠟燭《ろうそく》の光にかすかに光っている。

重造は胸がどきんとした。不吉な考えがわいたのである。彼が祭壇《だん》の瓢簞《ひょうたん》から眼をはなすことができないでいると、そんなことには気のまわらない島田は、壊《こわ》れかけた椅《い》子を左手で投げだすようにして、「まあ、装具でも解いて休めや」といった。

「はあ」

「お前、飯はまだじゃろう。増城一の御馳《ち》走を食わそ。ちょっと待っとれ。わしは大根を洗いかけとったけん」

まだ右手に大根をぶら下げていて、島田はふたたび表に出て行こうとした。重造は追いすがるようにして、息をはずませながら、「高木軍曹《そう》殿は」と訊いた。

「高木は勤務で出ちょる。明日《あした》の朝でないと帰らん」

重造は拍子《ひょう》抜《ぬ》けがして、妙にがっかりしたが、

「その勤務先はどこでありますか」

「どこちゅうたって、ここから千米以上も離《はな》れちょる。第一線の下士哨《しょう》じゃ。たずねて行くわけにゃいかん。会いたけりゃ明日の朝まで待つより仕様がない。あとで俺《おれ》が弁《べん》当持って行くけん、お前の来たことだけはいうといてやろ」話し話し戸口の方へ行った島田は最後の方は外に出てからいった。

重造は仕方なしに鉄兜《かぶと》をとり、剣帯をほどいて水筒や雑嚢《ざつのう》をはずした。むしむしと暑く、額《ひたい》から首にかけて汗がながれるのを手拭《ぬぐい》をだして拭いた。鉄砲を「島田源吉」と足に名札のある寝台に立てかけた。天井から五色の風船が二つ下っているが、風がないので動かない。電灯がなく、部屋の内は五つほどのランプの光で、さほど明るいというわけにはいかない。壁に、内地と同じように、五箇条の勅諭《ゆ》がかかげてあった。部屋には、中央に狭い通路があり、両側に二列になって一個小隊分くらいの寝台の数があるが、兵隊は二十人足らずしかいない。それぞれ勤務《む》に出ているのであろう。兵隊たちは雑《ざつ》談をしたり、黄色い紙の盤《ばん》で将棋をさしたり、本を読んだり、手紙を書いたりしている。片隅《すみ》で尺八を吹いている者もある。いずれも襦袢《じゅばん》一枚であるが、その襦袢《じゅばん》は古くてよごれ、破れを繕《つくろ》って膏《こう》薬をはったようにつぎをあてた跡《あと》がたくさん見える。軍袴も上衣も汗と油と泥とのために一種異《い》様な色をあらわしている。兵隊は日に焼け、髯《ひげ》面も多い。暗い明りのなかに眼ばかりぎょろぎょろしている者もある。そういう兵隊たちの様子を見て、重造は自分の真新しい軍服にひどく気が引けた。

「君はこのごろ来たのかい」と、近くにいた一人の兵隊が話しかけて来た。

「はい半月ほど前に参りました」

「大勢でか」

「だいぶん、いっしょに来ました。人数は自分も知りません。一期《き》の検閲《けんえつ》がすむとすぐ内地を出発したのであります」

「交替兵として来たんじゃな」と、にわかにその兵隊の眼がかがやいた。彼はうしろを向いて、「おうい、いよいよ満期《き》じゃぞ」と怒鳴った。「なに満期《き》じゃと?」と、四五人そこへ集まって来た。

「満期《き》というのはほんなことな?」と、寄《よ》って来たちょび髭《ひげ》の兵隊が顔をつきだして訊く。

「いえ、自分はなにもそんなこと知りませんが」重造はどぎまぎした。

「広東《カントン》から来たとな」別の兵隊である。

「はい」

「お前たちゃ洒落れちょるのう。新兵の癖《くせ》に広東《カントン》の街《まち》を知っちょる。俺《おれ》たちゃ広東《カントン》征伐の広東《カントン》知らずじゃが。警備《けいび》の田舎《いなか》まわりばかりでな」

兵隊たちは声を立てて笑ったが、重造は射すくめられる思いがした。

伸《しん》太郎が応召してからもう四年になる。ここにいる兵隊たちはいずれも当時からの人たちであろう。そして、その間には多くの兵隊が祭壇《だん》に祀られたのだ。それはまた靖《やす》国神社にも神として合祀《し》された。さすれば四年も弾丸の下にあって、まだ生きているということの方がなにか不思議のようである。満期帰還《きかん》を待つ気持もわかるが、新兵の重造はただ幾多の悽惨《さん》な戦場を抜《ぬ》けて来ていながら、このように明るく、なんの屈託《たく》もなさそうに笑っている先輩《ぱい》の兵隊たちに一種の恐ろしさを感じた。

「お前に聞くがな」と、また一人の兵隊が横から声をかけた。

「はい」重造はびくびくものである。

「銃後の人たちはいったいどげん考えとるのかね。俺《おれ》たちゃもう警備《けいび》についてからのらくらと遊びまわっとるくらいに思うとるのとちがうかい。ちかごろは手紙も慰《い》問品もめったにくれわせんが、たまに便りが来ると、このごろは警備《けいび》だから、楽になったろうなんどというて来る、馬鹿にするな」気短な兵隊とみえて、話の途中からだんだん昂奮《こうふん》して来ていきなり怒りだした。

「は」と重造は飛びあがった。

「あわてんな。この兵隊を怒っても仕様がない」別の兵隊がいった。

「それもそうじゃな」と、短気の兵隊も頭をかいて笑った。

入口から島田がのっそりとはいって来た。相かわらず右手に水のしたたる大根を持っている。

「おいおい、貴《き》様たちゃ寄《よ》ってたかってなにを新兵をいじめよるかい」

そういいながら、寝台の間の通路を抜け、鴨《かも》居がひくいので首をちぢめて別室に消えた。間のしきりの縄《なわ》のれんがぶらんぶらんと揺れた。そこに炊《すい》事室があるらしい。まもなく島田は手ぶらで出て来た。やれやれというように、軍袴に濡《ぬ》れた手をなすりつけながら、自分の寝台のうえにどさりと腰を下ろした。

「高木にわざわざ会いに来たとかい」とまた思いだしたように訊く。

「はあ」と答えたが、「あの瓢簞《ひょう》はいったいどうしたわけでありますか」と、来たときから気になってたまらないことを、思いきってたずねた。

「うん、あれか」島田は厚ぼったい唇をなめながら、泣き笑いのような表情をうかべ、「ありゃ高木が故郷から取りよせたもんじゃがな、それがまた変てこな話でな、べつに高木が欲しかったわけじゃなか。……詳しい話をせんにゃわからんが」

口下手《べた》なので、それをどう話したらよいか当惑《わく》の様子である。

「聞かせて下さい」

「なに、べつにこみいったことでもないんじゃ。うちの中隊長殿の坂田大尉《い》殿がな、部下思いのええ中隊長殿じゃったが、大の酒好きでな、兵隊といっしょに会食されるのがなにより楽しみな様子じゃったがな、高木があげん真面目な男じゃけん、よう、高木、高木ちゅうて、可愛がりござりよった。高木もなんぼか酒を飲みおぼえちょって、ときどき、中隊長殿のお相手ばしよった。そげんかときに、なんか話でも出たんじゃろう。わしはよう知らんが、高木の家に乃木将軍殿の瓢《ひょう》簞が伝わっちょるちゅうことを中隊長殿が聞かれてな、涙をぼろぼろながして泣きだしござったたげなたい。だいたいうちの中隊長はもう五十六か七かになっとられる人でな、日露戦争かシベリヤ出兵かに出られた人で、そのまま軍人で居られたら、いまごろは中将殿ぐらいにゃなっとられるちゅうお方じゃったがな」島田にとっては上官はみんな「殿」である。

ぽつりぽつりと、島田は一句《く》一句《く》を考えるように、「それが、日露戦争から凱旋《がいせん》してから止めなさっとったとに、今度の支那事変で召集になんなさった。止めたときが大尉《い》じゃったとかで、召集のときもやっぱり大尉《い》で、わしらの中隊長殿になんなさった。中隊長殿ちゅうのは馬にゃ乗られんじゃろう。頭の髪《かみ》も半分は白うて、口髭《ひげ》も白うなってござったが、それでも兵隊といっしょに歩きござった。ときには杖ついてな。杭《こう》州湾《わん》のときから、もう何千里ちゅうて歩いたが、きつい行軍が多かったけんどな、お年寄《よ》りの中隊長殿がどんどん歩きなさるもんじゃけん、兵隊たちも隊長殿に負けられんちゅうわけで、ついて歩いてな」島田の話はだんだん肝《かん》腎《じん》の瓢簞から離《はな》れてゆく。頭が悪いので、話が長くなると辻褄《つま》があわなくなるのであろう。こういうところがほかの同年兵がいずれも軍曹《そう》や伍《ご》長になっているのに、いまだに一等兵である所以かも知れない。「中隊長殿はいつも水筒に酒を入れられとってな、行軍のきつかときにゃ、ちびちびやって元気をつけてござった。おかしなことにはな、大隊長殿も、連隊長殿も、それから旅団長殿も、みんなうちの隊長殿の後輩《はい》でな、隊長殿が酔われると話しござる。旅団長はわしの部下じゃったが、冬になると寒がる奴《やつ》で、ストーヴのそばを離《はな》れんので、一時間ばかり雪の降って来る営庭に立たせてやっといたことがある、若いときゃ林檎みたよな頰《ほお》面の可愛い奴《やつ》じゃったが、大きゅうなるとあげん面憎《にく》うなるもんかのう、なんちゅうて笑わっしゃることがあった。それでも隊長殿は軍隊は軍紀が大切じゃちゅうて、そげん後輩《はい》の人たちにでも、上官として仕えていなさった。まして、大隊長殿なんかはずうっと後輩《はい》じゃろうけんど、やっぱり大隊長殿を上官として、どんな命令でも聞きなさった。三十も年下の大隊長殿の前に行っても先に敬礼しなさるし、不動の姿勢をとんなさる。見とるわしらの方がお気の毒な気がするくらいじゃったが、中隊長殿はいつも、軍紀ハ軍ノ命脈ナリ、命令はどんな小さな命令でも、天皇陛下から降されると思わにゃいかんといわれてな」

島田の話はいつまで経っても瓢簞《ひょうたん》の話にならないが、不調法な話しぶりで語る島田の眼にはいつの間にかいっぱいに涙があふれて来て、ぼたぼたとこぼれ落ちた。身体が大きいので涙まで大粒である。今は亡き中隊長への思慕《ぼ》の情が朴訥な言葉のはしにあふれていた。かたわらにいて聞いている兵隊のなかに涙ぐんでいる者もあった。重造もきちんと膝《ひざ》に手をおいて聞いた。

「中隊長殿はいつも俺《わし》は斎《さい》藤實盛じゃといわれてな、頭や髯《ひげ》を白髪《はつ》で黒う染めござりよった。日本軍は兵隊が足らんもんで、あんな老人まで引っぱりだしたといわれては日本軍の不名誉《よ》じゃちゅうてな。それでも、いつもわしらに、俺《わし》は年とっとるが元気と酒だけはまだお前たちに負けんぞちゅうて、いつも酒を水筒に詰《つ》められてな、……、あ、そうたい、瓢簞の話じゃったな」と、酒と水筒になってようやく気づいた様子である。どこから話がまちがったかとしきりに首をひねっていたが、やっと考えつき、「うん、それでな、隊長殿が高木と酒のんどられたときに、乃木将軍殿の瓢簞《ひょうたん》の話が出たんじゃろう、そしたら、隊長殿がぼろぼろと涙を流して泣きござったちゅうことじゃ」と話が堂々めぐりになる。そんなことには島田は頓《とん》着しない。

「そして、どうもその瓢箪は自分の父が乃木将軍殿にさしあげたものにちがいない、自分の父がいつも乃木将軍殿にさしあげたその瓢箪《たん》のことを口癖《ぐせ》のように話しとった、ちゅうような工合であったらしいがな」

また聞きなので、万年一等兵たる島田の話は全部が正確であるかどうかは疑わしいが、瓢箪《ひようたん》についてのだいたいの事情はわかった。中隊長坂田大尉《い》の父は萩《はぎ》の藩《はん》士で、乃木将軍とともに明倫《りん》館に学んだことがある。その後、乃木少佐が第十四連隊長になって小倉《くら》に赴《ふ》任するときに、丹誠こめて作った一個の赤瓢箪《ひようたん》を祝いとして献《けん》じた。酒のみ友達でもあったのであろう。坂田大尉《い》は父からよくその話を聞かされていたが、そのうち自分も士官学校を経て将校となり、日露戦役に従軍した。そうして終始、乃木将軍の幕《ばっ》下にあって特別の知遇《ぐう》に浴した。事情あって大尉《い》は現職を退いたが、一生乃木将軍への思慕《ぼ》の情を失わずにいた。乃木将軍殉《じゅん》死の報に接《せっ》したときにも、自分も切腹しようとして家族の者に止められたということである。坂田大尉《い》は乃木将軍が徴《ちょう》兵令頒《はん》布直後の兵士にあたえた訓《くん》示のなかの言葉「一時ノ怯懦《きょう》ノ心ヲ発作シテ終身ノ恥辱《じょく》ヲ帯ブル勿《なか》レ」を、軍人としても、人間としても、第一の信条とした。支那事変とともに、老中隊長として戦地に来てからも、この言葉は、兵隊たちの耳にたこができるほどくりかえされた中隊長の口癖《ぐせ》であったのである。そういう坂田大尉《い》であったので、たまたま伸《しん》太郎の口から赤瓢《ひよう》箪の話を聞くと、それが見たくて矢も楯《たて》もたまらなくなったのである。そこで伸《しん》太郎は父の秘《ひ》蔵の品とは承知しつつ、取りよせたわけなのである。

「ところが、とりよせて見ると、それが中隊長殿の考えとられた瓢簞《ひょう》とはまったくちごうとってな、送りかえそうにも、戦地から兵隊が小包出すわけにゃいかんし、ちごうちゃ居るが、乃木将軍殿のにまちがいなかちゅうので、やっぱり喜ばれて、それからはあの瓢簞《ひょう》で、おいしそうに酒をのんどられたんじゃが」

島田はぷつりと言葉を切って首をたれたが、急に、くっ、くっ、と嗚咽して泣きはじめた。そのさきは聞かなくともわかっていた。重造も胸がこみあげて来た。顔をあげた島田はまっ赤な顔をしていたが、八角金盤《やつで》のような大きな手で、ずるりと眼の上をひとなでして、「半月ばかり前の討伐戦で、とうとう戦死なされた。くそ、支那兵の奴《やつ》」島田は歯《は》を食いしばり、恐ろしい眼になって敵の方向らしい空間を睨《にら》んだ。

通路のつきあたりの炊《すい》事室から、縄《なわ》のれんをかきわけて、一人の兵隊が顔を出した。

「おうい、弁《べん》当ができたぞ。早う持って行ってくれ」

「よし来た」と二、三人の兵隊が元気よく答えて、支度をはじめた。島田ものっそりと立ちあがって、上衣をつけ、武装をした。左手で銃架《か》から鉄砲をとり、台の上にあった鉄兜《かぶと》を大きな手で上から鷲《わし》づかみにして、すっぽりとかぶった。二本の棒に十数個の飯盒を通してぶら下げ、四人の兵隊は出て行った。出るときに島田は、「この新兵に飯食わせてやってくれや」と炊《すい》事室にむかって怒鳴った。

食事が始まると、重造もその席に加えられた。増城一の御馳走《ち》と島田はいったが、大根汁に缶詰《かんづめ》の鰯《いわし》があるばかりである。飯は熱かった。重造はそれらの馳走《ち》を心をこめる思いで食べた。「高木軍曹《そう》は土鼠退治《もぐらたいじ》の名人でな」と、飯を食べながら話しかける者があった。「嘉善でも、恵州で四つも一人でトーチカを占領してね、それで、四へんも五へんも怪我《け》したのに、なかなか死なんのでな、高木軍曹《そう》は不死身じゃちゅうて、俺《おれ》たちゃいうとる」

重造は飯がうまく咽喉《のど》を通らない。

食事が終っても所在がないので、重造は机の上にあった古雑誌《ざっし》をとりあげて読んだ。あたりは森閑《かん》としている。蚊《か》が多いのでしきりに追った。もう蚊帳《かや》を吊る兵隊もある。点呼が終ってから、ぬっと表から入って来た兵隊があった。誰かをさがすように部屋のなかを見まわした。彼は昼間トラックでいっしょに来て、鉄兜《かぶと》を射たれて泥田圃《たんぼ》に落ちこんだ髭《ひげ》の上等兵である。むしゃむしゃとなにか頰《ほお》ばりながら入って来たが、重造を見ると、「おう、ここにいたのかい」といったが、大股《また》で部屋の隅《すみ》に行った。蚊帳《かや》のなかにはいりこんだ。三四人の兵隊たちとなにか高声で話をしながら笑い興じた。いかにも愉快そうである。こんなさびしい警備《けいび》地で、なにがそんなに面白いことがあるのかと重造が思っていると、「おうい、そこの新兵、蚊帳《かや》のなかにはいれ。蚊《か》に食われたら、マラリヤになるぞ」と誰かが後からどなった。蚊《か》の襲《しゅう》来に辟《へき》易しながらも、遠慮《りょ》していた重造はその声をきいて大急ぎで、しかし、おそるおそる、自分の前に吊ってある誰もいない蚊帳《か》にはいった。「弾丸にあたって死んでも、病気で死ぬんじゃなかぞ」と出発のとき、睨《にら》むようにして父のいった言葉が、「マラリヤ」という言葉をきいた瞬《しゅん》間に耳朶によみがえって来たのである。

「今夜あたり、またお客が来るかも知れんぞ」という声がむこうの蚊帳《か》のなかから聞えた。先刻の髭《ひげ》の上等兵のようである。

「お客も、なかなか、くたぶれんなあ」と誰かがいい、笑い声がおこった。

重造にはどういう意味なのかわからなかった。お客と聞いて自分のことかとちょっとどきんとしたが、どうもそうでないようである。

時間が経つ。島田たちはなかなか帰って来ない。とりあげた古雑誌《ざっし》を隅《すみ》から隅《すみ》まで読みつくした重造はポケットから手帖をとりだして、仲《しん》太郎に告げるために箇条書にして来た文句《く》を暗記するように読みかえしてみたりした。蚊帳《か》に、祭壇《だん》がぼんやり見える。瓢簞《ひょうたん》がにぶく光って空間にぽかんと浮いている。ぶーんという蚊《か》の羽音がきこえる。不思議な寂寥《せき》が息苦しく重造の胸にかぶさって来る。ときどき、「敬礼」と叫ぶ声がして、重造も立ちあがった。何度か将校が靴を鳴らして、通路を往復した。

どれくらい経ったか、静寂のなかに、遠くでぷすんと豆でもはじけたような鈍《にぶ》い音がした。それきり聞えなかったが、今度はすこし大きく近くに聞えた。やがて、その音は連《れん》続しはじめた。銃声であることがわかった。

「貴様《き》の八卦《け》はようあたる。今いうたばかりじゃ。どうもお客が来たらしい」

向うの蚊帳《かや》でそういって笑う声がしたが、さっきの髭《ひげ》の上等兵は「うるせえな」と呟《つぶや》きながら、戦帽をつかむとばたばたと表に駆《か》けだして行った。銃声ははげしくなって来た。機関銃の音もまじった。ときどき、ぼうんという音がした。迫《はく》撃砲のようである。遠いようでもあれば、すぐそこのようでもある。重造は敵襲《しゅう》ということを知って胸がどきどきしはじめたが、銃砲声はますますさかんになるのに、一向あたりの兵隊たちが騒《さわ》ごうとしないのが不思議でたまらない。彼は蚊《か》帳のなかにじっとしていることができず、外に出た。装具をつけて、銃をとった。銃砲声はいよいよはげしくなる。

「今日のお客は多いらしいぞ」と誰かがいう。

「銀崗《こう》の下士哨《しょう》の方向じゃないか」

「そうかも知れん」

暗い表をあわただしく靴音が過ぎた。重造は落ちついていることができなかったが、強いて唇をむすんでつっ立っていた。不安な時間がながれた。銃声は近づいて来るように思われる。すると、表から銃をにぎった一人の兵隊が駆《か》けこんで来た。「高木班《はん》長がやられた」そう叫んだまま、通路をあわただしく駆《か》け抜《ぬ》けた。つっきった奥の戸口に縄《なわ》のれんがはげしく揺れた。兵隊たちは中央の机の周囲《い》にあつまって来た。緊《きん》張した顔になった。隣の部屋でもにわかに色めきたつ気配が感じられた。伝令がふたたび縄《なわ》のれんを揺がせて出て来た。なにもいわずにまた表に駆《か》け出していった。

縄《なわ》のれんを静かにかきわけて、一人の将校が出て来た。若い将尉《い》である。

「第三小隊はこれよりただちに銀崗《こう》の下士哨《しょう》に増援《えん》におもむく。出発準備《じゅんび》。舎前の一本榎《えのき》の下に集合」

小隊長が引っこむと、兵隊たちは飛鳥の早業で支度をはじめた。またたく間に武装を整え、鉄兜《かぶと》をかぶり銃をとると、一人一人、表に駆《か》けだしていった。最後の一人が出ようとすると、たまりかねて重造もそれに続こうとした。

「お前は来ることならん」最後の兵隊はふりむいて、はげしく怒鳴った。重造は立ちすくんだ。

武装した小隊長が右手に軍刀をにぎって出て来た。重造は捧《ささ》げ銃をした。将校は不審《しん》の面持でちらりと見たが、答礼をして表に駆《か》けだして行った。舎外で号令をかける声が聞えた。銃や剣のひくいが鋭い音がする。まもなく、ざざざと駆《か》け足の音が遠ざかった。

銃声は減る模《も》様もない。ぱちいんと屋根に来てあたったような音がした。迫《はく》撃砲弾の落下炸《さく》裂《れつ》する音がつづけざまに聞える。一人とり残された重造はいくらか青ざめ、歯《は》を食いしばって立っていた。さっきの伝令の「高木班《はん》長がやられた」と叫んだ言葉に、不安はいやが上に濃《こ》くなった。時間がながれる。

表から、二人の兵隊がはいって来た。どちらも襦袢《じゅばん》一枚で、素《す》足にサンダルのような支那人の下駄《た》をつっかけている。からんからんとよい音がする。

「広東《カントン》の泥市は面白いちゅうなあ。その町筋に十文字屋ちゅう日本の寿司屋がでけたちゅうが、貴様《き》、行ったことがあるか」

「ない」

「親子丼がたいそうおいしいちゅうど。愛嬌《きよう》のええ別嬪の日本の娘も居るげな。今度、出られたら行ってみようや」

「うん、行こう」

そんな話をしながら、二人は、鉄砲声にちょっと耳をかたむけるようにしたが、「たいそう、派手《は》にやっちょるのう」と笑いながら、縄《なわ》のれんを排《はい》して隣室に消えた。ひとりで力みかえっていた重造ははぐらかされた思いで、しばらくぽかんとしていた。しかし、二人ののんきたらしい様子に、不思議にいつか落ちつきをとりかえしていた。

また雑誌《ざつし》をとりあげて、何度も読んだところにまた眼をさらしていると、足音がして三人の兵隊が帰ってきた。「雨になって来やがった」と、一人の兵隊が呟《つぶや》いた。三人ともすこし濡《ぬ》れていた。一番うしろに島田一等兵がいて、のっそりと入口の閾《しきい》をまたいだと思うと、「おう、重しゃん、居ったかい。高木がお前をつれて来てくれちゅうけん、わしについて来い。怪我《け》して医務室《い》に居る」といった。そういって、島田がくるりとまわると、背《せ》なかの右肩のところにべっとりと赤い血がついていた。ほかにも点々と血のあとがある。

重造は島田のあとにしたがった。雨など苦にならなかった。大股《また》の島田におくれないように、黙《だま》ってついて行った。どうなったのか聞く勇気がないのである。なお銃声は絶《た》えない。ぽとぽととゆっくりした足どりで、島田は先を行きながら「今夜のお客は大勢でなあ、高木の下士哨《しょう》の五十倍ぐらいで来やがった。なんぼ不死身の高木でも、ちょっとお客が多すぎてな」などといった。

医務《いむ》室は同じようなバラックであった。暗いなかを兵隊たちがあわただしく出入した。担架《たんか》でかつぎこまれて来る者もあった。入口をはいると、ぷんと石炭酸《さん》の匂《にお》いがつよく鼻をついた。いくつか廊下を抜《ぬ》け、島田にみちびかれて、一つの部屋にはいった。部屋いっぱいに大きな蚊帳《かや》が吊ってあった。そのなかから、扉《とびら》を排《はい》すると同時に、「おう、重しゃん、来たか」となつかしい声が飛んで来た。はっとして、その声の主をあわててさがした。二人は蚊帳《かや》にはいった。十ほどならんだ寝台の一つに、血のにじんだ繃《ほう》帯につつまれた顔がこっちを見ていた。重造が思わず駆《か》けよると、あおむけになっていた伸《しん》太郎は、「島田、起こしてくれ」といった。島田が肩の下に手を入れて起そうとすると、伸《しん》太郎は「あいた、そこに手をやると痛《いた》か」と顔をしかめた。痛さをこらえて歯《は》を食いしばり、顔中皺《しわ》にしてやっと起きあがった。右肩から左脇《わき》にかけて繃《ほう》帯をし、左手を首から吊《つ》っている。毛布をかけているが、足も負傷しているらしい。重造は胸もつぶれる思いで、変りはてた重傷の伸《しん》太郎を見た。色の白かった顔は黒々と光るほどに焦《や》け、不精髭《ぶしょうひげ》が顔中を掩《おお》っている。これでは道でひょっくり出あっても、それとはわかるまい。ただ、二重瞼《まぶた》の大きな眼だけが昔と同じ、もの柔かな光をたたえていて、（やっぱり、変ってはいないのだ）と、重造の心に安堵《ど》の思いをあたえた。

「いつ来たとな」痛さをこらえるためか、声はすこしかすれている。

「五月の終りに黄埔に着きました」

「ふうん。家はみんな達者な」

「はあ」と、思いだして、ポケットから黒表紙の従軍手帳《ちょう》をとりだした。「いろいろお話したいことがありましたんで、頭がわるいので忘《わす》れるといけませんから、これに書いて来ましたのでありますが」

「であります、か。いつの間にか、すっかり重しゃんも一人前の兵隊になったな」伸《しん》太郎はそういって笑ったが、笑うと傷にこたえるとみえ、急に顔をしかめて身体をすくめた。

「そんなら、俺《おれ》も重しゃんなんていうのはやめよう。……八木一等兵」

「は」

「報告を聞こう」

「はい」重造は手帳《ちょう》をめくって、蚊《か》帳越しのうす暗いランプの光にすかし、「お宅のことでありますが、皆さまお変りなく元気であります。心配なくとのことでありました。お父さんはこのごろ在郷軍人会の仕事にかかりきりのようでありまして、入営、出征、帰還《かん》、英霊《れい》迎へ、慰《い》霊《れい》祭、出征戦没《ぼつ》遺《い》家族の世話、それに傷痍《い》軍人のいろいろなことにまで一生懸《けん》命で、お骨折《おり》をされて居られます」思わず傷痍《い》軍人という言葉をいったことに、はっと気づき、重造は自分でびっくりしておずおずと仲《しん》太郎の痛ましい姿を見た。仲《しん》太郎の方は一向にそんなことには無頓《とん》着な風で、

「そうかい。親父のいそがしそうに飛びまわっとるのが、眼に見えるごとある」と、眼を細めて呟《つぶや》いた。

「秋人君は自分といっしょに入営いたしました。秋人君はあんなでありますから、甲種でありましが、自分は第一乙でありました。一期の検閲《けんえつ》が終りますと、編《へん》成替《かえ》になりまして、自分はこちらの方へ、秋人君は満洲へ参りました。それからそのすこし前に仁《に》科家に行った礼三さんが、いえ、礼三少尉《い》殿がたしか南支方面に来られとる筈《はず》であります。それで、お宅のお母さんは、毎朝、暗いうちに筥崎さんにお詣りされて、朝昼晩、三度三度、あなたがた三人の陰膳《かげぜん》を据えて居られます。家のことは友二が居るけん、心配ないように、というとられました」

「そうか」

仲《しん》太郎は顔をあげて、

「礼三もこっちに来とるてや」

「はあ、南支方面にといわれて出発したんでありますが、お会いになりませんか」

「会わん。広東《カントン》にでも居るのかな。それから」

「それから、森先生のところの康人《やすと》さんが軍医《い》中尉《い》、謙朴《けんぼく》先生のところの謙《けん》一さんが衛《えい》生曹《そう》長

で出征しました。これはどの方面か存じません。謙朴《けんぼく》先生は隣組長になりました。桜木工場の常吉さんも幹部候補生志願で、少尉《い》になって、中支の方面に出たようであります。洞《どう》庭湖の附近に居るとか聞きましたが、また変っているかも知れません」

「みんな、俺《おれ》より上官ばっかりじゃな」と、伸《しん》太郎は面白そうに笑った。

「あなたが出られてから、近所の子供たちもだいぶん軍人になりました。海軍に行った者もあります。『蛇の目屋』の徳《とく》四郎しゃんは江田島の海軍兵学校にはいりました」

「ほう」

「それから、……こんなこと申しあげてよいかどうかわからんのでありますが」と、重造は手帳《ちょう》を見て急にもじもじしはじめた。

「遠慮《りょ》せんでいうてくれ」

重造はしばらく躊躇《ちゅうちょ》したあとで、思いきったように、「実は、縁《えん》起でもないのでありますが、あなたのお父さんが、もう墓の用意はちゃんとでけとるから安心して、……働け、ということでありまして」

「そのことかい、そのことなら親父から手紙でいうて来とる。安心して働け、じゃあるまい。安心して死ねじゃろうが」

「はあ、そうでありました。それから」と、重造は軍服の内ポケットに手をさしこんだが、一通の封《ふう》筒をとりだした。

「これは仲彦《ひこ》しゃんの最近の写真《しゃ》であります」

仲《しん》太郎は開くことができないので、島田が横から取って封《ふう》を切った。一枚の写真《しゃ》をとりだした。まず、島田が見て「ほう、これが高木の子かい。一装の子がでけたなあ」と感嘆《たん》した。

「わしとこは、二人居るんじゃが、どちらも女子でなあ」そういいながら、写真《しゃ》を仲《しん》太郎にわたした。仲《しん》太郎は動かすことのできる右手でそれを取った。顔に近づけたが暗いので、ランプの方へ近づけようとして、身体の苦痛に顔をしかめた。島田が雑嚢《ざつのう》から懐《かい》中電灯をとりだして、写《しゃ》真の上にぱっと照らした。そこだけまっ白になって、くりくりとよく肥《ふと》った色白の子供の姿がうきあがった。妻の芳《よし》江が抱いている。父は写《うつ》っていないが、父の気持が日の丸の小旗を持ち、参謀肩章《しょう》をつけた仲彦《ひこ》の軍服姿ににじみでていた。仲《しん》太郎は微《び》笑をたたえてそれを見たが、おさえがたい涙があふれて来た。

「報告はそれだけな」

「はあ、だいたい、これだけであります」

「そうか、ありがとう」

仲《しん》太郎はそういって、写《しゃ》真を胸のところの繃《ほう》帯の間にはさんだが、突然《ぜん》のように、不審《しん》の面持になって、まっすぐに重造を見なおした。

「そりゃそうと、八木一等兵」詰《きつ》問する語調である。

「はあ?」

「君は、どうしてこんなところに来た」

「高木軍曹《そう》殿にお目にかかりたくて参りました」重造は急に自分を睨《にら》んで来る伸《しん》太郎の眼に、たじたじとなる思いで答えた。

「誰の命令で来た？」

「命令というわけではありませんが」

「馬鹿たれ」と、はげしい声が飛んで来た。

「は」重造は思わず不動の姿勢になった。なぜ怒鳴られたかわからないのである。

「どうして、ここへ来た」と伸《しん》太郎はまた同じことをいった。

「隊長殿の許可をいただいて参ったのであります。こちらに参りましてすぐ現地教育がはじまりまして、このほど、五日間、昼夜兼《けん》行で特別攻撃演習がありました。その慰《い》労《ろう》に一泊の休暇《か》をいただきました。それで、兵站《たん》の方にお願いしまして、トラックに便乗させて貰《もら》って来たのであります。明日の午後六時までに帰ればええのであります」

「隊長殿には増城へ行くちゅうて来たとか」

「は、いいえ、それは申しませんでした」

伸《しん》太郎は静かな声になって、「増城が警備《けいび》の第一線で、君も見たとおり、こげん状態《じょうたい》ちゅうことは知らんじゃったとか」

「こうまでとは思いませんでしたが、危いということは存じて居りました。兵站《たん》にお願いしましたときでも、危険《けん》じゃから止めとけと何べんもいわれました。しかし、無理にお願いしてやっと乗せて貰《もろ》うたとであります。途中で敗《はい》残兵から襲《しゅう》撃もされましたけれど、それは覚悟《かくご》して参ったとでありますから」

きらりと仲《しん》太郎の眼が光った。よっぽど、また、「馬鹿たれ」と口に出かかったのをやっとこらえたようである。ここで怒鳴るのをさきに怒鳴ってしまったのかも知れない。不服そうにしている重造を、仲《しん》太郎はまっすぐに見ながら、

「八木一等兵、君が危険《けん》を冒《おか》して俺《おれ》に会いに来てくれた気持はうれしか。また、君の覚悟《かくご》もなかなか勇しか。じゃけんど、君は兵隊として大間違いをしちょる」

重造は顔をあげた。

「早か話が、君はここに来てもしものことがあったらどげんするか。途中でも襲《しゅう》撃されたちゅうが、無事じゃったからよかったものの、弾丸にでも当ったとったら、いったいどげんことになる。増城はいつもこげな風じゃが、君がここで戦死でもしたら、どげんことになる。俺《おれ》に会いに来て死んだところで、兵隊の名誉《よ》にゃならん。覚悟《かくご》して来たなどと威張っちょるが、そげな覚悟《かくご》は覚悟《かくご》のうちにゃ入らん。小勇ちゅうもんじゃ」

重造とて、一期の検閲《きけんえつ》が終るとすぐに一等兵に進んだ兵隊である。それに早合点の名人などといわれることもある男なので、多くを聞く必要はなかった。

「はい、わかりました。自分の誤《あやま》りでありました」と、はっきりした語調でいった。

「うん、わかってくれさえすりゃええ。明日《あした》の朝、兵站《たん》のトラックが帰る筈《はず》じゃから、いっしょに帰んなさい」

「はい、帰ります」

こういう話をしている間にも、銃砲声は絶《た》えなかったが、やがて外は激《はげ》しい雨になったようである。バラックのトタン屋根が騒々《そうぞう》しく鳴り、窓外は雨だけの音にとりかこまれた。蚊帳《かや》のなかにある十ほどの寝台にはいずれも負傷兵や病兵が寝ていた。中には重造との話が一段落するのを待って、

「高木、むごうやられたのう」と声をかける者もあった。

「大したことはないがのう。迫《はく》撃砲弾がじきそばに落ちやがってなあ、破片をたくさん食うた。島田に負われて帰ったが、こげんときにゃ、図体の大きな者は担架《たんか》がわりになってええ」

「あげんことというちょる。おかげでわしまで血だらけじゃ」

兵隊たちは笑った。

朝になって、重造はいとまをつげた。衛《えい》生兵が起きてはいけないというのに、伸《しん》太郎は顔をしかめて寝台のうえに身体をおこした。前夜は傷の痛みのためにほとんど眠れなかったらしく、腫れぼったい顔に赤い眼をしていた。それでも、やさしい眼つきで、「元気でやれや」と、弟にいうようにいった。

「はい、頑《がん》張ります」

「それからな」仲《しん》太郎はきびしい顔になって「いうとくがな、俺《わし》が怪《け》我したなんちゅうことを、けっして家の方にいうてやることはならんとど」

「は?」重造はちょっと返事にまごついた。彼はすでに昨夜からのできことを詳《くわ》しく「高木屋」へ知らせようと、心にきめていたからである。

「俺《おれ》の負傷のことなど、絶《ぜっ》対に知らせることはならん」仲《しん》太郎はおさえつける語調で、念を押した。

合点の早い重造はやがてその意味を理解した。これまで、仲《しん》太郎が、一度も負傷したとか、病気でいるとかいうことを聞いたことがなかったので、四年も戦地にいて、武運の強いことであると思っていた。そうではなかった。四度も五度も負傷をしていたのに、故郷には知らせなかったのだ(そうであったのか)と、胸にしみる気持がした。

「おい、早よ行かんと、置いて行かれるばい」横にいた島田である。表で兵站《たん》のトラックがしきりに警《けい》笛を鳴らしていた。重造はあわてて、鉄兜《かぶと》と銃とをとり、「それでは、また、そのうちに」といって、挙《きょ》手の敬礼をした。

「また、そのうちに、か」と、仲《しん》太郎は苦笑したが、「うん元気でな」と、うなずいた。

名残り惜しそうに、重造は戸口でまた振りかえって、ちょっと頭を下げてから、駆《か》けだして行った。

(また、そのうちに)足音の消えるのを聞きながら仲《しん》太郎はしんみりと呟《つぶや》いて、さびしげな微《び》笑をうかべた。戦地に来たばかりの重造には自分がなにげなしに吐いた言葉の意味が、すこしもわかっていないのだ。「明日をも知れぬ」という兵隊の運命のきびしさがまだわかってはいない。しかし、そんなことを説明してやる必要もない。まもなく、ひとりでに彼にもわかる時が来るであろう。兵隊は別れたときが最後である。「元気でやれよ」といって肩をたたきあい、笑って別れた戦友がしばらくして戦死をしたと聞かされる。朝、いっしょに食事をして、無駄《だ》口をたたいて出て行った兵隊が何時間も経たないうちに死体になって帰って来る。そういうことは戦場のならわしなのだ。昨夜の敵襲《しゅう》でも二人の戦死者が出た。一人は帰還《かん》の決定していた伍《ご》長で、母への土産といって、広東の街《まち》で安物の菩《ぼ》提樹の数珠《じゅず》などを買っていた。四年間、そういうきびしい現実を日常として生きて来た伸《しん》太郎の胸に、杭《こう》州湾《わん》以来そういう風にして、つぎつぎに自分の身辺から居なくなった多くの戦友のおもかげがうかんで来た。自分、礼三、秋人、と、三人兄弟が戦地にいるが、彼らが現在、生きているかどうかもすでにわからないのだ。家では母が陰膳《かげぜん》を据《す》えてくれているという。その志《こころざし》のありがたさには泣かずにはおられないが、「戦場において死ぬ」ということには、さらに悔《く》いもなければ心のこりもなかった。お役に立つことができるという誇りの方が強いのである。重造もやがてそういう風になるにちがいない。そして、「また、そのうちに」などという言葉が兵隊の言葉ではないということも、まもなく身をもって悟《さと》るであろう。

「高木班《はん》長、起きとったらいかんちゅうに」看護《かんご》兵が入って来たので、伸《しん》太郎は涙をかくすように、わざと大げさに「あいた、あいた」といって寝台に横になった。

中隊長代理の澤村中尉《い》や小隊長藤田少尉《い》、その他の戦友たちが、かわるがわる見舞に来た。分隊長は交替でそばについていてくれた。島田は同年兵ではあるが、いまは伸《しん》太郎の部下になっている。べつに口惜しがる風もなく、「俺《わし》ゃ、高木の当番兵じゃ」と笑いながらよく伸《しん》太郎の面倒をみた。分隊長代理をしている橋本上等兵は分隊長の気をまぎらせるつもりで、なにかと話しかけた。すこしうるさくはあったが、兵隊の心づかいをうれしく思って、伸《しん》太郎は、ふん、ふんとうなずきながら、聞いていた。競馬馬といわれる橋本は、のんびりした長い顔から煙草をしきりにふきだしながら、「昨夜の捕虜《ほりよ》の奴《やつ》がですな」と、癖《くせ》で、しきりに唇をなめなめ話すのである。昨夜の戦闘《とう》で、「お客」は五十八の遺《い》棄死体と六人の捕虜《ほりよ》とをのこして退却《きやく》したという。「ひょろひょろの奴《やつ》でしたが、とんでもないことをいいましてな、隊長殿はじめ、みんな腹をかかえて笑いましたよ。あいつら、なんにも知らんにもほどがある。上官が出たらめをいうて聞かせるんですな。それをまた、真にうけてやがって……日本の敗《はい》残兵につかまったのは残念じゃ、とぬかすんです。……班《はん》長、あいつらにかかると私らの方が敗《はい》残兵ですよ」

「なにや。俺《おれ》たちが敗《はい》残兵てや」島田が頓《とん》狂な声をだした。

「お前は知るまいがな、もう東京は、支那軍に占領されてしもうとる」

「なんてや？　東京が取られた。……そげんことのあるもんかい」

島田は正直である。

橋本は急に腹の立つ顔になって、「この前の戦闘《とう》でつかまえた支那兵もそうじゃったが、今度のも同じことをいやがる。……支那軍は日本海沿岸数箇所の地点から、大挙《きよ》、奇襲《きしゆう》上陸を敢《かん》行し、随《ずい》所に抵抗《ていこう》する日本軍を撃破しつつ、破竹の勢をもって東京に向って進撃、壮烈なる市街《がい》戦ののち遂にこれを占領した。……というわけじゃよ。そこで、捕虜《ほりよ》がな、自分はちかいうちに東京警備《けいび》の交替にやられる筈《はず》になっとった、それにつかまったのは残念じゃ、とこそ」

「馬鹿たれ」

島田は、そこに、支那兵が居るかのように睨《にら》む眼になった。

「馬鹿たれ」という言葉はときどき伸《しん》太郎がつかうので、島田にもうつったようである。「馬鹿たれ」はあるいは、「高木屋」のお家の芸《げい》なのかも知れない。

「しかし、班《はん》長」と怒りっぽい橋本はだんだんぶりぶりした顔になって来て、「支那兵がなにを考えとってもええですが、……橋本がいつもいうように、どうしても根を絶《た》たんにゃ駄《だ》目ですよ。支那軍のしぶといのは彼奴等《あやつら》が居るからですからなあ」

島田はまたかという白けた顔になった。そばにいた兵隊たちも、またはじまったという顔つきである。橋本上等兵の十八番なので、みんなはもう耳にたこができているのであろう。それで、「彼奴等」という言葉の意味もすぐにわかるのだ。

橋本はそんなことにはおかまいなしに、「昨夜の捕虜《ほりよ》や、遺《い》棄《き》死体をしらべても、たいてい、アメリカの弗を持っとるのです。こりゃ朔《さく》望鎮《ちん》の教会から出とるにちがわんです。あの鉤鼻のアメリカ人の牧師《ぼく》の奴《やつ》、敗《はい》残兵の尻《しり》押しばかりしやがって、……武器でも弾薬でも、どんどん供給してやがる。……それがわかっとるのに、第三国人ちゅうて、どうするわけにもいかん。こんな、はがいいことがあるか」

橋本は鼻を鳴らし歯《は》を嚙《か》まんばかりである。

「この前の討伐のときでも、そうじゃないか。敗《はい》残兵が教会のなかにたくさん逃げこんだのに匿《かく》まって出さん。居らんといやがる。入りこむのを見たというても、それは住民ばかりで兵隊は居らんという。あのとき坂田中隊長殿が、戦死なされた。俺《おれ》や、中隊長殿を射った奴《やつ》が、教会のなかに入ったのを、この眼でちゃんと見たんじゃ。それにいくらどういうても入らせん。扉《とびら》に手をかけようとすると、あの旗が見えんかとぬかす。とんがった教会の屋根に星条旗がある。わざとでかい奴《やつ》を二本も出しとる。そうして鼻曲りのアメリカ人奴、馬鹿にしたようににやにや笑うとる。……君たちが、教会に入ることはたやすい、また、自分を殺《ころ》すこともできよう、しかし、それがどんな重大なことになるか、それを考えてからにしなさい、とぬかすんじゃ。……また、俺《おれ》たちも第三国人と紛《ふん》争をおこさんようにと、くれぐれも部隊長殿からもいわれとったんで、……胸が煮えくりかえるようにあったが、気持をおさえた。鉤鼻のやつ、それ見たかというように、鼻で笑いやがる。口惜しゅうて俺《おれ》は涙が出た。……こんな馬鹿なことがあるか」

橋本は泣きだした。みんなは橋本の激《げき》情には呆気にとられたが、橋本の気持はよくわかった。

そういう経験《けん》はいくたの戦場で、多かれ少なかれ、どの兵隊もが、憶えのあることであるからだ。

「広東《カントン》の街《まち》でもな」と、西村という一等兵が、「街《まち》のまんなかに沙《シャ》面という租《そ》界があって、どうもならんちゅうばい、珠《しゅ》江の川に、島になっとって、イギリス橋てら、フランス橋てら、橋があって、外国の兵隊が居って、やっぱり放火して逃げる便衣隊なんかを囲うちょるげな」

「こないだは朔《さく》望鎮《ちん》をそのまま引きあげて来たが、今度行ったら承知せん」橋本は肩を怒らす。

「おいおい」と、島田が声をほそめて、「たいがいにしちょけ。お前のいうことはようわかった。……ばって、怪《け》我しとる、分隊長の耳もとで、なんかい。……高木は眠った。俺《おれ》が居るけん、ええ。みんな帰れ」

仲《しん》太郎は部下の心根を思いやって、苦痛をがまんして聞いていたが疲れに耐《た》えかねて、いつか眠っていた。兵隊たちは島田を残してそっと部屋を出た。支那人たちが、見舞に来たが、眠っているからといって帰した。五、六人、子供もいた。ふだん仲《しん》太郎が可愛がるので、おどろいてやって来たものであろう。面会できないと聞いて、みんながっかりした様子であったが、「高木先生《シーサン》に」といって、卵や茘枝《ライチー》や饅頭などを置いて帰った。仲《しん》太郎は軽い鼾《いびき》をたてて寝ている。島田は、籠《かご》のなかから、茘枝《ライチー》をとって噛りながら繃《ほう》帯に埋もっている仲《しん》太郎を見て、(また、高木は死なんじゃった)と、不思議そうにとぼけた考えに耽《ふけ》っていた。島田は血のにじんだ仲《しん》太郎の千人針を洗って、干してやった。自分のも序《ついで》に洗った。彼のには、彦《ひこ》山権《ごん》現のお守りが入っている。島田は女房を思いだして、にやにやした。汗と泥と血とで染められ、何度も洗われて、千人針は異様《い》な色をあらわしている。ときには虱がわいて、熱湯にひたしたこともあるのである。

数日の間、軍医《い》と仲《しん》太郎とは押し問答をした。軍医《い》が広東の兵站《たん》病院に下れというのを、仲《しん》太郎が下りたくないというからである。そのうちに、部隊に移動の命令が降った。どこに行くかは、まったくわからない。警備《けいび》地の交替であろうといい、討伐だとも兵隊たちは話しあった。新作戦がはじまるかなという者もあった。出発の準備《じゅんび》がはじめられ、兵営は俄《にわか》に騒《さわ》がしくなった。

国境

せまい窓からさしこんで来る朝の光りのなかで、礼三はしずかに軍刀を磨《みが》いた。毎朝の習慣《かん》である。父を嘘《うそ》つきにしたくないために思いきって、仁《に》科へ貰《もら》われていった。ほんとういうと驚いたし、また、悲しかった。しかし、すでにそれが宿命であってみれば、養《よう》父母である仁《に》科夫婦へ孝養《よう》をつくすのが子としての道である。養《よう》父仁《に》科弥《や》助は自分の門出に際《さい》して、祖《そ》先から伝わっているという助広の一刀を餞《はなむけ》にくれた。これは養《よう》父が日露の役に帯して行ったものであるという。あわただしい出発のときに、養《よう》父としてはこの一刀に無限の愛情をこめたものであろう。礼三はその愛情を噛《か》みしめ、また、すこしでも深く、自分の心を養《よう》父へ近づけるために、毎朝、この刀をみがくことを忘《わす》れなかった。

焼きは沈んで澄み、反りのやわらかな美しい刀である。一点の瑕も、曇りもない。礼三は青く光る刀身に自分の顔をうつしてみて、ひとりでにやにや笑ったりしながら心をこめて布拭きをかけた。

「入ってよくありますか」

後で声がした。礼三は姿勢をくずさずに、「よし」といった。

ぎいと錆《さび》ついた蝶番《ちょうつがい》の音をさせて、朱塗《しゅぬ》りの重い扉《とびら》をひらき、一人の兵隊がはいって来た。当番兵の栗原一等兵である。

「小隊長殿」

「うん」

「お願いがあります」

「なにかね」

「これを鑑《かん》定していただきたいのであります」

礼三はふりむいた。栗原は両手に一個ずつ缶詰《かんづめ》を持っている。近づいて来て、さしだした。

礼三は刀を鞘《さや》におさめて置いてからそれを手にとった。レッテルが英語なので兵隊にはわからないのであろう。

「こっちは水蜜《みつ》桃で、こっちは鰯《いわし》だ」と、礼三は読んでやった。そういったあとで気づいて、微《び》笑をうかべ、「また、印度兵がくれたのかい」

「はあ、くれました」と、栗原も笑った。

この部落は深圳《シュムチュン》からはいくらか離《はな》れてはいるが、やはり同じ国境線の近くにある。広東《カントン》と九龍《りゅう》をつなぐ鉄道線路もさして遠くないところに望むことができる。つらなった山岳《がく》地帯のなかに盆《ぼん》地のようになっていて、点々と農家がある。毎日暑く、檳榔樹、鳳凰《ほうおう》木、パパイヤ、蘇芳《すおう》、芭蕉《ばしょう》などの植物が密《みっ》生しているので、南国の気分がある。それらの緑のなかに眼にしむように赤い仏桑華《グマメラ》がいたるところに咲いている。これは一年中咲くらしく、一輪の花の命は短かくて、朝ひらけば夕には落ちるようであるが、つぎつぎに絶《た》え間なく新しい花が咲いている模《も》様だ。青空と明るい太陽の下にひらけたこの風景を、礼三は美しいと思うことがあるが、実際《さい》は美しいどころの騒《さわ》ぎではないのである。この風景は細々とした一本の泥川によって二つに裂《さ》かれているが、河の向うは英国領になる。国境を画している流れは川というほどのものではなく、いわば、広くなったり、狭《せま》くなったりして流れている溝《みぞ》といった方がよく、この部落のあたりでは幅は十米あまりしかない。そうしてこちらには日章《しょう》旗がひるがえり、対岸には英国旗が立ち、いざこざの絶《た》え間がない。対岸にはつねに武装したイギリス兵と印度兵とが歩きまわっている。

広九鉄道の鉄橋は、よくもこんなに労《ろう》をいとわずに崩《くず》したものだと思われるほど丹《たん》念に破壊《かい》されていた。工兵隊は昼夜のわかちなくその復旧《きゅう》にかかり、いまは広東《カントン》から石龍《りゅう》まで、列車は運転されている。まだ深圳までは届かないので、ここではただ、線路がながながと走り、英領に入りこんで先が見えなくなっているだけである。その先に香港《ホンコン》があるのだが、もとより望むことはできない。国境線の上の鉄橋にはイギリスの兵隊が七八人で頑《がん》張っている。もとより、こちらは日本の兵隊がいる、イギリス側には畳二枚もあるほどのユニオン・ジャックがこれ見よがしに立てられているので、こちらでも、兵隊が生意気なというわけで、その倍ぐらいの日の丸をつくってかかげた。そんな大きな布はないので、よせ集めのつぎはぎで赤丸もむらだらけである。

敗《はい》残支那軍に対して、背《はい》後からしきりに軍需《じゅ》品が供給されるので、深圳をはじめ国境線が押えられたのであるが、それかといって、その国境を越えるわけにはいかない。英国は正式には敵ではなく、第三国人との紛擾《ふんじょう》をおこすことはやかましく禁《きん》じられているからである。そこで、狭《せま》い川をはさんで、毎日奇《き》妙にわり切れない対峙《じ》をしている。ところが、英国側からはたびたび抗《こう》議を申しこんで来た。日本軍が英領に弾丸を射ちこむというのである。日本軍と支那軍とが戦うことは仕方がないが、わが領内に発砲するのにはなにか底意があるにちがいないという。この問題《だい》は厄介《やっかい》である。もとより日本兵は誰も発砲する者はないが、支那兵が川向うにどんどん射ちこむ。長い国境線を、ひろい範《はん》囲にわたって占領しているというわけにはいかないので、その間隙《げき》をねらって、支那兵が弾丸を英領へ射ちこむ。むろん、英国との間に紛《ふん》争をおこさせようという魂胆《たん》である。国境作戦のとき多くの支那兵が英領に逃げこんだ。それを追って、日本兵の数名が川を越えた。そんな細い川が国境であるとは知らなかったからだ。これに対してははげしい詰《きっ》問をして来たが、逃げこんだ支那兵は入っていないといい張って、一人も出さなかった。こういう風に、いろんないざこざがたえず起こっていて、不気味な空気がみなぎってはいるのだが、その風景はただきらきらと美しくて、散っては咲きつづける仏桑華の花びらをわたる風はなにごともない顔で、川のうえを往来していた。

礼三はある日、警備《けいび》を命ぜられた部落を巡察《じゅんさつ》しながら歩いていた。二人の兵隊がしたがった。支那人もいくらか帰っていたが、多くの家は空家になっている。その誰もいないと思っていた廃屋《はい》の奥から、とつぜん、赤ん坊《ぼう》の泣き声が聞えて来たりした。

町はずれに出たとき、一人の兵隊が、「小隊長殿、イギリスの将校が来ますよ」といって、川の方を指さした。国境の川が百米ほどさきにある。檳榔樹が両岸にまばらに生えている。対岸の土堤の上に、四名ほど印度兵がいた。こっちの岸にも二人の日本兵がいる。印度兵は頭にまいた白い頭布《ターバン》と、黒い顔とがあざやかな対照をなしている。巡察《じゅんさつ》らしいイギリスの将校に四人の印度兵は奇《き》妙な姿勢の敬礼をした。横柄《へい》に答礼した英国士官は、なにか二言三言いったようであったが、そのまま歩き去った。すると、四人の印度兵はいっせいに拳骨《げん》をつくって、英国兵の後姿にむかってなぐりつける恰好をした。何度もやる。そうして、ときどき日本兵の方を見る。見ながら、やる。見てくれというわけであろう。やがて、一人の印度兵がズボンをぬぎはじめた。靴もぬいだ。それから、上衣をぐっと胸の上にたぐりあげると、川のなかにじゃぶじゃぶと入って来た。

印度兵は鉄砲をぱんと草のうえに投げた。両手を胸のところにあてがって、なにか抱えている。川は浅く、臍《へそ》を没《ぼっ》するくらいである。赤い水のなかに入った印度兵はゆるゆるとこっちへ近づいてくる。やがて、止った。髭《ひげ》にうずもれた顔をにっこと綻《ほころ》ばせた。それから、胸にかかえていたものを、ひとつずつ、こちらにむかって投げだした。十四五度、同じ動作をした。こちら側にいた日本の兵隊たちがそれらの品々を受けとって拾った。とどかずに、二度ほど川に落ち、赤いしぶきが立った。投げ終った印度兵はくるりとまわって、両手で上衣を濡《ぬ》れないように引きあげながら向う岸へかえって行った。

こっちから一人の日本兵が川に入った。靴も巻脚絆《きやはん》も解かない。膝《ひざ》くらいまでのところに行くと、手に持っていたものを力いっぱい向うの岸に投げた。土堤に落ちると、争うようにして印度兵はそれを拾った。煙草に石のおもりをつけて投げたのである。印度兵はさっそくわけあって、すぱすぱとふかしはじめた。礼三は微笑をふくんで、それを眺めていた。はじめて見たのではあるが、兵隊たちから何度も話は聞いていた。印度兵が英国兵に対して心よからず思っていること、表面は服従しているが内心は日本に好意をよせていること、それを日本兵に知ってもらいたがっていること、それでときどき、いろんなものをくれること。国境を越えることは許されない。といって、川はせまいとはいえ、こちらに届くように投げることはできない。そこで印度兵が川に入ってくる。国境線は川の中央であるからまんなかまで来る。それに対してこちらからも煙草などを投げてやる。煙草に困っているらしい。向うからくるものは、主に缶詰《かんづめ》であるが、ときにウイスキーのような豪華《ごうか》な加給品もあった。兵隊たちはこれを「香港《ホンコン》給与」などといっていた。

礼三が川岸の方に行くと、兵隊たちは敬礼をしたあとで、てれくさそうに頭をかいた。土堤の草の上に缶詰《かんづめ》や林檎などがころがっている。横文字のや支那製の漢字《かん》のやがあった。対岸の印度兵が礼三を見つけると、いっせいに捧《ささ》げ銃の敬礼をした。いつか見て覚《おぼ》えたものであろう。日本流の捧《ささ》げ銃である。礼三も苦笑して答礼をした。自分の部屋にかえって来ると、栗原一等兵が林檎を持って入って来た。それを食べながら礼三の眼はいつか香港《ホンコン》領の方に向いて妖しく光っていた。

このあたりはあまり物資が豊富ではない。第四路軍は焦土《しよう》戦術《じゆつ》が専門で、敗《はい》走にさきだって、かならず家を焼き物資を運び去る、兵站《たん》の苦心によって、兵站《たん》から送られては来るが、敗《はい》残兵の出没《ぼつ》によって思うようにいかない。

ときどき爆《ばく》音が聞えるので、味方の飛行機かと思ってみると英国機で、馬鹿にするように日本軍の陣地の上を悠々《ゆうゆう》と旋《せん》回しながら引っかえさずに奥の方へ飛んでゆく。「畜《ちく》生、また、支那軍に連絡《れんらく》してやがる」と、兵隊は飛行機を睨《にら》んで口惜しがる。向うからは支那の上空を飛ぶことは自由だが、こっちからは英国領の上を飛ぶことはできない。

ある日、栗原一等兵が、「小隊長殿、盆《ぼん》と正月がいっぺんに来ました。今夜は一装の御馳《ち》走してあげますぞ」と、声をはずませて報告して来た。

「どうした」

「鯉を貰《もら》いました。このごろ、この向うの部落に砲兵隊が来とりますが、そこの兵隊がくれました、川にもぐって抱いて上って来たちゅうて、たいそう、鯉とりの上手な兵隊が居るそうであります」

それは、あぶらまのまあしゃんではあるまいかと礼三は思った。いつかの筑《ちく》後川での一日の清《せい》遊がなつかしく思いうかんだ。栗原に聞いてもその兵隊の名は知らなかった。鯉を抱いてとるのが、なにもまあしゃん一人の専《せん》売特許ではないが、事態の拡《かく》大とともに多くの青年が出征したので、まあしゃんが戦地に来ていることもあり得ぬことではない。(鯉とりもさることながら、水にもぐって敵情偵察《ていさつ》に行くなど、もってこいだな)と、そんなことを考えたりして微《び》笑がわいた。

「その鯉とり兵隊の部隊は、北支の方から廻って来たとか、いうとりました。野砲隊であります。ほかにも見なれん部隊が来とるようにありますが、……私ら、警備《けいび》交代でありましょうかな」

「さあ、わからんな」

栗原は鯉をまた眼のところまで持ちあげて、「小隊長殿、久しぶりの鯉こくで、顎の落ちなさらんように、御用心が肝腎《かんじん》ですぞ」と、いいながら出ていった。

礼三は戦地に来て以来、まだ、戦闘《とう》らしい戦闘《とう》をしていない。小隊長として、いまの部隊に来たが、それは前の小隊長がこの国境作戦のときに深圳《シユムチユン》の郊《こう》外で戦死したからである。赴《ふ》任して来て、その小隊長が自分で四人目の小隊長を迎えたのだと聞いたとき顔の芯がじいんと鳴った。兵隊たちもさいしょから生き残っている者は少い。四人の小隊長にずっと仕えて来た古強者もあれば、のちに補充《じゅう》されて来た兵隊もあった。このごろはまた初年兵が来た。しかし、そういうものがつねにきびしい一つのものに結ばれていて、古い者も新しい者もなかった。栗原一等兵も二度ほど貫通銃創《そう》を受けたことのある古い兵隊で、礼三より五つも年長であるがよく小隊長の世話を焼いた。

あるとき、部下の清水《しん》という伍《ご》長が、ひどいしゃくりがついて困っているのを見て、「茶碗《わん》に水を入れてな、箸《はし》を十文字に組んでわたして、その四角《よすみ》から、水をのむとなおる」と、教えてやった。

雲つく大男である清水《しん》は、太い鼻をなでながら笑い、「小隊長殿は、おかしな呪禁《まじない》を知っておられますな。おおかた、お母さんが田舎《いなか》のお人でありましょう。栗原も、山奥の百姓《しょう》育ちでありますが、そんなことを、よく聞いとりました」といいながら、いわれるとおりにした。

若い小隊長である礼三がときどき奇《き》妙な呪禁《まじない》ごとをするので、兵隊たちに不思議がられた。部落にかえって来ている支那人の赤ん坊《ぼう》が、夜になるとはげしく泣くので、その呪禁《まじない》をしてやったことがある。自分が幼いときに夜泣きをして、母を崖《がけ》から落した思い出は、戦地に来て回想《そう》すると、ひとしお胸にしみた。

近くのクリークに木橋のかかっていたことを思いだして、夜になって出かけた。たしか木橋を削《けず》って一本箸《はし》をつくり、それに火をとぼしてみせたらなおる、ということであった。そう信じたわけではなかったが、なぜかそういう行為《い》をしてみずには居られなかった。明るい月が出ていた。あたりは青い水の底のようで、檳榔樹や鳳凰木《ほうおう》などの高い木がなまぬるい風にゆらいでいる。三箇所ほどで歩哨《しょう》に誰何された。木橋のところに来て、小刀で橋を削《けず》った。腹の底から微笑《ほほえ》みがわいて来た。涙のにじむ気持である。（お母さん）そう、胸のなかの声がしきりにいっていた。すると、とつぜん、どこからか銃声がして、びしっと、はげしく、木橋に来てあたった。つづいて二発、すぐ耳許をかすめて弾丸が過ぎた。礼三は地に伏《ふ》せた。

三発きりであとは聞えないので、顔をあげて見た。土堤の上を走ってゆく兵隊の黒い影が見えた。なにか、ひくい声でいっているようである。礼三が立つと、一人の兵隊が駆《か》けよって来た。

「小隊長殿でありますか」田代という上等兵である。鉄兜《かぶと》をかぶり、銃剣がきらりと光った。

「どうしたのか？」

「わかりません。……対岸から射ったようであります」

「全員警戒《けいかい》につけ」

十二夜ほどの月光のなかで、兵隊たちはあわただしく抵抗《ていこう》線に拠《よ》った。暗いなかに、銃や鉄兜《かぶと》、剣、靴などの音が、低いが、ものものしく鳴り、黒い兵隊の影が行き交った。しんとしたなかに、赤ん坊《ぼう》の泣き声だけが妙にかん高くひびいている。

礼三は支那人の家にやって来た。不安そうに、ランプの下に、みんなかたまっていた。礼三は削《けず》って来た木箸《はし》にマッチで火をつけた。赤ん坊《ぼう》を抱いている母親は、おどおどして怪訝《けげん》そうである。礼三が、「ほら、ほら」といいながら火のついた箸《はし》を振ってみせると、顔中、口にするほど喚いていた赤ん坊《ぼう》はびっくりして泣きやんだ。四五人、汚い子供たちがいて、妙な顔つきでとりまいて来た。ぼろ着物の親爺も眼をしょぼつかせて、のぞきこんでいる。泣きやんだので礼三は、その箸《はし》を親爺の手にわたして表に出た。ひっそりとした夜のなかに伏《ふ》せている兵隊の鉄兜《かぶと》が見えた。西瓜畑のようである。歩いてゆくと、うしろでまた、はげしく赤ん坊《ぼう》の泣く声が聞えはじめた。礼三は苦笑した。

朝になると、いつものように明るく晴れわたったよい天気である。暑い、つき抜《ぬ》けた青空には一片の雲も見あたらない。熱風が蘇芳《すおう》や鳳凰木の梢をさわがせ、地に落ちた仏桑華の華を散らしている。

吹きとばされた真紅の花びらはいくつも国境線の川にうかんで、風の方向にしたがってながれてゆく。相かわらず、対岸の土堤には印度兵が銃剣を横たえて、ぶらぶらし、ときどきイギリス兵が見まわって来る。なにも変ったことはない。

毎日、同じような日が過ぎた。

退屈して来ると、兵隊たちは、「小隊長殿欧羅巴の方はどうなっとりますか」とか、「日米会談は、なんか、話しあいができましたか」などと訊きに来る。こんな辺鄙《び》な場所にいると、周囲《い》のことがなにもわからず、なにかぽつんと取りのこされたような、奇《き》妙な寂《せき》寥にとざされることがある。礼三は機会あるごとに、兵隊たちにいろいろな話をしてやった。とはいえ、彼とてそうなにもかもわかっていたわけではない。たまに広東《カントン》の軍司令部から来る飛行機が、謄写《とうしゃ》版《ばん》刷のニュースや新聞などを落していってくれるのが、警備《けいび》隊本部にある。それを見るだけが全部の知識《しき》なのだ。それでも兵隊たちは聞きたがって、礼三が本部の方からかえって来ると、なにかありましたか、と眼のいろを変える始末である。それでも曲りなりに、情勢がわかるので、兵隊たちは喜んだり怒ったり、笑ったり、くやんだりする。このごろでは、ワシントンで行われている日米会談が兵隊の最大の関心事で、内容はすこしもわからずに、長びいているので、「たいそう、手間かけて、じわじわやっちょりますな」などと兵隊たちははがゆそうである。

礼三は広東《カントン》との連絡《れんらく》があるたびに、兄伸《しん》太郎の消息を知ろうとつとめたが、まったく知れなかった。誰も知らない。しかし、いつ会えるかはわからないが、いつか会えるような気はした。きたない娘々廟《ニヤンニヤンびよう》が宿舎になっていた。けばけばと安っぽい金箔《ぱく》塗《ぬ》りの仏像の安置された壇《だん》があって、入口には、「紫気東来」「春色囍囍」と書いた赤紙や福神像などがべたべた貼ってあった。二畳ほどの小部屋を小隊長室とし、祭壇《だん》の前が食堂になっていた。その食堂の壁に広い紙がかかげられてあって、そこには、「米英罪《ざい》悪一覧《らん》表」と書いてある。第三分隊長の森という軍曹《そう》が、記録《ろく》係りで、小隊長から聞いた話を書きこんでいったものだ。書き加えてゆくうちに紙が足らなくなって、何度もつぎたした。

「ほう、なるほど」と、礼三もそれを見て笑った。その屈託《くったく》のない笑顔には、なにか心に決するものが瞬《しゅん》間、鋭《するど》くひらめいた。

森軍曹《そう》はあまり字がうまくない。ときどき嘘《うそ》字を書いたり当字を書いたりして、わからないので兵隊が難渋《じゅう》していると、「これくらいが、わからんで、どげんするか」と、破れ鐘《がね》のような声で自分が朗《ろう》読して聞かせる。

「ようと、聞いちょけ。……こっちが、イギリスじゃ。まず、第一番、昭和十二年、八月二十六日、イギリス大使負傷して、わが方を誹謗《ひぼう》した。……この字は、ヒボーちゅうてな、ありもせんことを難癖《くせ》つけることじゃ。ヒューゲッセンちゅうのが交戦地区域《いき》を通って、怪《け》我しといて、わが軍に抗《こう》議して来た。……それから、第二番、……」弁士は得意である。

二、英艦レディバード号、南京攻略《りゃく》ノ我ガ軍ヲ邪魔《じゃま》シタ（一二、一二、一二）

三、天津租《そ》界当局《きょく》、エバル（一四、四）

四、スペア中佐、重慶《けい》ノスパイヲヤッタ（一四、六）

五、浅間丸ヲ臨検《りんけん》シタ（一五、一、二四）

六、ビルマ公路ヲ再開シテ、援蔣《えんしょう》ヲシタ（一五、一〇）

七、アメリカノマネシテ、資産凍《とう》結ヲシタ（一六、七、二六）

八、米英ガマニラデ、日本ヲイジメル相談ヲシヤガッタ（一六、一〇、三）

「まだ、あるが、次はアメリカ」と弁士は咳《せき》ばらいなどする。

一、ハル国務《む》長官ガ在支権《けん》益ノ保証《しょう》ヲ要求シテ、作戦ノ邪魔《じゃま》シタ（一二、七）

二、米ソ通商協定《きょう》ヲシタリ、英仏トカタライ、世界カラ日本ヲシメダス企ラミ（一二、八）
三、海兵隊上海《シャンハイ》派遣《はけん》（一二、八）
四、ハル長官声明、九国条約、不戦条約ヲモチダシタリ、我ガ海軍ノ封鎖宣言《ふうさせん》ヲミトメント
ヌカシタ（一二、八）
五、フーバー号事件、支那軍ガマチガッテ爆《ばく》撃シタノハ知ラン顔シタ（一二、八）
六、日米通商航海条約廃棄《はいき》（一四、七、二六）
七、蔣介石《しょうかい》ニ七千万弗貸シタ（一五、四）
八、対日輸《ゆ》出禁《きん》止ヲハジメタ（一五、八）
九、汪《おう》精衛《えい》政権《けん》トノ日支新条約ヲミトメン（一五、一二）
十、資産凍《とう》結ヲヤッタ（一六、七、二五）
十一、重慶《けい》ヲドンドン助ケタ
「まだ、調査洩《さも》れがあるが、……」と最後に、森軍曹《そう》は弁《べん》解するようにいうのである。

はげしい驟雨がときどきやって来た。暑熱に喘《あえ》いでいたのが、そのあとだけいくらか涼しくなる。そんな雨あがりのある日、同期《き》生で、隣部落にいた楠《くす》本少尉《い》がやって来て、眼に力を入れ、「どうも、部隊はちかく移動らしいぞ」といった。いつ、どこへ行くのかはわからなかった。まもなく、部隊へ多くの弾薬と糧秣《りょう》とが割りあてられて来た。手榴《りゅう》弾が一人に十個もわたった。員数検査《けんさ》がおこなわれ、足りない物は充《じゅう》当された。部落の周辺に、これまではあまり

見なかった馬の姿が殖《ふ》え、車輛《りょう》の音がとみに高くなった。重いマラリヤ患者《かん》は後方へ下げられた。戦場に馴《な》れた兵隊たちは、これから、なにが始まるかを知っていた。身のまわりの始末をし、遺言を書く者もあった。また、熱心に手紙を書きはじめた。ある日、水牛に曳《ひ》かれて四斗樽《だる》がはこばれて来た。無言の感慨《がい》をこめて、兵隊たちはそれを飲んだ。

大空

爆音《ばく》がこころよく耳にひびく、機翼《よく》が青空をうつして、にぶく光っている。編隊《へん》を組んだ僚《りょう》機の姿が、窓硝子《ガラス》にはめこんだように静止した感じである。背景《はい》の入道雲がぎらぎらとかがやきながら、疾走《しっ》し去る。

兵隊たちは胸と背《せ》に、二つの傘嚢《のう》をつけ、向きあって腰かけている。背《せ》が主傘で、胸の方が予備《よび》傘だ。誰も同じようにむっつりとして、ものをいわない。渾身《こん》の勇をふるって、興奮《ふん》をおさえようと努《ど》力しているのがわかる。飛びたったときには、いくらか喋《しゃ》舌っていた兵隊も、跳下の場所が近くなるにつれて、無口になった。変に生あくびをする者がある。ときどき身体のあちこちが触れたり、傘嚢《のう》の金具などをあつかったり、紐《ひも》を引っぱってみたりする。傘《かさ》は、前日、仲のよい戦友同士で、念には念を入れて畳んだので、かならず開くという自信は持っているが、やはり気になるのであろう。

操縦《そう》室のちかくにいた高木久男は微《び》笑をふくんで、兵隊たちの眼のいろを見ていた。彼の服の襟《えり》には中尉《い》の襟章《えりしょう》がある。父久彦《ひこ》に似て、眉が濃《こ》く、肩幅が張り、眼がぐりぐりと太い。久男は、十年ほども前に、父にともなわれて、「高木屋」の伯父をおとずれたとき、隣りの傘屋《かさ》で椿事《ちん》をひきおこした。「蛇の目屋」の倅《せがれ》をそそのかし、少年たちを集めて、傘《かさ》に乗って二階から飛んだのである。何人か怪我《け》人ができ、自分は眼をまわした。人間の運命というものは、おかしなものである。そのときのことが、自分の一生を支配する羽目になった。飛行機に乗るたびに、その他愛もない悪戯の思い出がしみじみと胸によみがえるのである。

飛行機がわずかに速力を落したようである。成功のためには、操《そう》縦者と跳下者との気合が一致しなくては駄《だ》目である。高木中尉《い》は立ちあがった。窓から、褐《かつ》色の跳《ちょう》下場が見えて来た。「び、び、び」と警笛《ブザー》が鳴った。兵隊たちはきっと唇《くちびる》をむすんで立ちあがった。扉《とびら》がひらかれた。さっと風が入る。兵隊たちは、一人一人、出口にちかづいた。自動索《さく》の茄子環《かん》を内部の壁にある鋼綱《ワイヤ》にかけた。

「跳下用意」久男は怒鳴った。

先登の兵隊は、はげしい風圧《あつ》のなかに、両手をつきだし、「一、二」と号令をかけて、手欄《てすり》をにぎった。

「ようし」ぷっと手に唾《つばき》をふっかけた久男は、そう叫んで、兵隊の背《せ》なかをどんと叩《たた》いた。

「やあっ」両手を高くあげ、全身が声になったように絶《ぜつ》叫して、兵隊は空間に飛びだした。つづいて、兵隊たちはつぎつぎに空間におどりだした。躊躇《ちゅうちょ》することは禁《きん》物である。久男はひとりひとり背《せ》なかをたたいてやった。十数条の黄色い自動索《さく》だけが、あとに残った。

久男は茄子環をかけると、自分も、「やあっ」と叫んで、飛行機から飛びだした。落下と同時に視力《し》が迷った。くるくると、青や銀や黒や赤などの色が回転したと思うと、いきなり、ぐっとはげしく引きあげられた。ぶつりと自動索《さく》の切れる音がした。空間で海老のようにはねた。開傘《さん》の衝撃《しよう》である。ああ開いたなと思った。振子のようにしばらくぶらんぶらんしていたが、すっかり傘《かさ》がひらいてしまうと、安定した。はるかの下に豆粒のように人かげが見える。

あたりを見まわすと、多くの落下傘《さん》が青空に鏤められ、しだいに下へ降ってゆく。貝殻《がら》のようでもあれば、花びらのようでもある。牡丹雪のようにも見える。その美しさのなかに自分もいると思えば、なかなかよい気持である。「蛇の目屋」の唐傘《からかさ》のときには、飛んだと思ったら尻餅《しり》ついて、気持のよいどころの騒《さわ》ぎではなかった。そんなことを思いだしながら久男は空間で笑った。

にわかに大地がせりあがって来たので、予備《よび》傘を棄《す》てた。いままでは、降りるというより流れる感じであったのに、地に近づくとはげしく落ちてゆく。

降りるといっても着地の刹《せつ》那には、十二階段から飛ぶくらいの衝撃《しよう》はある。足が地につくと、わざと回転をして、その激《げき》突を和らげる。うまく、ぽんと立つ兵隊もあった。高い松の枝にひっかかって、ぶらんぶらんしているのがある。離《り》脱器をはずして、身体だけ落ちて来た。風のために傘《かさ》から引きずられている者もある。降りた兵隊たちは、大急ぎで傘《かさ》を略《りやく》畳みにして傘嚢《のう》につっこみ、落した予備《よび》傘を右手に下げて、集まって来た。

久男は兵隊たちの揃うのを待った。ならんだ兵隊たちの顔は充血《じゅう》しているが、思いのほかにみんな元気で、どことなく、にこにこしている。空間におどり出た瞬《しゅん》間から、降りるまでのはげしい生の圧迫《あっぱく》感から、着地と同時にいちどきに解放されて、ちょっと興奮《ふん》に似た放心状態《じょうたい》になる。歌がうたいたくなったり、口笛が吹きたくなったりする。そうして、にわかに、疲労《ろう》を覚《おぼ》える。生きていたということが確かめられた歓びなのであろう。久男も、その気持を何度か感じた経験《けん》があるので、兵隊たちの、どこかうわついたにこにこ顔がよくわかった。

「教官殿、報告いたします」

揃うと、一人の下士官が「気をつけ」をさせておいてから、敬礼した。

「うむ」

「岩下軍曹《そう》以下、二十六名、二十三番機、二十四番機、搭《とう》乗、科目、連《れん》続跳《ちょう》下、実施終《し》り、異《い》常なし」

「よし」久男は、兵隊たちの顔をひとわたりながめてから、一人の兵隊に、

「草野」

「はい」

「傘《かさ》がひらくまで、どんな気持だったか」

「なにもわかりませんでした」

「矢ケ部、お前は？」

「はい、六つ数えました。しかし、足をひらくとき、姿勢が悪くありました。傘《かさ》の流れるのがわかりました」

「そうか、よし。……宮森」

「はい」

「お前は足をすべらしたな。跳《ちょう》下のときには、かならず、足を見るんだぞ。……腰が痛かったか？」

「はい、腰が痛いよりも、傘《かさ》が開かんと、ひやひやいたしました」

兵隊たちはどっと笑った。子供のように晴れやかなこの笑い声には、死の場所を抜《ぬ》けて来たものだけにしかあらわれない暢《ちょう》達さがあった。

跳《ちょう》下を終った兵隊たちは、草原のあちらこちらに屯した。にぎやかな雑《ざつ》談がはじまった。のんでいる煙草が、いかにもおいしそうである。

「五回は、いくら少くとも飛ばんと一人前になれんぞ」

久男が、車座のなかでそういうと、兵隊のなかで「もう、七回飛びました」という者があった。

爆《ばく》音がおこって来て、青空の一角に、黒豆のように編《へん》隊があらわれた。二度目の跳《ちょう》下部隊が来たのだ。やがて、青空いっぱいに純《じゅん》白の貝殻《がら》がまき散らされた。

毎日が死に直面しているような演習である。このようなはげしい訓《くん》練が絶《た》え間なくつづけられているが、それがいつどこで実施《し》されるものか、落下傘《さん》部隊となって、いずこの地に降るものか誰も知らない。もとより自分も知らない。しかし、いついかなるときにでも役立たなくてはならないのだ。その、たった一度のための不断《だん》の猛訓練《もうくんれん》である。なにもわからないが、ただ、その一度のために、生命をうちこんでいることだけがわかっている。敵中に落下する作戦が、決死の戦闘《とう》であるのはいうまでもない。そう思うと久男はにこにこと雑《ざつ》談している、子供子供した兵隊たちの顔をあらためて見なおさずには居られない。

「教官殿」と、丸っこい顔の一人の伍《ご》長が、煙草《たばこ》をたくみに輪にふきながら久男を見た。この部隊には下士官が多い。ひととおり各兵科部隊で訓《くん》練を受けたり、または戦地でひとかどの経験《けん》を積んだ兵隊が選抜《ばっ》されて来るからである。したがって、全国各地の兵隊がいて言葉づかいもまちまちである。

「なんだい」と、久男も「ほまれ」をふかしながら、その兵隊の方をむいた。

「部隊を出たところに、八百屋があって、あそこに、お婆《ばあ》さんがいるでありましょう。……背《せ》のひくい、菊石《あばた》のある、お鉄漿《はぐろ》をつけた、……」

「うん、知っている」

「あのお婆さんが、いつも、私たちを見ると、ありがたいといって、拝むんですよ。やめてくれといっても、やめないのであります。なんぼ、お国のためといったところで、天から飛び降りたりなんかして、……怪我《けが》して死にでもしたらどうしようといって、ひとりで心配して居るのであります。地に着いて廻転しますと、見て居りきれんとみえまして、わあ、また転んだといって、顔を伏《ふ》せて手を合わせるんです、お婆さん、あれはわざと転ぶんですよ、といいますと、そうですか、それでも痛いでしょうね、などというのであります」

兵隊は、その婆さんが地に頭をすりつけて拝む恰好をうまく真似ながら笑った。久男はそれを聞いていて、どういうものか、「高木」の伯母ワカを思いだした。伯母もこの附近にいたら、その八百屋の婆さんと同じことをするであろうと思ったのかも知れない。伯母なら、きっと、いくら落ちても怪我《け》しない呪禁《まじない》をするであろう。

屈託《くつたく》のない様子で談笑する兵隊たちにとりまかれながら、久男はこのような兵隊たちがいる間は、日本は大丈夫だという日ごろの感懐《かい》をまた胸のなかでくりかえしていた。欲《よく》も得もない。彼らの考えていることは、ただ、国のために生命をすてるということだけである。そう思う久男とて、すでに栄進をのぞむ心は、とっくの昔に棄《す》てていた。父久彦《ひこ》はいま少将で、ちかく中将に進むらしいが、久男は自分がもはや佐官になる日のことも、すでに念頭から去っていた。いま中尉《い》であるが、大尉《い》となる日も生きて迎えることがなくともよいと、ひそかに心はさだまっているのである。ただ、戦線で、いつか従兄弟の伸《しん》太郎や、礼三、秋人などに会いたい思いはあった。

毎日、猛訓《もうくん》練がつづけられた。飛行機から飛び降りることは、いわば歩兵の行軍にあたる部分である。降りてから戦闘《とう》をしなければならぬ。また跳《ちょう》下兵はなんでもできなければならない。機関銃も大砲も、トラックも戦車も操《そう》作できなければ困るし、また工兵の仕事も必要である。それらの演習もはげしく、身体も柔軟《なん》にし、衝撃《しょう》への抵抗《ていこう》をつよくするために、青年体操《そう》、鉄棒、十二階段よりの飛び降り、廻転、機胴体訓《くん》練、マット運動、吊傘《さんくん》訓練、なども行われた。また落下傘《さん》作戦の成功のために、もっと大切なのは飛行隊と緊密《きんみつ》な協《きょう》同である。跳《ちょう》下地点の選定、時期《き》の決定などは飛行隊の方でやるので、この両者の気合が一致しなければ成功はのぞまれない。その協《きょう》同演習は絶《た》え間なく実施《し》された。

冬日が訪れはてた草原に、うすらつめたくあたるようになったころのある日、隊長北村大佐が点呼のあとで久男の肩をたたいた。

「高木中尉《い》、いよいよ近いうちに、日ごろの訓《くん》練が、ものをいうようになるかも知れんぞ」

ぴいんと電気のようなものが身体中を通った気持がして、久男が隊長になにかいおうとすると、北村大佐はもう、肩幅のひろい背《せ》なかを見せて歩き去っていた。

怒　濤

輸《ゆ》送船団は深夜の海上を大きなうねりに乗ってすすんでいた。月は雲にかくれたが、あかるい星の光がぼうとあたりを明るくしている。南下するにしたがって星は大きくなり、光を増すように思われる。舳《へさき》の甲板に立って、友枝義勝は、南十字星をさがすようにして見たが、それとはっきり知ることができなかった。まだ見えないのかも知れない。

舳に据《す》えられた高射《しゃ》機関銃のまわりに、四五人の兵隊が黒くうずくまっている。舷の両端には、二人の監視《かんし》兵が暗黒な海上を眼をすえて睨《にら》んでいる。潜《せん》水艦を警戒《けいかい》しているのだ。船は夜光虫を蹴《け》ちらして、舷《げん》側をまっ白に光らせながら、ゆるい速力で進航している。光りを消しているので、僚《りょう》船の姿はよく見えないが、はるかの海上に、ときどき白く鋭《するど》い光が、またたくように明滅《めつ》する。護衛《ごえい》している駆逐《くちく》艦であろう。

思いなしか、夜のなかにも暑気はいよいよはげしくなるようで、じっとりと身体中が汗ばんで来た。いくら拭《ぬぐ》っても、たらたらと額《ひたい》から汗がながれ落ちる。友枝はなんども眼鏡をはずして顔をふいた。作戦参謀《ぼう》として、フィリピン攻略《りやく》軍に加わっている自分の重責《せき》が身体をひきしぼる緊《きん》張となって、胸のうえにのしかかって来る。容易ならぬ困難な作戦が開始されたのだ。すでに、心はさだまっているので、彼の顔は平静ではあるが、その柔和な風貌《ぼう》を、ときどき、影のようにひらめき過ぎるものがある。眉のあわいに皺《しわ》があらわれたり消えたりし、眼がぎらぎらと光る。

昭和十六年十二月八日、米英に対する宣《せん》戦の大詔《しょう》は渙発された。起つべくして起った日本の怒りは怒濤《とう》となって、あらゆる米英の拠点に殺到《さっとう》した。壮大雄渾《こん》なる作戦が展《てん》開された。八月未《み》明、長駆《く》、ハワイ真珠湾《じゅわん》を襲《おそ》ったわが海軍部隊は、折《おり》から湾《わん》内に碇《てい》泊していた米国太平洋艦隊に殲滅《せんめつ》的打撃をあたえた。戦艦二隻《せき》が海底に没《ぼっ》し、戦艦四隻《せき》、大型巡《がたじゅん》洋艦約四隻《せき》大破、敵飛行場と多くの飛行機が破壊《かい》された。

ボルネオ海の激浪《げきろう》を蹴《け》って進航したマライ方面作戦軍は、南部泰《たい》領シンゴラに奇襲《きしゅう》上陸を決行した。また北部英領の要衝《しょう》コタバルに壮烈な敵前上陸が敢《かん》行された。

支那大陸においては、北支の天津、北京、中支の上海、南支の広東等における租《そ》界に進駐《ちゅう》して、ことごとくこれを接《せっ》収した。上海においては、米艦ウエークは捕獲《ほかく》され、降伏《ふく》をがえんぜぬ英砲艦ペテレル号は撃沈された。同時に、深圳《シュムチュン》国境を突破した攻撃部隊は、すさまじい勢をもって香港《ホンコン》進撃を開始した。

フィリピンに対しては、八日劈《へき》頭、敵航空兵力に対して徹《てつ》底的な爆砕《ばくさい》が決行された。

友枝中佐はフィリピン派遣《はけん》軍の参謀《ぼう》に加えられたが、自分の任務の重大を痛感するとともに、ひそかに期《き》するところがなくもなかった。出発直前、叔父《おじ》にあたる高木久彦《ひこ》のところで数日を暮した。彼は日ごろから戦術《じゅつ》家としての高木久彦《ひこ》の名を慕《した》っていた。その久彦《ひこ》はふとした縁《えん》で、彼の叔父《おじ》となった。福岡に演習に行ったとき、「高木屋」の長女国子と結婚《こん》することになったからである。久彦《ひこ》は、川崎中将の娘珠江を同道してフィリピンにわたり、つぶさに胸にうなずくものがあった。友枝が参謀《ぼう》としてフィリピン政略《りゃく》軍に加わることになると、ひそかに重大な協議《きょう》がなされた。

甲板の手欄《てすり》にもたれていると、にぶい機関の震動が、かすかに身体にこたえる。友枝は左手のたなごころを平らにひろげてみた。星あかりに白く浮いている自分の手のひらが、どうやらルソン島の恰好《かっ》に似ている。さすれば、親指と人さし指とのつくっている凹みがリンガエン湾《わん》である。友枝は微《び》笑して、右手の人さし指で、(それでは、ここが北部ルソンのアパリになる)と、薬指の先端をおさえ、(ここがビガンだな)と、人さし指の第二関節のあたりをおさえた。たなごころを地図にして、右手の指をあちこちに動かし、またも作戦を練りはじめた。叔父《おじ》久彦《ひこ》と、地図のうえに兵棋《き》をうごかしてすごした夜のことがおもいだされた。

すでに、作戦は軍司令官以下、同僚《りょう》の参謀《ぼう》たちと、練られるだけ練られたあとで、いまはすでに、その実行にうつっているのではあるが、戦《いくさ》は機にのぞみ、機に応じなければならない。こちらの考えどおりにいけば、なんの問題《だい》もないが、まずうまくいくと考えてしまうことは危険《けん》である。その用心は、いかなる困難があろうとも、所期《き》の目的に邁《まい》進するということとはまた別のことだ。いま、深夜の海上を波を蹴《け》ってすすんでいるのは、フィリピン攻略《りゃく》の先遣《けん》部隊であるが、この部隊が、はたして、うまく目ざすアパリに上陸できるかどうかは、この瞬《しゅん》間にもまだわかってはいないのだ。いないのみでなく、敵の攻《こう》撃を受けて、非常な困難におちいることの方が可能《のう》性が多い。

また、上陸にいたらないうちに、海上において襲《しゅう》撃をうけることは当然《ぜん》である。敵の潜《せん》水艦はかならず作戦海面を遊弋しているにちがいないし、飛行機も哨戒《しょうかい》を怠っていないであろう。もし、アパリ上陸が挫折《ざせつ》したならば、比島攻略《りゃく》の全作戦に故障《しょう》が生じる。主力はすこしおくれて、リンガエン湾《わん》を衝《つ》く筈《はず》である。それまでに先遣《けん》部隊は北部ルソン地区にある飛行場を確保しなくてはならない。アパリ、ビガン、ラワーク、ツリワーク、それから、バギオにちかいナギリアンの飛行場もとりたい。そうして、でき得れば、主力の上陸の日には南下して、ダモルテスあたりで合することができれば、申し分がない。

比島攻略《りゃく》につきまとういろいろな困難な事情も、すでに、覚悟《かくご》のなかにしっかりとつつみこむことができた。友枝中佐は、軍司令官が出発の前夜、番茶をのみながらの雑《ざつ》談で話されたことが、しみついたように頭からはなれなかった。それは、北支かどこかの戦線で苦戦をして籠《ろう》城した部隊のことであったが、そのとき、一人の兵隊が、城壁に数行の文句《く》を書きのこしたというのである。

敵ハ増シ
緑ハ茂《しげ》リ
月未《いま》ダ出デズ
弾薬尽《つ》キルモ
援《えん》兵ヲ乞《こ》ハズ

そのあと二三行あったが、忘《わす》れた。この詩《し》に似た文句《く》が、どこか、比島攻略《りやく》にむかう自分達の決意に、含蓄《がんちく》のある示唆《さ》をあたえているように、友枝はひとり合点した。開戦劈《へき》頭、真珠湾《じゆわん》も、マライも、支那大陸も、敵の虚《きよ》をついて作戦がおこなわれた。ところが、ある事情から、比島攻略《りやく》軍は開戦になってから基《き》地を出発した。つまり、すでに敵が用意をし、待ちかまえているところへ、正面から堂々とぶつかって行くことになったのである。

比島におけるアメリカ軍は、七八月ごろから大増員をおこない、いまはすでに十個師以上の兵団が編《へん》成されているものと想《そう》像される。優秀《しゆう》な機械化部隊、大砲、戦車などもぞくぞくと本国から到《とう》着している。ましてバタアンの堅塁《けんるい》、コレヒドールの要塞《さい》がひかえている。「空の要塞《さい》」をふくむ相当数の新鋭《えい》飛行機もあり、海軍は海を守り、多くの潜《せん》水艦が沿岸を徘徊《はいかい》している。しかもこういうことはわかっていながら、こちらの兵力には変更を加えることはできなかった。さいわいにしてわが精鋭《えい》なる航空部隊によって、敵空軍は徹《てつ》底的に爆砕《ばくさい》された。八日、イバにおいて四十機、クラークフィールド等の飛行場において、五十機乃至六十機を撃破したことは、大本営から発表された。参謀《ぼう》会議のとき、同僚《りょう》のうちには、「とにかく、上陸できさえすればこっちのものだが」という者もあった。

「上陸は絶対《ぜつ》にできるさ」と、一人がおこったようにいった。

「それでも、まず、途中の海上で、どんなに少くても二割くらいは撃沈されるつもりでないといかんな」

「それくらいは仕方があるまい。……まあ、半分は撃沈される気でおればいいよ」

みんなは笑ったが、その声には悲壮なひびきがこもっていた。

そんなことを思いだしながら、友枝はしきりに、たなごころのうえに、右指をうごかしていた。参謀《ぼう》として、彼はただひとり、先遣《けん》部隊と同行しているのである。この船はアパリにすんでいるが、別の一隊はビガンにむかっていた。

「なにをやっとられますか」

声をかけられて、ふりむいた。ひとりの将校が立っていた。敬礼をした。部隊副《ふく》官で、木島という大尉《い》である。衝《つい》立と戦友からいわれるとおり夜目にも横幅のひろい身体が頑《がん》丈そうで、戦帽のたれがひらひらしていた。丸顔のなかで見えるのは、濃《こ》い口髭《ひげ》だけである。

「やあ」と、やっていたことを説明のしようもないので、友枝はそれだけいった。

「風が出てまいりましたな」

木島は星空をあおいだ。そういわれて、友枝も、いつか風が強くなっていて、船のうねりも大きくなっているのに気づいた。ざざざ、しゃあ、と舳が波を切る。反射的《しゃ》に、風の方向を見さだめるように北斗星をふりむいた。アパリは北東風のふくときには非常に波が高いということを知っていたのだ。やはり、北東の風のようである。なまあたたかい。

「潜《せん》水艦もいっこう、出ませんな」

気さくな木島大尉《い》は、身体につけている救命《きゅう》胴衣を、ぼとぼととたたいた。

「そのうちに出て来るよ。……支隊長は」

「サロンで、碁《ご》を打っとられます」

「だれと」

「兵隊に、碁《ご》のつよいのが居りまして、それと昨日から、打ちづめです」

「ほう」

「上等兵ですが、支隊長殿が、六日も置いて居ります。……なんとかの横好きというところですかな」

友枝も笑って、甲板を降りた。彼も碁《ご》は好きなので、見物したくなったとみえる。とはいえ、妻の父である友彦《ひこ》と大差《さ》のない技倆《りょう》であるから、これも、なんとかの横好きというべきであろう。友枝が船室に消えてから、静寂な時間がすぎた。

正確にいえば、十日である。深夜になって、輸《ゆ》送船の舳と艫との両方からけたたましい声がおこった。舳では飛行機だといい、艫では潜《せん》水艦だとさけんでいた。

船上がにわかに騒《さわ》がしくなった。兵隊たちがあわただしい靴音を立てて、甲板を往復した。号令の声がそれにまじった。これまでのこされていたわずかな灯火が、すべて消された。轟然《ごうぜん》たる砲声がとどろいた。水柱が夜目にも白く立った。つづいて、二発。駆逐《くちく》艦から海にむかって放ったのである。ぐわあん、というような、くぐもった爆《ばく》発音が海中におこって、船よりも高い水柱がふきあがった。いくつも見えた。爆《ばく》雷が投じられたのだ。

きこえていた空中の爆《ばく》音は、しだいにひくくなって、一台の飛行機が船団のうえを旋《せん》回しはじめた。友軍機であった。心配そうに何度もまわりながら、無電で連絡《れんらく》をした。やがて、安心したとみえて、かえっていった。

「とうとう、出ましたな」と、木島大尉《い》が友枝を見て笑った。

海上はるかに、黒々とルソン島が見えて来た。一点の明りもない。空は曇っていて、星も見えない。兵隊たちはすでに武装をととのえて、上陸の準備《じゅんび》を終えていた。黙々《もくもく》と、甲板や船艙に待機している兵隊たちの眼は決意に燃《も》えて光っていた。銃や、帯剣や、鉄兜《かぶと》や、飯盒などのかち合って鳴るひくい音が、しいんと静まりかえったなかに奇《き》妙なものものしさを感じさせる。身体を接《せっ》しあった戦友のあいだに、ぐっと頭をつっこんで、最後のいっぷくを吸っている者もあった。「火を見せるな」とどなられて、点々とちらついていた煙草の火も消えた。

いつか、船はとまったようである。東の方がうっすらと白んで来て、黒色の敵地に風車をならべたように椰子の木がならんでいるのがかすかに望まれた。両舷《げん》から多くの舟艇《てい》が下された。

いく筋も縄梯子《なわ》が舷側《げん》にかけられた。

「いやに静かですな」上甲板で、片岡支隊長は友枝に微笑《ほほえ》みかけた。背《せ》がすらりとして、歴戦《れき》の部隊長であるのに、ひどく物腰がやわらかい。

「静かなのが、曲者です」と、友枝は、ぽつんといった。（静かすぎる）と、ほんとうに警戒《けいかい》していた。引きつけておいて、水際《ぎわ》でむかえ討つ。そう思われた。ただ気づかっていたようでなく、海のしずかなことはありがたかった。天佑《ゆう》だと思った。アパリの海岸は、北東風で始末のわるいほど波が高いと、ほとんどきめていたからである。

こころよい発動機の音を立てて、第一回の上陸部隊が進発していった。青い煙をはきながら、舟艇《てい》隊のすがたは、みるみる、森閑《かん》とよこたわる敵地の暗黒のなかへ吸いこまれるように消えた。なんの音もおこらない。

「まいりますかな」と、支隊長はいった。鉄兜《かぶと》の紐《ひも》をむすびなおした。「まいりましょう」友枝もそういって、真似するように、鉄兜《かぶと》の紐《ひも》をしめた。それから、無意識《しき》のように物入れから手帖をとりだした。ひらいて、貼りつけてある一枚の写真《しゃ》を見た。一人息子、友勝と、妻の国子とがならんでいる。

縄梯子《なわ》をつたって、舷側《げん》をくだった。波はないようであったが、海面にちかづくと、舟艇《てい》は大きなうねりのために、はげしく舷側《げん》にぶつかったりはなれたりしていた。ようやく飛びのったが、つるりと辷《すべ》って、舟底に尻《しり》餅をついた。苦笑して立ち上ると、油がこぼれていたらしく、手や軍袴がべとついた。

とつぜん、ぱっと前方にまっ赤な火柱が立った。陸地の椰子林のなかである。しばらくして、だだあんと、すさまじい音響《きょう》がきこえた。なにかわからなかった。なにかが爆《ばく》発したのにちがいないと思っていると、また、あたりいちめんを真紅に染めて、海岸いったいが火になった。前に倍する轟《ごう》音がつたわって来た。

「あら、なんじゃ?」支隊長は怪訝《けげん》そうに、つぶやく。

「大砲でもないようでありますな。……地雷ですかな」

木島副《ふく》官も腑《ふ》に落ちないらしい。しかし、その語調にはかくしきれぬ不安のいろがあった。

友枝も、先発した部隊のことがすくなからず気になった。ちょうど舟艇《てい》隊が到《とう》着したところである。水際《ぎわ》になにか途方もない仕掛けがあって、それにひっかかったのではないか。火も音も二度で絶えた。上陸部隊はどうなったのか。成功すれば、黄龍《りゅう》の合図がある筈《はず》だが、いつまで待っても、それもあがらない。(失敗《ばい》したか)と、友枝は眉をよせた。

やがて、くらい陸地の方で、銃声がおこった。さかんな機関銃声もきこえた。友枝は、ほっとした。支隊長も安堵《ど》した顔である。しかし、銃声はちょっと聞えただけで、すぐ、途絶《とだ》えた。また、しいんとなった。

甲板のうえから、なにか叫んでいる者があった。

「支隊長殿、潜《せん》水艦であります」

そういっている。

「潜《せん》水艦が、どうしたんじゃ？」

下から、片岡少佐はどなった。

「潜《せん》水艦が出ました」

「お化けでも出たみたよに、いうなや」

舟艇《てい》のなかの兵隊たちは笑った。

船のかげになっていて、見えないところで、大砲が数発、鳴った。駆逐《くちく》艦が射ったものであろう。がぼうと、水音がひびき、つき立った水柱から飛沫が海面に落ちる滝《たき》のような音がきこえた。

遠く爆《ばく》音がきこえて来た。ようやく白んで来た敵地のうえに二台の飛行機があらわれた。敵機である。くるくると廻っていたが、何箇所からも海岸で火が噴きあがった。爆《ばく》撃をはじめたらしい。銃声もまじった。海岸の方を凝視《ぎようし》していると、燃《も》えだした焔《ほのお》と黒煙のなかに、星のように、ぽっかりと黄色い光が一点、ゆらゆらとあがって、ながれた。

「やったぞ」と、支隊長は思わず叫んだ。上陸成功の合図である。

「出発」

支隊長の声で、舟艇《てい》は舷《げん》側をはなれた。爽《さわや》かな発動機の音をたてて、十数隻《せき》の舟艇《てい》がそれにつづいた。前方の椰子林は明けて来る朝暾《ちようとん》のなかにくっきりと形をあらわし、ながながと白砂の渚《なぎさ》が、白絹《ぎぬ》の帯を無造作に投げたように浮いていた。

友枝は興奮《ふん》をしずめようと骨折《お》りながらなにか身内からわきあがって来るものを制しかねていた。無意識《しき》のように眼鏡になん度も手をやって、心の修練の足りなさをひそかに恥じた。アパリ上陸が失敗《ぱい》したら切腹するつもりであった。しかし、死ぬことは易いと気づいて、責任《せき》の重さに肩がみしみし鳴る思いである。そっと左手のたなごころをひらいてみた。たしかにルソン島の形に似ていると思い、自分の手をぐっと睨《にら》んだ。

一台の飛行機が、舟艇《てい》の方へとんできた。翼《よく》に敵の標識《ひょうしき》がはっきり認められた。敵機は近づいて来ると、ひくく舞い下って銃撃をはじめた。じゅぶ、じゅぶと海に弾丸がささる。舟艇《てい》にも何発かあたった。兵隊は舟艇《てい》から応射《じゃ》をした。どれが当ったのか、敵機は黒い煙を曳《ひ》いて、陸地の方へ逃げていった。前の一機はすでにいなかった。

「参謀《ぼう》殿、やられたのではありませんか」

かたわらにいた兵隊がいった。友枝はそういわれて右手を見ると、手の甲に血がたれていた。舟艇《てい》のなかに伏《ふ》せたとき、どこかに腕をぶっつけたと思っていた。そのときに弾丸があたって二の腕を皮を破って弾丸がかすっていた。襦袢《じゅばん》のなかを通って、血がながれたのだ。

看護《かんご》兵がいて、すぐに袖《そで》をまくって、手当をしてくれた。痛くはなくて、熱い感じである。繃《ほう》帯をまかれながら、友枝は心がしだいに落ちついて来るのをおぼえた。腹の底から微《び》笑がわいて来た。柔和な顔に不敵な表情があらわれた。

白砂の浜には、すでに、兵隊たちによって、日章旗《しよう》が立てられていた。わずかの風にひろびろと羽をひろげた椰子が、踊《おど》るようにゆらいでいる。点々と、二階建に似たニッパ・ハウスがある。焼けたものもあれば、まだ、くすぶって煙をあげているものもあった。舟艇《てい》は浅瀬に底をあてて、とまった。支隊長がまっさきに飛び降りた。友枝も兵隊もそれにつづいた。さくさくと敵地が鳴った。

海浜にいた兵隊たちが、捧《ささ》げ銃の敬礼をした。はげしい戦闘《とう》の直後であるのに、兵隊たちはのんきたらしい顔をして、あちこちに屯していた。砂浜に寝ころんでいる者もある。飯盒をひらいて、飯を食っている者もあり、煙草《たばこ》をふかしている兵隊もあった。あたりいちめんに、つよい葉巻のにおいがただよっている。椰子の根もとに、繃《ほう》帯につつまれて寝かされている兵隊もあった。

ひとりの中尉《い》がちかづいて来た。

「御苦労《ろう》」と、片岡支隊長はいった。

「あんまり、敵は居りませんでした」

平べったい顔を鉄兜《かぶと》の顎紐《ひも》で、いっそう扁平にしている吉村中尉《い》はそういってから、思いだしたように、ポケットから、一本の葉巻をとりだした。金のレッテルがある。

「いかがでありますか」

片岡少佐は笑ってそれを受けとり、「ほう、有名なマニラ葉巻だな。……これが、さいしょの鹵獲品《ろかく》かい」

「そういうわけではありませんが、たくさん、あったのです。……兵隊も、生れてはじめて葉巻を吸うんで、たいそう金持になったようだなどというとります」

「俺《おれ》も生れてはじめてじゃが」

支隊長はそういって、火をつけた。すぱすぱと吸った。将校たちが集って来た。

「それから、部隊長殿」と、吉村は、おかしくてならぬように、笑いながら、「あれを見て下さい」と、海の方を指さした。

すこし離《はな》れたところの水うち際《ぎわ》に、まっ黒い魚のようなものが横たわっていた。一つでなく、いくつか見られた。

「魚雷であります」

「魚雷」

「はあ、敵の潜水艦《せんせん》が置いていったのであります」

あらわれた潜水艦《せん》は船団にむかってやたらに魚雷を発射《しゃ》したものらしい。それらの魚雷は船には一発も命中せず下をくぐったり、横を通ったりして、海岸へ打ちあげて来た。そのうちの二発は、海浜の岩礁《しょう》にぶっつかって破裂《れつ》をし、岩をみじんに砕《くだ》いた。得体の知れなかった火と音とはそれであった。

「隊長殿」と、横にいた一人の少尉《い》がいった。

「うん」

「アパリに、トラックがたくさんあります」

「そうか。それは持って来いじゃ」

友枝は砂を踏《ふ》んで渚を歩いていたが、（愚図愚図しては居れぬ）と考えた。宿敵アメリカの領土を踏《ふ》んだ感動よりも、さらに任務が重かった。敵はかならず逆襲《しゅう》して来るであろう。混乱《こんらん》に乗じ、態《たい》勢をととのえぬうちに、機動せねば、機を失する恐れがある。彼は一戦闘《とう》を終えてほっとしている兵隊の姿に、眼を閉じた。重大な作戦の遂行には、心を鬼にしなければならぬ。友枝はどんどん胸をたたいて、支隊長の方へ歩をうつした。

片岡部隊は休むいとまもなく朝あけのなかを進撃した。ガアサンゴからアパリの飛行場を占領した。ところが、目ざして来たその飛行場はまったく使用に耐《た》えぬ貧弱なものであった。あとでわかったが、ビガン、ラオアグの飛行場も小さくて役にたたず、やっと使えるツリワークはわが航空部隊が爆《ばく》撃して、穴だらけになっている始末であった。結局《きょく》、ツリワークを修理し、べつにあたらしく作らねばならなかった。部隊は、原住民をつかい、畑地を開拓《たく》して、昼夜兼《けん》行、五日間で、二箇所の新飛行場を建設した。

十二月というのに、毎日、炎《えん》熱は燃《も》えるごとくである。兵隊たちは裸《はだか》になって、飛行場つくりに没《ぼっ》頭した。たちまち、日にやけた、言葉はまったく通じないが、原住民はよく日本軍に協《きょう》力した。やがて、苦心してつくった飛行場に、航空部隊が銀翼《よく》をつらねて降りて来た。

この間に敵の反撃を受けることを予期《よき》していたのに、いっこう出撃して来る様子はなかった。ルソン島のこんなに北の方に来るとは思わなかったのかも知れない。しかし、これからの作戦が困難であることを知っているので、友枝は敵を見くびることを警戒《けいかい》した。

部落にいる住民たちの着物の色が派手《はで》なのには、苦笑するほかはない。原色のけばけばしさが、色の黒さと妙な対照をなしている。女は当然《ぜん》として、男が、桃色、水色などのズボンやシャツを着、緑と赤の草花模《も》様の上衣をつけている。女たちは頭にいろんなものをのせて通る。

主力部隊上陸の予《よ》定日が近づいた。片岡支隊は若干の警備《けいび》隊をのこして、南下を開始した。この間に、十二日には、ツゲガラオを占領していた。ビガン上陸部隊が、ラオアグをとったのも十二日である。また、最初の作戦計画にしたがって、南部ルソンにむかった一部隊は、その日に、レガスピーを衝《つ》き、ナガ、トエダを経、アチモナン上陸部隊に合すべく、前進をしているはずであった。十日には、わが航空部隊はマニラ方面を大挙《きよ》空襲《しゅう》した。空中戦闘《とう》によって、五十機に近い敵機をうち落し、銃爆《ばく》撃によって、地上にある敵機を多く爆《ばく》破炎《えん》上せしめた。爆《ばく》撃は毎日つづいた。一方マライ作戦も、香港《ホンコン》攻撃も、遅滞《ちたい》なく、進捗《ちょく》し、着々と戦果をひろげている。すでに、九龍《りゅう》は占領された。南洋においては、十日、グアム島が占領され、ウェーキ島の空襲《しゅう》、さらに、クワンタン沖において、英国東洋艦隊の主力、戦艦「プリンス・オブ・ウエールズ」「レパルス」の二隻《せき》が、海軍航空部隊の勇猛果敢《もうかん》なる攻撃によって海底の藻屑《もくず》ときえた。十六日には、英領ボルネオに、烈風を衝《つ》いて敵前上陸が決行された。

このように、全東亜《あ》の戦域《いき》にわたって壮大無比な作戦がくりひろげられていることに対し、北部ルソンの椰子林のなかにあって、友枝は身ぶるいするような感動を、日夜、噛《か》みしめていた。彼はときどき岳《がく》父高木友彦《ひこ》から、歴史《れきし》の話をきかされたことがある。高木の祖《そ》父は、商人でありながら、奇《き》兵隊に加わったことがあるという。下関に米英蘭《らん》仏の連合艦隊が攻めて来たときに「異《い》人にお国をけがされてたまるか」といって泣いたという。そのときから、わずかに八十年ほどしか経っていない。日本がほんとうの力を発揮《き》したのだ。宣《せん》戦の大詔《しょう》を拝したとき、涙が出てとまらなかった。雄渾《こん》な構想《こうそう》による作戦が展《てん》開されたとき、神々が矛をもって天降ってゆくすさまじい足音をきく思いがした。まことに、怒濤《とう》であり、奔《ほん》流であった。しかも自分がその作戦の一部の責《せき》任者でもあることは、光栄とか本懐《かい》とかいう言葉ではいいつくせない。自分でない、頭の下るありがたさであった。死をわすれ、生をわすれた。比島作戦はこれからである。コレヒドールを落すまでは生きていたいと思った。それから、どうも、比島攻撃軍に加わっているらしい義弟高木伸《しん》太郎にも会いたいと思った。

片岡支隊は敵とはげしく交戦しつつ南下した。

堪忍袋

十二月二十一日、主力部隊はリンガエン湾《わん》に進入した。一隻《せき》の輸《ゆ》送船が潜《せん》水艦に撃沈された。ところが、大した波はないつもりのリンガエン湾《わん》はひどい荒波が立ちさわぎ、上陸ははなはだしく遅滞《ちたい》した。第一回の上陸部隊は上陸することができたが、舟艇《てい》は海浜にうちあげられてしまって帰って来ない始末である。先遣《けん》部隊は敵と激《げき》戦をし、爾《じ》後の上陸を掩護《えんご》した。やがて、揚《よう》陸が終り、アパリ、ビガン方面からの南下部隊と合することができた。

主力はカバナツアンに迂《う》回し、一隊はタルラックを衝《つ》いた。二十四日南部ルソンのラモン湾《わん》に上陸した部隊も一路北上して、マニラを目ざした。このころから敵将マッカーサーはバタアン半島に逃げこむ算段をしていたようである。それは米西戦争の経験《けん》にもとづいたのと、コレヒドールを守るためでもあった。もともと敵の比島常駐《ちゅう》軍は一万余《よ》にすぎなかったのであるが、日米会談の風雲をはらんで、七月ごろから大動員を行いたちまち十個師団以上も編《へん》成していた。リンガエン方面にはマテオ・カピンピン将軍を長とする二十一師と九十一師とが守り、わが軍の進撃に遭って逐次《ちく》退いた。アグノ川の線においてはげしい戦闘《とう》が行われた。四十一師、五十一師はマニラ防禦《ぎょ》のために備《そな》えられ、三十一師ははじめからバタアン南端マリベレス軍港の附近に居たようである。これは敵にはとっておきの部隊であったようだ。あとでわかったのであるが、全軍に一月二日までにバタアン半島に入れという命令が発せられていた。

暑い比島にも、霜《しも》の降りる場所がある。バギオである。嘗《かつ》て日本人苦闘《とう》のたまものによって完成されたベンゲット道路のあるところで、神崎部隊は機をうつさずこれを占領した。北部ルソン地区の司令官であったホーラン大佐は逃げてばかりいるので、比島兵の捕虜《ほりょ》が苦笑して、「あれはColonel who runだ」といったほどである。

タルラックの激《げき》戦で上島部隊長は戦死を遂げた。

「敵をバタアンの堅塁《けんるい》に入れるのは得策《さく》でない。中部ルソンの平地で捕捉殲滅《ほそくせんめつ》すべきである」そういう意見を持っている部隊長や幕僚《ばくりょう》もあったが、さまざまの関係からこれを阻《そ》止することができなかった。年末ごろから、敵軍はサンフェルナンドを経てぞくぞくとバタアン半島にはいりはじめた。

「どこで正月になるかな」

「正月まで命がありゃええがな」

戦地でむかえる元日は兵隊に心にしみる郷愁《しゅう》をさそうのである。

「お前みたよな大食いに餅も雑煮もないお正月は可哀《わい》そうじゃな」

追撃をするトラックのうえで、橋本上等兵は島田一等兵をひやかす。

「うん、可哀《わい》そうばい」島田はけっして反撃をせずになんでもすなおに返答するのである。

「班《はん》長殿、傷は大丈夫でありますか」

「うん、なんともない」

「無理しなさらんがええですよ。と、いうたところでもう仕様がないですなあ」

長谷川一等兵はだらだらとながれる汗を戦帽のたれでぬぐいながら、

「班《はん》長殿、さっき出発するときに休憩《けい》しとって聞きましたんですが、ビナロラン攻撃のときに、一人で戦車をぶんどった兵隊が居りましたそうであります。それが奇抜《きばつ》なことにゃ、嘘《うそ》みたよな話でありましてな、敵の戦車がやって来たので、その兵隊が手榴《りゅう》弾を持って戦車にとびあがったそうです。そしたら、どこからか弾丸がとんで来て、顔をやられて戦車のうえにうつぶせにたおれた。そしたら下から鉄蓋《がい》が持ちあがって敵兵が出て来た。その兵隊は眼をやられて、眼の玉がとびだしておったそうですが、自分の眼玉をひきちぎって敵兵の顔にぶっつけたんです。それが敵の奴の眼にあたって、敵の奴、眼をまわしましてな、ひっくりかえって地べたに落ちて死んだといいます」

「その敵兵の眼玉がまた飛びだしたのとちがうかい」橋本がきく。

「まじめな話でありますよ」

西村一等兵はすこし不機嫌になる。みんなどっと笑った。

元日には首都、マニラを望んで、部隊はマロロス、ビギン、サン・ホセ、ベルモンとの線にあった。敵は勝手のよい無防備《び》都市宣言《せん》などをした。

正月二日、正午、マニラは占領され、星条旗が下されて、日章旗《しょう》がひるがえった。入城と同時に監禁《かんきん》されていた在留邦人はすべて救《すく》いだされた。

バタアン半島攻撃がはじめられた。園田戦車部隊は猛撃をした。やがて戦いは予想以上の困難さをあらわした。バタアンは東西二十五キロ、南北五十キロほどの小半島で、マニラ湾《わん》を扼《やく》してつき出ているが、海辺の一部をのぞいて深い密《みつ》林によって掩《おお》われ、ナチブ、サマット、マリベレス、オリオン、リマイなどの嶮峻《しゅん》をもって中央を貫かれている。敵はつねにここを演習地としていたので地理に詳しかったが、わが軍は初めのころは満足な地図もなかった。敵がカルンピットの鉄橋を爆《ばく》破したので、諸部隊は前線へ到《とう》達するのに手間どった。工兵隊は二十四時間労《ろう》働を連《れん》日つづけて、十四日目にやっと大砲、戦車、自動車をわたした。バクロール、バロックの線で激《げき》戦が行われた。

このときに、軍はひとつの苦難に逢着したのである。精鋭《えい》な主力兵を蘭《らん》印作戦に転用しなければならなくなったのである。もとより覚悟《かくご》のことではあったけれども、いますこしの時期《き》が欲しかった。

「もう一月だったなあ」

友枝中佐はサンフェルナンドの軍司令部の庭を散歩しながら、何度もつぶやいた。強烈な太陽にまぶしいばかりあたりは明るい。マンゴの並木が鉄柵《さく》のそとにあって茂《しげ》った緑の葉が艶々《つやつや》して光っている。垣に添《そ》って、桃色の小粒なカデラ・デ・アモルや、仏桑華《グマメラ》やボカンビリヤなどが眼にいたい赤さで咲いている。それらの絢爛たる花々の間に、ひそかに清楚《せいそ》なサンパ・ギタの白い花が芳《ほう》香をはなっていた。

「トモダチ、マンゴ、マンゴ」

垣のそとから、色の黒いフィリピン娘がまっ黄色なマンゴの実を籠《かご》に山盛りにしてのぞいていた。すこしずつ住民が帰りかけているときで、兵隊を見さえすれば「トモダチ」などといった。支那では「先生《シーサン》」であった。兵隊の多くは支那の戦場からやって来たので、フィリピン人をつかまえては、「不行不行《フシンフシン》」とか「漫々的《マンマンデー》」「快々的《カイカイデー》」などといって面くらわせていた。友枝はマンゴを一つ買った。皮をむいて噛った。ねっとりとした甘《あま》さである。手に黄色い汁がついてハンカチで拭いても落ちず、ハンカチが黄色く染った。

河口参謀《ぼう》が出て来た。二人は椰子の木の蔭《かげ》にはいって話をした。

「軍司令官閣《かっ》下もお苦しいらしく見うけられる」と、河口少佐は葉巻の口を切りながらひくい声でいった。司令官はバタアン陥《かん》落の日まではマニラに入らないという決意であった。

「そうだろう」

「どうする」

「どうするって、攻撃続行だよ」

「部隊は」

「原兵団」

河口少佐は答えなかったが、顔をあげて司令部の建物の尖塔《せん》をあおいだ。

「友枝、面白いもんだね。この建物は今度の戦争で三度、軍司令部になったそうだよ。はじめは米西戦争、つぎは、アギナルドの叛乱《はんらん》のとき、それから今度の大東亜《あ》戦争」

「ほう」

「勝利の家だとこの町の顔役のような男が話していたよ」

「マライやビルマの方はどんどん進んでいるようだね」と友枝はほかのことをいった。

元旦《たん》にリンガエン湾《わん》から上陸した原兵団は、炎《えん》天下、昼夜兼《けん》行、二百四十キロを一週間の強行軍をもってバタアン前線に到《とう》達した。この部隊は守備《び》隊として予《よ》定されていたので装備《び》の点においては十分ということができなかったが、士気はきわめて旺《おう》盛で、ヘルモサの線で主力兵団と交替すると、いまだ疲労《ろう》も回復しないうちに、ただちに敵陣地の攻撃に移った。激《げき》戦は相ついだ。敵は昼夜のわかちなく猛《もう》砲撃をして来た。平地の戦闘《とう》では思うように効《こう》果があがらないので、密《みつ》林の山地に入った。死闘《とう》がくりかえされた。複雑《ふくざつ》な地形のために、敵味方の陣地は元禄模《も》様のように入りみだれることがある。「密《みつ》林は兵を呑《の》む」といわれる。広池部隊はナチブの渓《けい》谷にはいって、一週間以上も連絡《れんらく》が切れたことがある。食糧《りょう》も弾薬も尽《つ》きた。どこの谷に入ったか飛行機で偵察《ていさつ》しても、密《みつ》林の海のためよくわからない。兵隊が百数十尺の樹上にのぼり日章旗をひろげた。　出征のときに贈られたものであろう。　いちめんに字が書かれているのを飛行士は見た。そこを目あてに食糧《りょう》弾薬を投下しに行った。あまり低く降りると敵火の損害を蒙《こうむ》るので、やや高いところから落すと、狭《せま》い谷などではなかなかうまく目的の場所に到《とう》達しない。折《せっ》角のものを敵にあたえる始末である。やっと四日目に、つまり十一日目に、九十九人分という食糧《りょう》が部隊の位置に落ちた。それは兵数からいえば一人いくらにもあたらぬものである。しかし広池部隊長はその苦心に感激《げき》して、すぐに「只《ただ》今食糧《りょう》受領ス感謝《しゃ》ス」という連絡《れんらく》をした。原兵団長も、やっと届いたかと涙を落した。こういうことは広池部隊のみでなく、山中の幾多の戦闘《とう》でくりかえされていたのである。そうして困難な戦闘《とう》をつづけながら、逐《ちく》次、敵の陣地を圧《あっ》迫していった。

食糧《りょう》に欠乏《けつぼう》すると兵隊たちは水牛をさがしに行った。そうして、見つかると金を払って来た。その男が持ち主かどうかわからなかったが、その近くにいる住民に無理に金をにぎらせた。掠《りゃく》奪《だつ》をけっしてしないときめているからである。敵の猛《もう》烈な砲撃は附近の樹々を裂《さ》き、竹林を薙《なぎ》たおした。半分から上はずらりと折《お》れて頭を地につける。わが損害も少くなかった。ときには牛も砲弾にやられ、またいたるところに埋められてある地雷を踏《ふ》んで爆《ばく》死した。いたるところの部落には不似合に大きな教会堂がある。大部分が基督教徒《クリスチャン》である比島兵は教会堂は照準《じゅん》しないということであったけれども、力量《りょう》不足と、死にもの狂いとのために、それらの教会堂もほとんど破壊《かい》され、部落は廃墟《はい》と化した。敵はさかんに放火をするので、難民があふれた。

一月十日、オロンガポ占領。モロンには相当の敵がいた。陸は湿《しっ》地帯で通れない。千古の密《みっ》林がつらなり、簡単《かんたん》に道をつけることもできない。二人乗りカヌーなども加えて、海路を行った。

マヤガホ岬から上陸して、モロンを衝《つ》いた。わずかに二千米くらいのところを四日もかかるような地形である。このとき、敵は西海岸司令官ホスキン少尉を失った。モロンを得た部隊はただちにバガックにむかって進撃した。ハムタン川の線で敵とぶつかった。

サマット山、カポット台等の敵の堅《けん》陣地にむかって、反復攻撃が加えられたが、思うように進捗しなかった。死傷続出して、戦局《きょく》は重大な場面におちいっていた。

高木伸《しん》太郎の所属《ぞく》した時川部隊はバタアン西海岸作戦にしたがい、モロン占領以来、最前線で敵と対峙《じ》していた。時川部隊は南支那から比島作戦に加えられ、リンガエン湾《わん》バクノタンに敵前上陸をした。敵の頑《がん》強な抵抗《ていこう》によって若干の損傷を受け、爾《じ》後、中部ルソンを南下し、ビナロラン、カバナツアンを経て、バタアンへ向った。アブカイ攻撃は上陸以来の激《げき》戦で、兵力の三分の一に近いものを失った。中隊長沢村中尉《い》は戦死し、小隊長は戦傷し、伸《しん》太郎は小隊の指揮《き》をとらねばならなかった。自分の分隊の兵隊も数名たおれると、「くそう、堪忍《かんにん》袋の緒《お》が切れたぞ」と叫んで、敵のなかに躍《おど》りこんだ。小隊員はそれにつづき、敵陣地は占領された。

増城での負傷がまだほんとうに恢《かい》復してはいなかったのであるが、伸《しん》太郎は比島攻略《りゃく》戦へ必死の従軍嘆《たん》願をしたのである。

「班長《はん》はふだんはおとなしいけんど、堪忍袋《かんにんぶくろ》の緒《お》が切れるとはげしいですな」

橋本上等兵がいうのに苦笑しながら、伸《しん》太郎は母のことを思いだしていた。

新博多町

日のあるうちに炊爨《すいさん》をすると、その煙をねらってかならず敵弾がとんで来る。森がふかいといって安心はできない。自分の方では知られないつもりでいても、そのかすかな白煙が、不思議に遠くから見えるのである。そこで、炊《すい》爨は、朝くらいうちか、日が没《ぼっ》してからしかできないが、今度は火を見せないようにしなければならない。しかし、ここでは煙を出さないよりも火をかくす方が楽であった。

このあたりの密《みっ》林は、昼でも小暗くて、つねに、敵味方の斥《せっ》候が出入し、ときどき鉢あわせをすることがあった。ナチブの山嶺《れい》から密《みっ》林の渓《けい》谷を縫ってながれて来るささやかな川がある。時川部隊の兵隊たちはこの川を「那珂《か》川」とよんでいた。兵隊たちはどこに行っても、異《い》国の山川に自分の郷土をしのぶ名をつけたがる。那珂《か》川は福岡の市街《がい》を貫流している川である。この密《みっ》林のちょろちょろした流れの匹敵し得るところではないが、そう呼ぶことに無限の郷愁《しゅう》がひそめられていた。のみならず時川部隊の陣地の附近はいちめんの森林で、わずかに数軒のニッパ・ハウスがあるだけにもかかわらず、「新博多町」とよばれていた。

バタアン半島には、いたるところにそういう名所がある。西海岸攻略《りゃく》軍の戦闘《とう》司令所はモロンにあったが、配備《び》されている部隊の附近には、「四条河原町」があり「笠《かさ》置山」「伊吹山」「原山道《はらさんどう》」などがあった。敵の落していったあとに架《か》せられた橋にも、「吉野橋」「鞍《くら》馬《ま》橋」「山科橋」などの名がつけられ、坂道にも弁慶《べんけい》坂とよばれているところがある。

月明の夜がつづいた。兵隊たちは那珂《か》川のほとりに降りて、飯盒の米をといだ。このながれが唯《ゆい》一のたのみの綱《つな》である。糧《りょう》秣は極度《きょく》に節約するようにいわれている。食いのばしをしているのだ。東海岸の基《き》地からモロンへ、直接《せつ》、陸路の連絡《れんらく》がない。糧《りょう》秣弾薬の補給はオロンガポから、舟路、いったんマヤガホ岬にあげられて来るのであるが、敵の潜《せん》水艦、快速水雷艇《てい》、飛行機などが徘徊《はいかい》していて、思うように補給できない。このごろはお粥《かゆ》のことが多い。

月光にきらめく水を飯盒に入れて、まぜると、ばらばらと米がさわる。島田一等兵は飯盒いっぱいになる大きな手を不自由そうに指さきだけにさしこんで、かきまわしながら、「高木、水はこのくらいでええじゃろか?」ときく、いつまで経っても水加減《わく》をおぼえない鈍《どん》重な島田であるが、このごろでは、米の糧《りょう》が一定しないので、いよいよ当惑しているのであろう。

伸《しん》太郎は苦笑してのぞきこみ、

「なんぼなんでも、そげん、水いれたら、重湯になってしまうが」「薄《うす》うても、多い方がええと思うたもんじゃけんな」

「図体の大きか奴は、こげんときにゃ、可哀《わい》そうじゃの」と、横にいた倉持《くら》上等兵がいった。倉持《くら》は仲《しん》太郎の分隊ではいちばん小柄で、島田の肩までくらいしかなかった。

「ほんとに、可哀《わい》そうばい」と、自分もいって笑った。

マヤガホ岬からモロンにかけて、ほとんど椰子林であるが、「新博多町」になると椰《や》子はまばらになって、さまざまの巨《きよ》木が天を摩《ま》している。アプトン、ブリ、ヤカル、ナラ、ラワンブランコなどの樹々が枝を接《せつ》しているあいだに、夜目にも点々と、いかだかずらが赤を織りまぜていた。とげのある竹林や、灌《かん》木や、葛などがからみあって、いたるところに壁をつくっている。しかし、それらの植物は、いまでは、敵砲弾や爆《ばく》弾のためにうちくだかれて、裂け、たおれ、焼けているものがすくなくなかった。それらの間を大きな蛍《ほたる》がいく匹も見あげる高さを飛んでいる。それを見ながら、仲《しん》太郎はやがてもう敵が盲砲《もうほう》撃をはじめるころだと思っていた。

月光は交錯《さく》した梢のあいだを縫い、無数の銀線になって、兵隊たちのうえにさしかけて来る。東海岸の方であろうか、かすかに砲声がきこえているが、それはときには波の音か風の音かのようにしか思われない。敵味方が死闘《とう》をつづけつつ対峙《じ》している現在なのに、あたりは無気味な静寂《じやく》に満ちている。

ひっきりなしに、鳥が啼《な》く。筒鳥のようであったり、慈《じ》悲心鳥のようであったり、けらのようでもあるが、いずれも日本の鳥とは形のちがう南の小鳥であろう。鉦をたたくような音を立てる鳥もある。ぱっくう、ぱっくう、と、弼をおこして、瓢軽な声がおこる。この声ははじめはなにかわからなかったが、のちに蜥蜴《とかげ》であることを知った。三尺ほどの蜥蜴がたくさんいて、これが鳴く。夜寝ていた身体のうえを駆けぬけられたことがある。鰐かと思ったが、大蜥蜴で危害は加えない。むしろ臆《おく》病で、足音をきいただけで逃げる。月下の密《みつ》林になると、仲《しん》太郎はいつも英彦《えひこ》山のことをおもいだした。あのときのいろいろなことが、なつかしく思いだされる。あれも十年以上の昔のことになった。あのとき、いっしょであった班《はん》長の金子軍曹《そう》や井本上等兵などは、すでにこの世にいない。そう思いながら、この戦いのはげしさと、自分がこの世にいなくなる日のことを、仲《しん》太郎はすでにしずかに心に期《き》していた。ながれのほとりにたむろして、馬鹿ばなしをしている屈託《たく》のなさそうな兵隊たちを見ていると、微《び》笑がわくが、兵隊の命というものが、ただ、この瞬《しゅん》間にのみつながり生きているという厳粛《げんしゅく》さには、脳髄《のうずい》の奥底にまで、氷のきびしさをもってひびいて来るものがあった。戦いは順序《じょ》をふんですこしずつはげしくなるというようなものではない。いま、月光に照らされ、小鳥の声のみひびき、せせらぎの音によって、いっそう静けさを加えている森林が、はかり知れない鬼気をたたえていることは、紅葉の英彦《ひこ》山の静寂さとはまったくちがったものだ。リンガエン湾《わん》上陸のとき、北サンフェルナンドで、二人の部下をうしない、アブカイの戦闘《とう》で、四人の部下をうしなった。いま、ここには、残った七人の兵隊しかいないが、七人の数が、いつまで保っておられるか、この瞬《しゅん》間にもわからないのだ。砲弾が飛んで来れば、この森閑《かん》とした密《みつ》林は瞬《しゅん》時にして戦場となり、砲弾は誰の生命を奪《うば》うかわからない。仲《しん》太郎は南支で会った「筑《ちく》前屋」の八木重造をおもいだしたが、あのとき、「また、そのうち」といった重造も、いまごろはもうそんな挨拶《あいさつ》が兵隊の言葉でもないことを、さとっている時分であろう。彼はシンガポール攻略《りやく》軍に加わって行ったが、もはや生死のほども知ることはできない。飯盒のわずかな米をかきまわしながら、伸《しん》太郎はしんとした心になっていた。

「あら、なんじゃい」

島田が頓《とん》狂な声をだした。繁茂《はんも》したラワンブランコの高い梢をさわがして、黒いものがうごいていた。弾丸の下では勇敢《かん》な島田は、奇《き》妙な動物をこわがるのである。

(鼯鼠《むささび》じゃないか)島田も英彦《ひこ》山のことを思いだしていたのかも知れない。

猿《さる》であった。数匹の猿《さる》は月と同じ方向の梢を、樹から樹へ、枝から枝へとびうつって、遠くなっていった。

砲声がきこえはじめた。

「ドラム罐《かん》が来るぞ」と、橋本上等兵が笑いながらいった。

梢のあいだをくぐりながら、森林の奥から砲弾の炸裂《さくれつ》する音がこだまして来た。あまり近くではないらしい。しかし、だんだんこちらへ近づくことは習慣《かん》でわかっている。波のような音をたてて、高い繁《しげ》みをながれとなって、猿《さる》の群がはしりはじめた。いつものことで、砲声に追われながら、やむまで、右往左往と密《みつ》林のなかをとびまわるのである。月の面を、ほこりのように猿《さる》がかすめてゆく。つぎつぎに猿《さる》がとびつくので、髭《ひげ》のようにたれた榕樹の気根がたえまなくゆれる。兵隊たちは、「うるさいなあ」と舌打ちしながら、みんな壕《ごう》のなかにはいった。そうして、いつものように、すぐに、見張所の兵隊の心配をはじめる。勤務《む》についている兵隊は、どんなに砲弾がはげしくても、部署《しょ》をはなれることはできない。ことに、「新博多町」の出はずれた崖《がけ》のうえにある見張所は、もっとも危険《けん》ではあるが、瞬時《しゅん》も任務をゆるがせにすることができない。密《みっ》集した巨《きょ》樹のなかの一本のアペトンの幹たかく、竹と板とを組んだ櫓《やぐら》がこしらえてあった。そこは最前線である。望遠鏡を据《す》えて、たえず敵方を監視《かんし》していた。下には歩哨《しょう》が居り、鉄条網を張った抵抗《ていこう》線があった。

「今夜は、火の見はだれじゃい」

膝《ひざ》のあいだで、まだ飯盒の米をあらいながら黒須《す》上等兵がきく。黒須《す》は自分はわるい姓《せい》だといつもくやんでいる。名前なら変えられるが苗字なので変えようがないという。彼の色の黒いのは、日にやけたのではなくて、生れつきなので、いちように熱帯の太陽に灼かれた戦友たちのあいだでも、断然《だんぜん》、頭角をあらわしている。そのため、彼の名をよぶときには、まるで綽名をいっているようにひびく。

「きょうは、第二小隊の番じゃろ。あしたは、うちの小隊じゃなかか」

橋本上等兵である。

「うちの分隊の筈《はず》じゃ」と伸《しん》太郎がいった。

「そんなら、今度は、おれと島田だい」と西村一等兵がいう。

とつぜん、ぐわあんと耳もとの裂《さ》ける音がして、ばりばりと樹木が頭上にたおれかかって来た。

「ほら、来たぞ」

と、兵隊たちは、ふかく掘られた壕《ごう》のなかに身体をひそめた。ぐあん、きゅうん、と、不気味な音をたてて、砲弾はつづけざまに、あたりに落下した。木が裂《さ》け、葉が雪のように散らされて、降って来た。誰かが、走るのを、「動くな、動くな」とどなっている者があった。芭蕉《ばしょう》で偽《ぎ》装した掩壕《えんごう》のうえを、あわただしく駈け去る者があった。砲弾はたえまなく炸裂《さくれつ》して、森林をうちふるわせた。三時間も砲撃されたつもりで居ると、二十分ほどであったりする。馴《な》れると、兵隊たちもそんな錯覚《さっかく》をおこさなくなったが、それでも砲弾にさらされているのである。やがて、砲弾は緩慢《かんまん》になり、遠ざかっていった。一人ずつ壕《ごう》から首をだし、顔見あわせて笑った。すると、壕《ごう》のはしの方で、「こらあ、こらあ」と、異《い》様な声でわめいているものがあった。兵隊たちがかけよると、島田が壕《ごう》のそとに、かぶさるように、うつむけになって、肩をうちふるわせていた。

「どうした、島田?」と、伸《しん》太郎は、肩をつかんだ。

「倉《くら》持のやつが、倉《くら》持のやつが」

島田は顔をあげず泣き声で、うめいていた。島田の大きな図体のしたに、小柄の倉《くら》持のからだはつつまれて見えなかったが、さっきの砲弾のために、すでに息の絶《た》えていることがだれにもわかった。

一同は暗然《ぜん》とたたずんだ。伸《しん》太郎は無言で敬礼をした。兵隊たちもそれにならった。

島田は倉《くら》持をかるがると抱きあげた。だまって、密《みつ》林の奥にはこんでいった。伸《しん》太郎をはじめ兵隊たちもあとにつづいた。ラワンブランコの巨《きょ》木のならんでいるところへ来て、島田はしずかに戦友の遺骸《がい》をおろした。そのあたりの樹木の根にはいくつもの墓標《ひょう》が立っていた。墓標《ひょう》はいずれも敵側からかげになっている。二度と砲弾にあてまいという心づかいである。樹木の洞穴《ほらあな》のなかに、鋸や、槌《つち》、十字鍬、円匙などが入れてあった。長谷川一等兵が林にかけこんで、手ごろなブリ樹の枝を切って来た。その皮をむいた。伸《しん》太郎がその白い部分に鉛《えん》筆で、「故陸軍兵長倉持健吉之墓」と書いた。島田と、西村と、橋本とが、それぞれ、十字鍬と円匙とで、穴を掘った。だれも、ものをいわない。伸《しん》太郎は倉《くら》持の身体をしらべ、手帖や、万年筆やをとり、武装《そう》をといてやった。内ポケットに、お守札といっしょに四五枚の写《しゃ》真がはいっていた。一枚ずつ見ながら、伸《しん》太郎の胸におさえていた悲しみがはげしい怒りとなってわいて来た。思わず敵の方角をにらんで、ぎゅっと唇を噛《か》んだ。小刀で倉《くら》持の頭髪《はつ》を切って紙につつんだ。ずっとむこうの森林の奥に、月光に照らされて、七八名の兵隊がちらついているのが見えた。やはりだれかがやられたらしく、埋葬《そう》をしているもののようであった。目標《ひょう》となるので、ここでは火葬《そう》ができないのである。夜目で、だれかわからなかったが、両方から無言の敬礼をした。

倉《くら》持を穴のなかにしずかに入れた。土をかぶせながら、嗚咽《お》している者があった。

「班長殿《はん》」橋本上等兵が、いきなり伸太郎《しん》の手をとった。

「うむ」

「残念です」激《げき》しやすい橋本はもう泣き声になっている。

「おれも、残念じゃ」

「こんな残念なことはありません。じっとしておって敵弾にやられるなんて、……どうして、攻撃せんのですか……敵のやつを蹴《け》ちらしてやろうとかまえとるのに、部隊はじっとして、動きやせん。敵はええ気になって、射って来やがる。こんな、はがいいことがあるか。なんぼ、盲撃ちでも、ときには、やっぱりやられてしまいます。……どうして、攻撃せんのでありますか」

「そげんことは、おれは知らん」

「班長殿《はん》はのんきたらしゅう、落ちついとるが……」なにかいおうとするのを、

「馬鹿たれ」と、はげしく伸《しん》太郎の声がとんだ。

「は」

「つまらんことをいってはいかん。おれたちは、軍司令官でも参謀《ぼう》でも部隊長でもない。兵隊は命令どおりに動きさえすりゃいいのじゃ」

橋本はだまった。くっ、くっ、と声をころして、分隊長の顔をにらんでいた。

島田は、倉持《くら》の遺品を、ひとまとめにして、両手にかかえた。そろって帰って来ると、落葉をふんで、ちかづいて来る一人の兵隊があった。右手に、瓢簞をぶらさげている。「土屋か」と長谷川《はせ》がきいた。

「うん」と、答えたが、戦友たちの様子で、土屋上等兵はすべてをさとった。

「だれか」と、感情をおさえる声できいた。

「倉持《くら》じゃ」

伸《しん》太郎はそういってから、だまって、土屋の持っている瓢簞《ひょうたん》をとった。振ってみた。こぽこぽと鳴った。モロンからすこしはなれた海岸に「新しき村」がある。戦火に追われた原住民たちが、日本軍の庇護《ひご》のもとに、まったくなにもなかった砂浜に新部落をつくった。そこへ、夕刻から土屋上等兵は診療班《しんりょうはん》について行っていた。そのとき、椰子酒をもらって来るといって、伸《しん》太郎の赤瓢簞《ひょうたん》を持って行ったのだ。

伸《しん》太郎は瓢簞《ひょうたん》をもって、無言であとへかえり、酒ずきであった部下の墓標《ひょう》のまえにそなえた。月光に、にぶく瓢簞《ひょうたん》が光っている。合掌《しょう》しながら、この瓢簞《ひょうたん》を大切にしていた父や、家のことが思い出された。それから、兵隊をどなりつけたあとの後味のわるさを伸《しん》太郎は口のなかで嚙《か》みつぶしていた。橋本の気持が自分にもよくわかっていた。それはまた橋本だけの気持ではなかった。自分の気持でもあり、兵隊全部の気持でもあった。その焦躁《しょう》と、はやる心とを、じっとおさえていることも軍紀であると、伸《しん》太郎は歯《は》をくいしばっていた。ぱっくう、ぱっくう、と、頭のうえで蜥蜴が鳴いていた。

毎日「新博多町」は砲撃にさらされた。ときに、爆撃《ばく》を加えられることもあった。敵空軍の大部分は、爆砕《ばくさい》されたが、若干の残った飛行機が、ときどき肉眼では見とどけられない上空から、爆《ばく》弾を落して逃げた。海上権《けん》はまだ敵がにぎっていて、艦砲射《しゃ》撃をすることもあった。もとより、こちらはそれを邀え撃つ。空中戦が行われる。「やっとる、やっとる」と兵隊たちは下から見ていて、敵機が黒煙をひいて墜《つい》落すると、密《みつ》林のなかで拍《はく》手をした。

食糧《りょう》補給が困難になっても、兵隊たちは、まだ、猿《さる》や蜥蜴のとっておきがあると笑っていた。たれ下った葛《くず》の枝を切って、水筒のなかにさしこんで置くと、二時間ほど経つと、水筒いっぱいの水が出る。甘《あま》いので、兵隊はしばしばこれをこころみた。いそぐときには、切り口からちゅうちゅうとすする。椰子の実はおおかた食べつくした。まっすぐで高いので、なかなか登れないが、比島兵の捕虜《ほりょ》がのぼってとってくれる。比島兵は捕虜《ほりょ》になったり投降して来たりして、たくさん、わが陣地にいた。

「お前を同僚《りょう》と思うちょるが」

橋本は黒須《す》をひやかす。比島兵にまけず黒いからである。

「ひやかすな」と、怒った顔をしたが、腑《ふ》に落ちぬ顔で、「今度の戦争はおかしな戦争じゃな。おれたちゃアメリカと戦争しとるのに、アメリカ兵は居りゃせんが」

「それたい。俺《おれ》も支那に居るときから米英がほんとの敵じゃから、米英をやっつけにゃいかんといつも思うとったんで、今度の戦争は胸がすいた。それでリンガエンからあがったときにゃ、アメリカ奴、アメリカ奴、というて、土をふみつけてやった。そしてアメリカの兵隊を見つけたら、存分に、思い知らせてやるつもりじゃった。ところがどこまで行ってもアメリカ兵は居りゃせん。前線にはフィリピン兵ばかり出して、奴ら安全なところに居やがるんじゃ。畜生《ちく》」

比島兵はアメリカの斯瞞《ぎまん》によって日本軍に刃むかっている。東洋民族として兄弟であり、大東亜《あ》共栄圏《けん》の一環《かん》として、手をにぎっていかなくてはならない。敵はただアメリカだ。そう部隊長からいわれて、そうとはわかっていても、直接《せつ》弾丸を発して来るのはやっぱり比島兵だ。そういう一種の当惑《わく》と、なにかわりきれない気持を兵隊たちはいだいていた。そうして、心の奥底で、そういう卑劣《ひれつ》で、残虐《ぎゃく》なアメリカ兵に、一途にはげしい憎悪《ぞうお》を燃《も》やしていた。アメリカ兵を見つけ、うちくだく日を思うことだけが、いまは兵隊たちのただひとつの願望であった。

ある日、時川部隊は集合を命ぜられた。配備《び》の勤務についている者をのぞいて、全員、密林《みつ》のなかに集まって来た。夕ぐれで、ようやく、一日の暑熱がうすれていた。森林の枝ごしに、まっ赤な夕焼雲が、天いっぱいにひろがっていた。色のくろい髭《ひげ》だらけの兵隊たちは武装《そう》して列んだ。樹木にさえぎられて、整然《ぜん》というわけにはいかない。新しく来た将校を、ひきあわせられるということであった。「気を付け」がかかった。ニッパ・ハウスのなかから、出て来た数名の将校を見て、伸《しん》太郎ははっと息をつめた。その一人が、どうも、礼三に相違ないと思われたからである。

人ちがいかとも思った。ちょっと見たときには弟だと直感したが、よく見るとちがうようでもある。いかに、久しぶりで、姿がかわっているとはいえ、弟を見忘れたかと、伸《しん》太郎は苦笑した。時川少佐は、樹間のせまい広場にある戦車のうえにあがった。各隊から捧《ささ》げ銃がおこなわれた。号令の声が密《みっ》林にふかく谺した。長身の時川少佐は口濃《こ》い髭《ひげ》をうえからひとなでして、よく透る声で「新任の将校を紹介《しょうかい》する」と、いった。

二台ならんだ戦車のうえに、六人の将校があがった。三人ずつ、肩を接《せっ》してならんだ。敬礼が終ると、時川部隊長は、「欠《けっ》員となっていた各中小隊の隊長が、本日、参着した。これより、任命をおこなう。自分の隊長を見おぼえよ」それから身体を前にかたむけて、のぞくようにしながら「右より、第三中隊長白宮幹男大尉《い》、第一中隊第二小隊長谷川源二郎少尉《い》、第二中隊長仁《に》科礼三中尉《い》、おなじく、同中隊第三小隊長錦《にしき》戸春雄少尉《い》、第三中隊第三小隊長野々島菊太少尉《い》、最後の間崎金之助大尉《い》は、部隊副《ふく》官とする。したがって、現在の隊長代理は、ただいま、任を解く。下士官兵の補充《じゅう》も、ちかくある筈《はず》である。新隊長をむかえた隊は、ただちに、それぞれの部署《しょ》にかえって、任務を続行せよ。終り」

必要なことだけしかいわない部隊長であった。無限の意味をこめた、この簡略《かんりゃく》な命課布達によって、一瞬《しゅん》生死をともにすべき隊長と部下との心はゆるぎなく結びあわされた。「新博多町」にかえって来た旧《きゅう》沢村中隊の兵隊たちは、那珂《か》川のほとりにならんだ。地形が平坦《たん》ではないのでラワンブランコの幹を背《せ》にして、仁《に》科中尉《い》は立った。錦戸少尉《い》は第三小隊の位置についた。第一小隊長久保田少尉《い》の号令で、新中隊長に敬礼がおこなわれた。中隊長は挙《きょ》手の答礼をして、部下を端から端まで見まわした。

視《し》線が自分のうえに来たので、仲《しん》太郎はどきんとした。礼三は仲《しん》太郎の顔を見たのであるが、視《し》線はなんの変化もおこらず、眼は素《す》通りした。日は落ちかけてはいたが顔が見わけがたいほど、暗くはない。日に灼け髯《ひげ》にまみれた兵隊を、兄とは気づかなかったのであろう。いつか、弟にあえるとは思っていたが、こんな風にして出あうとは夢《ゆめ》にも思わなかった。しかも弟が自分の中隊長となるなどとは、いかなるめぐりあわせであろうかと、仲《しん》太郎は腹のそこから微《び》笑がわいて来た。

中隊長は、軍刀を杖のようについて、「休め」と、いった。それから、なにか考えるように下唇《くちびる》をかるく噛《か》んで、かすかに首をかたむけた。それを見て、仲《しん》太郎は、はじめて颯爽《さっそう》とした眼前の青年将校が、まぎれもない弟だと、胸にしむものをおぼえた。小さいときからなにかいおうとする前に、かならず、そうする癖《くせ》があったからだ。

顔をあげた若い中隊長は、「自分が仁科中尉《い》である」と、ぽつんといった。また、ちょっと、下唇《くちびる》をかんでから、「この中隊の隊長たることを命ぜられた。天皇陛下の命によって、自分は来たのである。ただいまから、お前たちと生死をともにしたい。百戦の勇兵たるお前たちの長となることは、自分としても、たいへん、うれしい。いたらぬ自分ではあるが、全力をかたむけて御奉公するつもりである。ながらく御苦労《ろう》であったが、もう、ひと頑《がん》張りしてもらいたい」

ちょった黙《だま》って、また、唇《くちびる》をかんだが、「われわれ軍人は、ただ、大君のおんためにすべてをささげて戦えばよいのであるから、いまさら、なにをいうこともないが、これから、お前たちといっしょに暮していくのであるから、中隊長の考えの一部をひとこと、この機会に述《の》べておきたい。……それは、一死奉公ということについてである。一死奉公など、お前たちは百も承知のことというじゃろう。それを、わざわざ、自分がいうのは、どうも、兵隊は、死にたがる癖《くせ》があっていかんと思うからだ。死んでは御奉公できない。生きて、生きて、生きぬいて、お役に立つ。そうして、死をおそれない。それでなくてはいかん。死ぬことが、いちばん、やさしいんじゃ。これからも、敵を撃滅《めつ》するために、どんな困難があるかも知れんが、歯《は》をくいしばって、御奉公せねばいかん。そうして、やりだしたら、最後までやる。勇気と瘦せ我慢《まん》とを混《こん》同せんこと。名をころし、おのれをむなしくして、ただ、自己《こ》の責《せき》任をはたす、それこそが、一死奉公のまことである」

中隊長の語調はしだいに熱をおびて来たが、列中にあって伸《しん》太郎はさまざまの意味をふくんだいいようもない感慨《がい》に胸を痛くした。涙がとめどなく頰《ほほ》をつたって落ちた。兵隊たちもしんとなって聞いている。礼三の眼は、何度も伸《しん》太郎の顔に来るが、いっこう気づく様子もない。

猿《さる》が梢をはしる音に、礼三はときどき顔をあげた。友軍の飛行機が過ぎていった。真紅の夕焼け雲もいつか消えて、風が森林をさわがしはじめていた。小鳥が鳴き、遠くで、たえまなく砲声がきこえる。

話がおわると、中隊本部の下士官が中隊長をともなって密《みつ》林の奥に去った。各隊の兵隊たちもそれぞれ部署《しょ》にかえった。

仲《しん》太郎がぼんやり立っていると、背《せ》なかを誰かがどんとたたいた。島田であった。

「俺《おれ》や、びっくりしたど」と、大きな声をだした。

「俺《おれ》もびっくりした」と仲《しん》太郎も笑って答えた。

「立派になったのう。筑《ちく》後川の鯉とりのときから、会わんじゃったが、あげん、人間は変るもんかなあ。立派な中隊長殿じゃ」

「中隊長が俺《おれ》の弟のこと、ほかの兵隊たちには、いうな」

「なしてや」

それには返事せず、仲《しん》太郎はもうすたすたと歩きだしていた。分隊の位置にかえって来ると、遠かった砲撃がちかづいて、砲弾が落ちはじめた。猿《さる》と小鳥と蜥蜴とがさわぎだした。一発の不発弾がブリの幹につきささって、葉を雪のように散らして来た。巨《きょ》大な弾丸で、兵隊たちが「ドラム罐《かん》」とともに、「特急」と呼んでいる奴である。

砲声が移動すると、仲《しん》太郎は壕《ごう》のなかから出た。身体《からだ》についた蟻《あり》をはらい落した。たそがれの密《みつ》林には、すでに蛍《ほたる》の青い光がいくつもみとめられた。藪の道を縫って、いくつかの坂を越え、中隊本部の方へ行った。もとは樵夫の住んでいたらしい粗末なニッパ・ハウスは二階のようになっていて、下は使わないのであるが、ここでは下が事務室になっている。顔見知りの兵隊が、「たいそう、不精髯《ひげ》をのばしたなあ、たわしのごと、なっとるじゃないか。ええ加減に剃らんかい」と笑った。「中隊長室」と、ま新しい貼紙のある部屋の前に立って「はいって、よくありますか」と伸《しん》太郎はどなった。

「よし」と、声がした。

中にはいった。机にむかって、なにかしていた礼三はふりむいた。伸《しん》太郎は敬礼をした。

「お前は」

すでに、暗くなって、顔は見わけがなくなっていた。

「はい、陸軍軍曹《そう》高木伸《しん》太郎であります」

笑いをふくんでいった。

「ああ、兄さん」

椅《い》子からはねあがった礼三は伸《しん》太郎にとびついて来た。両手がしっかりと握《にぎ》りあわされた。しばらく、二人ともなにもいえなかった。手をとりあったまま兄弟は、くっ、くっ、と嗚《お》咽した。泣いた。

足音がして、一人の兵隊がはいって来た。

「中隊長殿、明りを持って来ました」

「そうか。ありがとう」

大きな竹の一節を切り、横に小さな窓をあけて、なかに蠟燭《ろうそく》がともしてある。飾《かざ》りのつもりか、笹《ささ》が四、五枚ついている。兵隊が工夫したものだが、その兵隊は「高木班《はん》長ですか。倉《くら》持がやられたそうですなあ」といいながら、竹提灯を机のうえに置いて出て行った。

二人は椅《い》子に腰をおろして、対した。しずかに、いろいろな話をした。話がいっぱいたまっていて、どこからどう話せばよいか、わからないのである。生きて戦場で会うことができたという深い感慨《がい》は共通していた。

「兄さんのいる隊の中隊長になるなんて、これは、きっと、お母さんが呪禁《まじない》をしたんですね」

「そうかも知れん」

兄弟は母を思って微《び》笑した。

「筑《ちく》前屋の重しゃんから聞いたんでな、南支で会えるかと思うとったんじゃ。俺《おれ》や、増城におったが、お前が広東《カントン》におるとばかり思うとったもんじゃけん。深圳ならちょっと会えんわけたい」

開戦と同時に、礼三の属《ぞく》した部隊は支英国境を突破した。宿敵イギリス軍を撃破しつつ、十二日には、九龍《りゅう》をとり、十八日、香港《ホンコン》島に敵前上陸、二十五日、完全にこれを占領した。香港《ホンコン》に入城して、正月をむかえたが、門松のとれないうちに転出の命令をうけた。そのとき、中尉《い》に進級《きゅう》した。そうして、リンガエン湾《わん》から比島に上陸し、時川部隊に配属《ぞく》されることになった。そういう話を礼三はした。伸《しん》太郎も一別以来のことを語ったが、二人とも話が多すぎて、もどかしいばかりである。

「兄さん、瓢箪《ひょうたん》はどうしました」

「あれか」と笑って、「仕方がないので、持ち歩いとるがのう。何度も割れてなあ、膠《にかわ》でついだり、蔓《つる》でぐるぐる巻きにしたりして、よごしてしもうて……お父はんにすまんことしたと思うちょる」

坂田大尉《い》の話をした。

「謙朴《けんぼく》さんが、兄さんが、戦地で大酒のみになったとじゃろうといいよりました」

二人は笑った。

伸《しん》太郎は弟をつくづく見ていたが、「お前は、たいそう、背《せ》が高うなったようにあるなあ。俺《おれ》とあんまり変らんじゃないか」

「そりゃ、兄さんの方がずっと高いですよ」

「そうかな。……はかってみようか」

二人は表に出た。そとは月光で明るかった。風も落ちて、森林は森閑《かん》と静まりかえっていた。思いだしたようにぱっくう、ぱっくう、と鳴くものがある。蛍《ほたる》がとんでいる。二人は、一本の椰子の木のところに行った。幹を背《せ》にして、まず伸《しん》太郎が立った。礼三がたなごころを扁平にして、兄の頭のうえにのせた。指さきのついたところに印をつけた。今度は礼三が立った。伸《しん》太郎は、弟の頭に手のひらを置き、椰子の幹に印をつけた。笑い興じながら、無心に背《せ》たけをはかりあう二人を附近の兵隊たちが不思議そうに見ていた。

「そうそうと、兄さん」と、礼三は思いあたったように、「友枝の義兄《にい》さんも、こちらに来て居りますよ」

「ほう」

「兄さんは知らんのですか」

「知らん」

「参謀《ぼう》で、軍司令部に居るのです。新任の将校たちと軍司令官閣《かっ》下に御挨拶《あいさつ》に出ましたとき、閣《かっ》下のそばに居りました。遠くてよくわからなかったのですが、参謀《ぼう》長閣《かっ》下と話をしている人が、どうもそうらしいので、聞いてみたら、やっぱり、そうでした。会うことができずに来てしまったのですが、……兄弟三人が同じ戦線にいるなんて、こりゃ、いよいよお母はんの呪禁《まじない》に相違ありませんよ」

「義兄《あに》は、俺《おれ》たちのおることを知らんのじゃろう」

「むろん、知らんでしょう」

いつまでも話していたかったが、ニッパ・ハウスの方から、「中隊長殿、食事の用意ができました」とどなっている声をきいて、別れた。伸《しん》太郎も任務があった。両方から同時に挙《きょ》手の礼をし、伸《しん》太郎は、小声になって、自分たちが兄弟であることは知らせずにおこうといった。

月光の密《みつ》林を抜《ぬ》けて帰った。

毎日砲撃を受けることは相かわらずであった。こちらからも砲撃を加えた。爆《ばく》撃をした。敵は砲弾がいくらでもあるので、やたらに射つものとみえる。数えている兵隊があって、一日に三千何百発も撃つという。砲弾の破片で、軍服やシャツが穴だらけになる。ある日、伝令に行った島田は、砲弾につけまわされて、「どこからか、俺《おれ》を見とるんじゃないか」と不思議そうな顔をしてかえって来た。逃げると、逃げたところへ弾が来たというのである。

「大砲がお前を好きなんじゃ」と土屋がからかった。ときに、真紅の曳《えい》光弾がとんで来て、瞬《しゅん》時、密《みつ》林を赤く染めた。不発弾がどすんどすんと地ひびきを立てて落ちることもあった。直撃弾をうけて、声もなく死ぬ兵隊もあった。生き埋めになったり消えてしまう兵隊もあった。全般の戦況がわからない兵隊たちは口惜しさに、ばりばりと歯《は》を噛《か》んだ。なかでも橋本上等兵はいらいらして、ひどく怒りっぽくなっていた。伸《しん》太郎からおこられたことがあるので、なにもいわないが、一日も早く攻撃に転ずる日を待っていた。兵隊たちは横着して、はじめは浅い壕《ごう》しか作らなかったが、だんだん壕《ごう》を深くした。

礼三はまもなく部下の兵隊たちとよく知りあうようになって、「あの隊長殿のためなら」と、兵隊たちに思われるようになった。礼三は例《れい》によって、奇妙な呪禁《まじない》をしては兵隊たちから不思議がられた。しまいには、うちとけた部下が、「弾丸にあたらん呪禁《まじない》はありませんか」などと訊いたりした。

モロンの戦闘《とう》司令所へ、このごろ軍司令部の人たちの来往が頻繁《ひんぱん》になったという噂《うわさ》が「新博多町」につたわって来た。兵隊たちは敏感《びん》である。新作戦がはじまるきざしと睨《にら》んだ。鬱積《うっ》しているものをいよいよ爆発《ばく》させることができると、気負いたった。橋本上等兵の機嫌《げん》もなおって来た。前よりも度数多く、斥候《せっ》が幾組も出された。隊長たちはしきりにモロンで会合した。

「兄さん、友枝中佐殿が、今朝、モロンへ来たそうです。そう聞いたので、行ってみたのですが、もうマヤガホ岬から帰ったあとでした。よくよく縁《えん》がありませんな」

抵抗《ていこう》線の見まわりに来て、礼三がそういった。

「新作戦がはじまるのか」

「さあ、まだ、なんにも聞いていませんが」と、礼三はふっと眼をそらせた。

乾季《かんき》のルソン島は、まったく一滴《てき》の雨も降らない。連日《れん》、炎熱《えん》の日がつづいた。蚊帳《かや》は吊ってあったが、マラリヤ熱やデング熱に冒《おか》される兵隊も出た。

ある日、那珂《か》川の上流から一頭の水牛を曳《ひ》いた兵隊があらわれた。「四条河原町」から来たのであった。ずんぐりした男で、きょろきょろしながら坂路をくだって来た。一等兵である。

「なんか、用かい」と、黒須《す》上等《とう》兵がきいた。

「水牛一頭と、煙草《たばこ》一箱を換《か》えてくれませんか」

黒須《す》はあきれたが、「水牛も欲しいが、こっちにも、そう、煙草《たばこ》はないわい」

食糧《りょう》に欠乏《けつぼう》しているときなので、水牛一頭はありがたい。黒須《す》はこのごろ、バンドの穴が二つも余《よ》計にしまるほど痩《やせ》ていたので、水牛を見ると、腹がぐうっと鳴った。この間も三人の比島兵が投降して来た。後方にいるアメリカ兵はたらふく食っていながら、危険《けん》な前線の比島兵にはほとんど給与をしないらしい。敵線内でぽとぽとという妙な音を、ときどき聞いた。あとでわかったが、比島兵が籾《もみ》を鉄兜《かぶと》のなかで搗《つ》いているのであった。そうして、空腹のあまり、三人の比島兵は斥候《せっ》を志願して、脱走して来たのである。ところがあまり食糧《りょう》が豊富でないのを見て、また逃げてしまった。「新しき村」に行ったらしい。そういうときなので、水牛一頭は豪華《ごうか》である。しかし、かわりの煙草《たばこ》があまりなかった。このことを聞いた小隊長の錦戸《にしき》少尉《い》が自分の都合のつくだけの煙草《たばこ》をみんなあたえた。中隊は久しぶりで肉の御馳走にありついた。

錦戸《にしき》少尉《い》は、もう、三十を越えた将校で、どこかの会社に勤めていて、開戦直前に召集をうけたという。丸顔に細い眼が光り、口も、いつも、への字にしている。理窟《くつ》がきらいといい、面倒なことはなにも兵隊にはいわなかった。磊落な性分で、あまりおかしくもないことに、よく、大口をあけ、身体をゆすって笑った。兵隊たちといっしょに馬鹿ばなしをするのが、なにより好きであった。非常な煙草好きで、ほとんど、口から煙草をはなしていたことがない。おかげで、水牛も手に入れることができたのである。

「小隊長殿は茨城《いばら》ですな。高木の叔父《おじ》の奥さんが、水戸の方でありますが、近くではありませんか」

「そうかい。俺《おれ》のところは吉野朝の遺蹟《いせき》のある大宝村の近くでな、北畠親房卿《きょう》が『神皇正統《とう》記』を、あの辺の戦いの最中に書かれたんだよ。祖《そ》父からよく話をきかされたもんだが、筑波《つく》山の麓《ふもと》に小田城がある。親房卿《きょう》ははじめ、そこに居られたが、城主の小田治久が敵に降参してしまったので、関宗祐《むねすけ》父子のもとに行かれた。そこで興良親王を奉じて、下妻政泰の拠《よ》る大宝城とともに、関城は関東における勅皇軍の重要拠《きょ》点となった。そうして、高師冬の軍をむかえ撃って、大いに敵を悩《なや》ましたが、興国四年に城は陥ちて、城兵はことごとく玉砕《さい》した。親房卿《きょう》は身をもって吉野に逃れた。そういう激《げき》戦の間に、『神皇正統《とう》記』は参考書らしい参考書もなくって書かれたわけなんだが、その志はすさまじいとも、なんともいいようがないよ」

錦《にしき》戸少尉《い》はよくこの話をした。それを聞きながら、仲《しん》太郎は、いつも、父の「大日本史《し》」を思いおこすのを常とした。

ある日、密《みつ》林のなかはたいへんな騒《さわ》ぎを呈《てい》した。フィリピンにわたって以来、最初の郵《ゆう》便物がとどいたのである。「手紙だぞう」と、何人もが森林のなかをどなって駈けすぎた。うれしそうな笑い声が各所からおこった。

仲《しん》太郎にも七通の手紙と二個の小包が来た。一通ずつ心をこめて読んだ。父友彦《ひこ》の手紙は例《れい》によって几帳《ちょう》面な候文で、巻紙に筆で、こまごまと日常のことが報じられてあった。長い手紙である。十二月九日夜の日附になっている。読んでゆきながら開戦当日の故郷でのことが偲《しの》ばれた。

雪もよいになって来たので、庭の立木に雪囲いをしてやるつもりで、早朝、池のほとりに出ていたら、仲彦《ひこ》を抱いた芳《よし》江が縁《えん》側から、「お父はん、お父はん」と、なにかけたたましい顔色で呼んだ。木にまきつけた藁《わら》をつかんだまま、「どうしたかん」ときいた。

「戦争がはじまりました」と、芳《よし》江は声をころすようにしていった。

すぐにラジオの前に行った、ワカも、友二も、綾《あや》子も、来て坐《すわ》った。ラジオは途中からではあったが、同じ言葉をくりかえしていた。

「帝国陸海軍は、本八日未《み》明、西南太平洋において、米英軍と戦闘状態《とうじょうたい》に入れり。……このように、ただいま大本営陸海軍部より発表されました。もう一度、くりかえして申しあげます。帝国陸海軍は……」

「うむ、うむ」と、友彦《ひこ》はしきりにうなずいた。顔見あわせたが、だれもなんともいわなかった。ひっそりと坐《すわ》っていた。友彦《ひこ》の身体《からだ》のなかをずんと電気のようなものが通った。長びいていた日米会談が決裂《れつ》した。当然《ぜん》のことである。わが軍はすでに世界の強敵米英と戦闘《とう》をはじめた。頭のなかに多くの島嶼の点在している漂渺《ひょう》たる太平洋の地図がひらめいた。そのうえを怒濤《とう》となって踏《ふ》みしめてゆく兵隊の姿がうかんだ。ぬくぬくとした興奮《ふん》がわいて来た。しかし、それはおどろきではなかった。困ったことになったという不安でもなかった。なるべきようになったという安堵《ど》であった。とうとうやったかという一瞬《しゅん》のおどろきののちに、胸をひきしぼるような緊《きん》張と落ちつきと勇気とがわいて来た。これは自分ひとりではなく国民全部の気持でもあろうと、友彦《ひこ》は思った。久彦《ひこ》や、伸《しん》太郎や、礼三や秋人などの姿がうかんだ。友彦《ひこ》はにやにやしはじめた。ワカは涙をうかべてなにか遠いところの声でも聞くように静かにしていた。

「お母はんの堪忍袋《にん》」どころではない大きな堪忍袋《にん》の緒《お》が切れたことにおさえがたい感慨《がい》が湧《わ》いたのかも知れない。

「高木さあん」裏でどなる声がした。杉垣のそとから、謙朴《けんぼく》が「やった、やった」と踊《おど》るようにして叫んでいた。泣き声のようである。

ラジオは、「敵は幾万ありとても」と元気よく奏《そう》しはじめた。

その夜、謙朴《けんぼく》の家で隣組常会がひらかれた。ラジオは真珠湾《じゆわん》その他における戦果をつたえた。そのたびにみんな拍《はく》手をした。力づよい東条首相の声をひとびとは正坐《ざ》して膝《ひざ》に手をおき、しんとなって聞いた。夕刻から警戒警報《けいかいけい》が鳴りひびき、灯火管制をした。くらい明りの下で、ひとびとは静かに話しあいをした。緊《きん》張がどの顔にもみなぎり、どのような艱《かん》難にも堪《た》えようという決意のいろがあらわれていた。

「そもそもアメリカ、イギリスなんちゅう国は、どろぼうみたよなもんじゃけん、足腰の立たんことうちこらしてやるがよか」

隣組長の謙朴《けんぼく》は団栗眼をぐりぐりさせて力んだ。……

そういう状《じよう》景が手紙を読みながら眼前に見るように浮かんだ。読みすすんでゆくと、父がタイ国境附近で戦死した後藤軍曹《そう》の村葬《そう》に参列したことが書かれてあった。

戦争になるとじっとして居れない桜木常三郎は、三年ほど前に志願して軍属《ぞく》となり、北支の方にいたが、近く南方に行くらしいということである。

「お軽の文のごとあるのう」

横で、女房のおきんからの手紙を読んでいた島田がふりむいて笑った。

岬

海浜のあちらこちらに、部隊はいくつかの集団になって待機していた。

わざと月のない夜を選んだが、星はまぶしいばかり冴《さ》えている。椰子の葉越しに星の群がいちめんにかがやいていて、手ではらえば落ちそうに近い。銀河も、オリオンも、北斗も、南十字も、見きわめがつかないほど、どの星も大きく明るいのである。明滅《めつ》して星が動くかと見ると、蛍《ほたる》である。白砂は昼間の熱気をまだ失わず、生ぬるい風が吹いていて、じっとしているのに、いつの間にか身体中が汗ばんで来る。暗い渚《なぎさ》の方から、かすかに発動機の音がきこえて来る。操《そう》舟機の点検《けん》や、燃《ねん》料の補給をしているのであろう。黒い一線になって、ずらりと舟艇《てい》のならんでいるのが見える。

「高木、なにしとるかい」

流れのそばにたたずんでいると、島田が寄《よ》って来た。

「髯《ひげ》ば、剃っちょる」

仲太郎《しん》はなおも安全剃刀《かみそり》でばりばり音をたてながら、伸《の》びた髯《ひげ》を剃った。けずるという方が近い。

「武士のたしなみかい？」島田は柄《がら》にもないことをいったが、すぐに、「俺《おれ》も剃ろう。あとで剃刀《かみそり》貸してくれ」

そういって、さくさく砂を踏《ふ》んで去った。

痛いのを我慢《まん》して水で濡《ぬ》らして剃っていきながら、仲《しん》太郎は島田のなにげなしにいった言葉を嚙《か》みしめていた。これから決行される敵前上陸がどのようなものであるか、覚悟《かくご》はすでにきまっていた。髯《ひげ》だらけで死にたくないと思ったのである。こういう経験《けん》はこれまでにも幾度かあって、その都度髯《ひげ》を剃ったが、死にそこねた。今度こそは無駄《だ》にならないであろう、と微《び》笑をもって確信することができた。海上を機動してバタアン半島敵主力の背《はい》後を衝《つ》く。「兄さん、いよいよ死ぬときが来ました」と礼三もいった。しっかりやろうと手をにぎりあった。出発の時間を待って、武装した兵隊たちはあたりに屯《たむろ》している。顔はわからない。話をしている者もあれば寝ころんでいる者もあり、機関銃や小銃の手入れをしている者もある。軍刀を磨《みが》いている将校も何人かいて、どこかにかすかに詩吟《しぎん》をしている声もきこえた。手のなかにかくして煙草を吸っている兵隊もある。砂を鳴らして伝令が飛び、いくつかの大砲が舟艇《てい》へ積みこまれた。

海へそそいでいる浅いながれの附近に、第三小隊はかたまっていた。錦戸《にしき》少尉《い》をかこんでさっきから雑談《ざつ》をしている。林の奥のニッパ・ハウスからぼうと明りが洩《も》れるのは、部隊長の打ち合わせがなされているのであろう。

「小隊長殿、敵のうしろにまわるといえば、そこにおるのはみんなアメリカ兵ばかりでありましょうな」橋本上等兵である。

「多分、そうじゃろう」

「ありがたい。畜生《ちく》、今度こそは思い知らせてくれる」

「今度は選りごのみをせんでいいわけだな。お前たちは弾丸がどんどん来るなかで、フィリピン兵はそっちのけにして、アメリカ兵の居るという方にばかり寄《よ》って行ったそうじゃないか」

錦戸《にしき》少尉《い》はそういって大声で笑った。

しばらく途切れたが、「うちの中隊長殿と高木軍曹《そう》とは親類《るい》とちがうのかい」という者があった。

「そんなことがあるもんか?」と、島田があわててうち消した。

「ばって、どうもつきあいぶりが、ちょっと普通でないことあるばい」

「そうか」不承不承にだまった。

「ちがう、ちがう」

「小隊長殿、自分の話きいてくれますか」

「入江兵長か」

「はあ」

「なんだね」

「自分の弟のことでありますが。いま、上等兵で中支に居りますが、この間、手紙をくれました」

「元気なんだな」

「はい、元気のようであります。それが不都合な奴でありまして、手紙を見て腹が立ちました」

「どうして」

「どうしてもこうしても、生意気に、兄貴《き》に指図をして来ました。自分はいつでも死ぬる覚悟《かくご》ができておる、弾丸にあたって死ぬときには敵にも味方にもきこえるような大音声で、天皇陛下万歳をとなえるつもりでおる、兄さんも死ぬときにはかならず陛下の万歳をとなえて下さい、なんて」

「立派な弟じゃないか」

「そんなこと、いわれなくたって」

「お前は忘れっぽじゃけん、いわれんにゃ忘れようが」と、だれかが横からいった。どっと笑った。

「小隊長殿」と、またいう者がある。

「誰かね」

「第四分隊の金沢であります」

「うん」

「自分はつまらん人間であります」

「なにをいってるか」

「いいえ、ほんとうであります。いままで、こんなこと、だれにもいうたことありませんでしたが、今夜は妙にしんみりして話しとうなりました。きいて下さい。自分は出征する前は仕方のないならず者でありました。いえ、ほんとです。炭礦《こう》におりましたが、親からも勘当《かん》同様になるし、世間の者はだれも相手になってくれん。世の中の奴はみんな情知らずじゃと、自分のわるいのは棚にあげて考えとりました。そこへ赤紙がまいりまして、兵隊になりました。ところが、出征の日になって停車場に行きますと、町の人がいっぱい旗を持って出とります。鉄道線路に二町も三町も人がつづいとる。それで、ほう、ほかにも出征する者があるわいと思っておりましたら、だれもほかにはありません。自分一人なんです。自分はびっくりいたしました。人からのけものにされていた自分のために、こんなに大勢の人が送ってくれようとは夢《ゆめ》にも思わなかったんであります。自分が不思議そうにしておりますと、親父が、耳元で、お前を送るんじゃない、天子さまの兵隊を送るんじゃ、と申しました。自分は耳ががあんと鳴って、顔がまっ赤になりました。そのときに、はじめて自分が日本人じゃったことに気づきました。自分はこんな馬鹿であります。……小隊長殿、自分は死なねばかえれません。いちばん、きついところへやって下さい」

準備完了《じゅんびりょう》と、渚の舟艇《てい》からどなっている声がきこえた。

「高木軍曹《そう》はどこに行ったか？」錦戸少尉《い》がきいた。

「ここにおります」

剃り終って、顔を洗っていた仲《しん》太郎はふりむいた。

「なんだ、そこにいたのか」と、また笑った。よく笑う小隊長である。

集合の号令がかかった。集まって来た兵隊たちが暗い椰子林のなかにならんだ。砂が鳴り剣が鳴り鉄兜《かぶと》が鳴った。顔は見えなかったが、礼三が来て、「区署《しょ》にしたがって、乗船」と、簡《かん》単《たん》にいった。すでにすべての打ち合せはすんでいた。この期《ご》になって、いうべきことはなにもないのである。小隊長の指揮《き》にしたがい、渚《なぎさ》に出て、あらかじめさだめられた舟艇《てい》へ乗った。各部隊とも乗船をはじめた。おだやかな波がぱちゃりぱちゃりと汀をあらい、星空の下に不気味な暗黒の海がよこたわっている。仲《しん》太郎の舟艇《てい》には、錦戸小隊の半分と、砲兵の一部が乗った。山砲が一門積まれた。舳《へさき》には軽機関銃が据《す》えられた。乗ってからも、しばらく動かず、ゆらゆらと揺られた。小隊長はとなりの舟に乗っているので、この舟艇《てい》の指揮《き》は、仲《しん》太郎がとらねばならない。礼三は四隻《せき》目の大発に乗っているらしい。たえまなく、どろん、どろうんと、遠雷のように、東海岸の方で砲声がしている。やがて、遠くの方で、「出発」の声がきこえた。海岸には、数頭の馬の姿がうごめき、長靴を水にぬらすようにして、七八人、渚《なぎさ》に立っている人たちがあった。暗くて、ひとりひとりの見きわめはつかなかったが、兵団長をはじめ本部の将校たちが見送っているもののようであった。そのなかに、もしや友枝中佐がいるのではあるまいかと、ふと仲《しん》太郎は思った。発動機の音がつぎつぎにおこり、舟は一隻《せき》ずつ海岸をはなれた。一瞬《しゅん》、送る者と送られる者との間に悲壮な空気がながれた。

「始動用意」

操《そう》縦手は右手で操舵《そうだ》転把《は》をにぎっていた。助手が始動紐《ひも》をはずみ車にまいた。「始動」の号令とともに、操《そう》縦手は連動機を絶《た》った。舳手が模合綱《もあいづな》をとると、しずかに、舟は陸をはなれた。しだいに舟艇《てい》は速力を増して、みるみる後方に陸地は遠ざかり、暗黒のなかにつつまれてしまった。ひくい発動機の音をたて、だんだん荒くなる波を切って、隊伍《ご》を組んだ数十隻《せき》の舟艇《てい》は沖へ沖へと出て行くのである。はじめは椰子や、樹木の影ばかりであった左手の陸地のうえに、せりあがるように黒々と突角の多い山の形があらわれて来た。ナチブ山である。やがて、左斜にも鋸《のこぎり》のように凸凹に富んだ山の姿が見えて来た。

「あの山、なんじゃい」島田がきく。

「マリベレス山じゃ」

「あれに、うようよ、敵が居やがるんじゃな」

「大砲が、お前を見ちょるど」と、土屋上等兵がいった。

望まれるバタアン半島は、いちめんにただまっ黒であるが、ことごとく敵兵に満たされていない。

るのである。そのまっただなかに、いま奇襲《きしゅう》を加えようとしているのだ。この大胆《たん》な作戦が全戦局《きょく》を左右するかも知れない。そう思えば、伸《しん》太郎はおもわず銃把《は》をにぎりしめずには居られない。

時川部隊が出発する二日前に神崎部隊が進発していた。ところが、この部隊はどうなったものやら、出たきりまったく消息がなかった。失敗《ばい》したかも知れないという者もあれば、なんともいって来ないのは、うまくいっているのだろうという者もあった。

すべて、暗黒なので、いっそう、星の光がはげしく、いったい、こんなに星が多かったのかと不思議なくらいである。ときどき尾をひいてながれる星がある。バタアン半島の暗黒のなかに、くぐもったような砲声がたえまなくしている。また砲声かと思って聞いていると、ふかい海の底で不気味な海鳴りがしているようである。

「髯《ひげ》を剃りそこのうた」横にいる島田が、しきりに顎鬚《あごひげ》をぼりぼり掻《か》いている。

「班《はん》長殿、酒ですか」うしろにいる西村一等兵が、伸《しん》太郎の腰にくくりつけられている瓢箪《ひょうたん》に触《さわ》りながら訊く。

「うん、椰子酒じゃ」

「花見にゆくみたいですなあ」

「いっぱい、やろか」

「いいえ結構《こう》であります。……敵をやっつけてから、お祝いにいただきます」

そういう話をしていると、艫の方から、「酒があるとな。ありゃ、ひとくち、飲ませんな。咽喉《のど》がかわいて、たまらん」という者があった、転把《は》をにぎっている工兵の伍《ご》長である。瓢箪《ひょうたん》をはずして、わたすと、順おくりにはこばれていって、暗いなかから「ああ、うまい」という声がきこえた。

「長谷川、大丈夫か」伸《しん》太郎はふりむいて声をかけた。

「大丈夫であります」

「お前の頑《がん》固なのにも、あきれたのう」

あきれたのではなかった。出発前にデング熱に冒《おか》されて四十度以上の熱を発していた長谷川一等兵が、まだ恢《かい》復しないのに連《つ》れていってくれといってきかなかった。熱はひいたが、あとを大切にしなければ、デングはかならず再発する。軍医《い》も看護《かんご》兵も後方の野戦病院にはいることをすすめていたのに、どうしても下らない。しまいには、くやしいといって泣きだす始末に、伸《しん》太郎は独断《だん》でつれてゆくことにした。兵隊の気持がよくわかったからである。

果敢《かん》な作戦が決行されるのに、兵力は十分ということはできない。下士官兵の補充《じゅう》を待っているうちに、出発の命令がくだった。自分たちには作戦のことはわからないが全般の戦況になにかの関連があったものであろう。しかし、もはや兵力の多寡《か》などは問題《だい》ではないのである。あるだけの力をふるって、あたえられた任務を遂行すれば足りる。伸《しん》太郎は黒一色に塗《ぬ》りつぶされたマリベレス山を睨《にら》みつけて唇《くちびる》をかたく結んでいた。

「あら、なんじゃい？」島田が頓《とん》狂な声を出した。

「潜《せん》水艦とちがうか？」

海上を浮き沈みしている黒いものを見つめていた兵隊が、「鱶《ふか》じゃが」といった。一匹ではなかった。鱶《ふか》の群は舟艇《てい》隊の間を縫うようにして、見えなくなった。


数時間が経った。やがて、まず不測《そく》の困難が顔前にあらわれた。バタアン半島は火山によって形成されたものであるために、岬が多く、入江が多い。同じような形の岬がいたるところにつき出ていて、目ざすバニヨン岬が、どれなのか、ちょっと見当がたたないのである。そのうえ、潮流は想《そう》像しなかった早さであった。指揮艇《きてい》が困難な目的地点の捜索《そうさく》をしていると、とつぜん、海上に一隻《せき》の敵船があらわれた。しまったと思ったとたん、もう、敵船から舟艇《てい》群にむかって大砲をうちかけて来た。快速水雷艇《てい》らしい。この音がきこえたのか、陸地から、さっと真青な探照灯の光が落ちて来た。二本になり三本になった。光のなかに舟艇《てい》隊は照らしだされた。


陸上からも、砲弾が飛んで来はじめた。こちらからも水雷艇《てい》にむかって機関銃を射った。波のうえに砲弾の落下するしぶきがいくつも立った。それまで隊伍《ご》を組んでいた舟艇《てい》隊はいくらか列がみだれた。がっと音を立てて、一隻《せき》の舟が火を発した。

「動くな、伏《ふ》せておれ」といっておいて、伸《しん》太郎はただ眼をひらいて、指揮艇《きてい》の方に注意していた。探照灯の青い光がなめるようにして、何度も過ぎる。一度は、光が仲《しん》太郎の舟に、しばらくとどまっていた。まっ青に兵隊たちが照らしだされた。いまいましげな、くすぐったそうな妙な顔をして見合った。こちらからは見えないのに、向うからはアメリカ兵が見ておるのだと思うと、いやな気持がした。腹が立った。照らしておいて、大砲の照準《じゅん》をしているにちがいない。はたして、うなりを生じて飛んで来た砲弾が、あたりに数発、水柱を立てた。水をかぶって、びしょ濡《ぬ》れになった。歯《は》を噛《か》んでみても海上ではどうしようもない、沈められた舟から落ちこんだ兵隊が泳いでいるのを、数人、ひきあげた。

隊長艇《てい》のうえで、しきりに白い小旗をふっているのが見える。合図をもって連絡《れんらく》をとり、指揮《き》をしているのだ。仲《しん》太郎は軽い不安をいだきながら、一心に舟艇《てい》のうごきを見ていた。発見されたのは仕方がないとして、陸地に着く前に、海上において混乱《こんらん》におちいることは、望ましくないからだ。相かわらず光はのたくり、砲弾はとんで来る。命中して転顚《てんぷく》する舟もある。仲《しん》太郎は舷《げん》側をつかみ、眼をこらしていた。どの舟からも、ことごとく隊長艇《てい》を注目しているのであろう。

やがて、舟艇《てい》群はくずれていた隊形をととのえて、さらに南下をはじめた。いくらか密《みっ》集した形になった。小旗がうごき、ほかの舟からもこれにこたえたり、逓《てい》伝したりした。光と砲弾とから、いくらか遠ざかった。いつか、水雷艇《てい》も見えなくなったようである。ふりかえると、後方の海上で、なお、燃《も》えている舟があった。油に火がついているとみえて、なかなか消えない。心のなかで、敬礼をした。しかしながら、もはや発見された以上、上陸の困難は覚悟《かくご》しなければならなくなった。すでに、兵隊たちもそのことを知っていた。やがて、指揮艇《きてい》に誘導《ゆうどう》されて、舟艇《てい》群は舵《かじ》を左に転じた。いよいよ陸地にむかって、まっすぐに進みはじめたのである。真正面にマリベレス山があった。星の下に黒々とたちはだかっている。大きなうねりの上を、しぶきを立てて舟艇《てい》はいっせいに敵地に近づいていった。鋸《のこぎり》のようなマリベレス峰のうえに、にょきにょきと椰子の葉が出て来た。さきほどの騒《さわ》ぎにひきかえ、不思議に森閑《かん》としている。水際《ぎわ》にひきつけておいて射つつもりと思われた。仲《しん》太郎は銃に剣をつけるように兵隊たちに命じた。かちかちと鳴り、星の光に剣が光った。殺《さっ》気が舟の中にみなぎった。陸地に、ぼうと一箇所明りがみえたが、すぐに消えた。しばらくして、懐《かい》中電灯かなにかが、ぴかぴかと二三度点滅《めつ》して、また消えた。（合図をしておるな）と仲《しん》太郎は緊《きん》張した。眼を光らし、無意識《しき》に髯《ひげ》のなくなった顎をなでた。

夜目にも、白砂の浜が見《み》えるくらい、陸にちかづいたのに、なおも、敵地は静まりかえっている。舟艇《てい》隊はぞくぞくと海岸にちかづいて、砂浜に乗りあげた。あちこちで、「跳びこめ」のひくい号令がおこる。珊瑚礁《さんごしょう》にひっかかって、舟が動かなくなり、水中に飛びこむ兵隊もあった。腰まで水につかる者もあれば、背《せ》がとどかずに浮いたり泳いだりする者もある。軽装のうえに、救命《きゅう》胴衣をつけているので沈みはしない。はげしい抵抗《ていこう》を予想《よそう》していたので、仲《しん》太郎はやや気抜《ぬ》けがした。

「敵はおらんとかい」黒須《す》も張りあいぬけがしたらしい声をだす。

「いまに出るぞ」

橋本がいい終らぬうちであった。前方の椰子林のなかに火が吹いて、機関銃の音がおこった。上陸した兵隊たちは砂浜に伏《ふ》せた。弾丸が前から左右から、十字になって飛んで来る。応射《しゃ》がはじまる。両方の弾丸がすさまじく交錯《さく》した。まだ、半分しか上陸していない。仲太郎《しん》の舟も遅《おく》れていた。ひっきりなしに、頭上を弾丸がすぎる。舟にあたってかん高い音を立てる。兵隊達は頭を伏《ふ》せていた。仲《しん》太郎は頭をあげて前方を見ていた。操《そう》縦手はまっすぐな姿勢で、平然《ぜん》と転把《は》をにぎっている。おくれていた舟も、つぎつぎに海浜にたどりついた。

仲《しん》太郎の舟も渚《なぎさ》ちかくなったとき、「ああっ」と、後尾でかるい叫び声がおこった。ふりかえると、さっきまで棒立ちになっていた操《そう》縦手の姿がなかった。舟は急にぐっと左にまわろうとした。すぐに、またもとの方向に立ちなおった。暗くてどこをやられたのかわからない。いったん、たおれた操《そう》縦手が、転把《は》にもたれかかるようにして、身をおこしていた。手が使えなくなったのか、転把《は》を口でくわえた。舟はまっすぐに進んだ。まもなく、舟艇《てい》はがががと底に異《い》様な音を立てたと思うと、岩礁《しょう》に乗りあげて止った。全速力をだしていたので、その勢で舳の底を浮かすほど、かたむいた。がらがらと艫に積んであった大砲がしぶきをあげて海に落ちた。

「跳びこめ」仲《しん》太郎はそう叫んでまっさきに水にとびこんだ。背《せ》がとどかなかった。どんと足を海底にぶっつけて浮きあがった。海水をのんだ。すこしゆくと、足がとどいた。

「散らばるな」銃をあげて、そういった。同じように、ぶくぶくと鉄兜《かぶと》を水面にあらわした兵隊たちが、ついて来た。弾丸はしきりにあたりを掠める。じゅぶ、じゅぶと、水面につきささる。水を蹴《け》って走りながら、渚《なぎさ》にあがった。砂に伏《ふ》せた。

「橋本、土屋、黒須《す》、長谷川、島田、西村」と名を呼んだ。みんな返事をしたが、島田の返事がなかった。

「島田」と、もう一度、大きな声で呼んだ。

「島田はやられたんじゃないでしょうか。さかさになって、海に落ちこむのを見ました」と土屋上等兵がいった。

伸《しん》太郎は、他分隊と連絡《れんらく》をとりに走った。錦《にしき》戸少尉《い》はさきにあがっていた。中隊長もいた。海岸にはいちめんに、上陸した部隊が散開し、ますますはげしくなる弾丸のなかで、必死に連《れん》絡《らく》をとり、呼びあった。

何発も、はげしい爆《ばく》発音がおこった。手榴《りゅう》弾の音である。敵の機関銃陣地に肉薄《はく》していった兵隊が、投じたものであろう。叫び声や、うめき声やらが、闇《やみ》のなかにおこった。砂のうえを這うようにして、錦戸少尉《い》が、「第三小隊は、命があるまで、動くな」と、叫びながら駈けぬけた。伸《しん》太郎は、砂に腹ばいになって、前方を睨《にら》んでいた。弾丸があたりをかすめる。鉄兜《かぶと》のふちにあたって、ぐっと首をねじ曲げられた。前に落ちた一発が、砂を顔にかぶせて来て、救《きゅう》命胴衣の綿のなかでとまった。

「班《はん》長殿、射ったら、いかんのでありますか？」

軽機関銃を据《す》えて、横にいる黒須《す》上等兵が、もどかしそうにきく。

「射てというまで、待て」

暗くて、前方にいる敵味方の判《はん》別が、はっきりつかない。第三小隊はすこし遅《おく》れて上陸したので、さきにあがった部隊がいまは前面に出て、交戦している。ここは平坦《たん》な砂浜というわけではなく、土堤があったり崖《がけ》があったりしているらしい。味方はすでに、その土堤や崖《がけ》によじのぼって、敵に突撃している模《も》様である。うしろから射《しゃ》撃すると、戦友を射つ危険《けん》がある、早く自分たちも、突撃したいのに、動くなといいのこしたきり、小隊長はいつまでも帰って来ない。前方の闇《やみ》で火が吹き、機関銃や手榴《りゅう》弾の音が交錯《さく》し、けたたましい喊《かん》声がいりみだれた。

「班《はん》長殿」橋本の声である。右斜《なな》めうしろに伏《ふ》せていた。

「うん」

「島田が、来ました」

「そうか」と、思わず高い声が出た。すでにやられたと思ってあきらめていたからだ。

ごそごそと砂のうえを這いながら島田がにじり寄って来た。

「どうした」

「どうしたもこうしたも、海に落ちこんだもんでな、仕様がなかけん、海の底をぼちぼち、歩いてあがって来たんじゃ。そしたら、みんなが居らんもんじゃけん、うろうろしとったら、部隊本部のところに出てな、副《ふく》官殿から、たいそう、おこられた」

動作が緩慢《かんまん》な島田は、ものいいも緩慢《かんまん》であるが、そのかわり平時でも弾丸のしたでもすこしも変ったことがなかった。目もとを間断《だん》なく弾丸がかすめておるのに、島田はゆっくりゆっくり、そんなことをいって、「びしょ濡《ぬ》れじゃが」と、大きな手で服や救《きゅう》命胴衣をしぼった。背《せ》なかの方に手をやっていて、雑嚢《ざつのう》から、なにか、つまみだして、口のなかに入れた。ぼりぼりと噛《か》んだ。乾麺麭《かんパン》である。「食うことだけは、忘れんのう」と、土屋がいい、橋本が、「お前、いまから、食いよると、あとで困るぞ」と注意した。

きこえていた発動機の音が、すこしずつ減り、だんだん遠くなった。揚《よう》陸任務を終えた舟艇《てい》隊が帰っていくもののようである。ふりかえると、星の下の海に、つぎつぎに舟艇《てい》の影が消えてゆく。ふと、心細さを感じた。しかし、それはただちに勇気とかわった。すでに、いまは進むだけの道がのこされた。伸《しん》太郎は銃をにぎりしめた拳《こぶし》を砂にめりこむようにおさえて突撃の命令を待った。

銃声がすこしずつ緩慢《かんまん》になって来た。敵が退却《きゃく》しはじめたらしい。弾丸も来なくなり、音もしだいに遠ざかった。

腹ばいになっていた兵隊たちは、ごそごそと起きあがった。

「やられた者は居らんか」伸《しん》太郎がそういうと、離《はな》れたところで、「すこしかすりました」という者があった。西村一等兵であった。近づいてみると、かすったどころではなかった。右脚《あし》の大腿部を貫通されていた。伸《しん》太郎は、タオルをだして、股《また》のつけ根をつよく結んでやった。長谷川が看護《かんご》兵を呼びに走った。錦戸《にしき》少尉《い》が来て、各分隊ごとに人員を点検《けん》、ただちに異常《い》の有無を報告」といった。それから、負傷者に気づいて、「誰だね」ときいた。「西村でありま す。大したことはありません」伸《しん》太郎は、そう答えてから、「小隊長殿、ここは、どこでありますか」

「わからん。……パニヨン岬でないことだけはたしかだ。どうも、目的地よりすこし南へ下りすぎたらしい。しかしともかく上陸は成功だ。……みんなも御苦労《ろう》だった」

「すぐに、追撃でありますか?」

「そうはいくまい。不案内の土地じゃし、十分に偵察《ていさつ》してからでないと、猪突《ちょ》は危険《けん》だ。ジャングルは兵をのむ、というからね。それに、逆襲《しゅう》して来んともかぎらん。一中隊で前哨《しょう》を張って、さっき斥候《せっ》が出ていった。……まあ、夜明けを待つんだな」

看護《かんご》兵が来た。西村の袴を鋏《はさみ》で切りやぶり、暗いのに手ぎわよく手当をした。

「高木、お前、小隊の事故を調べておいてくれ。おれは、本部にいる」

錦戸《にしき》少尉《い》が去ると、伸《しん》太郎は、各分隊の位置をまわった。弾丸もまったく来なくなったので、もう兵隊たちはのこのこと、そこらを歩いていた。「無事じゃったか」「生きちょったか」「へなへな弾があたるかい」などと笑いながら、いいあっていた。しかし、全体では、戦死者も負傷者も、かなりある模様《もよう》である。錦戸《にしき》小隊は、一名の戦死、三名の負傷であった。伸《しん》太郎は、橋本に、あとのことをたのんでおいて、部隊本部の位置に行った。浜辺は凹凸《おうとつ》がはげしく、砂のあるところは水打際《ぎわ》だけのようである。暗い、阿檀《あだん》の根らしいものに、いく度もつまずいた。崖《がけ》の下のようなところに時川部隊長はじめ、将校連《れん》中が集まっていた。四五人が天幕《まく》をひろげて、それを頭からかぶり、その下から、ぼうと懐《かい》中電灯のあかりが洩れていた。地図のうえに磁《じ》石が置かれていた。ほそい話し声がした。舌打ちや笑い声もきこえた。そのあたりに腰をおろしていた錦戸《にしき》少尉《い》が、「高木か」ときき、伸《しん》太郎から戦死傷者の報告を受けると、「ちょっとの間でも寝た方がよいから、兵隊に仮睡《すい》してよろしいといえ」といった。復唱して、ひきかえした。どの隊からも、連絡《れんらく》に集まっていた。伸《しん》太郎はうしろで礼三の声をきいた。立ちどまって、ふりかえった。暗くてよくわからなかったが声だけはきこえた。小隊長と話している。さっきは、いなかったように思ったが、天幕《まく》のなかに、はいっていたのかも知れない。

「第三小隊は、戦死一、負傷三です」

「名は?」

「戦死、第四分隊、深竹上等兵、戦傷、第一分隊、西村一等兵、第二分隊、増尾一等兵、第四分隊長、稲葉伍《ご》長」

弟が自分のことを気にしているのだと思いながら、伸《しん》太郎は分隊の位置にかえって来た。

やがて、夜が白みはじめた。

朝になってみると、上陸した地点は、つきでた二つの岬の間にはさまれているような谷であった。浜辺ちかくには、椰子、檳榔樹、阿檀《あだん》などであったが、不規《き》則な丘陵《きゅうりょう》の連《れん》続のはてに、崖《がけ》になっているところからは、榕樹、ラワンブランコ、アペトン、ブリ、ナラなどの巨《きょ》木が密《みっ》集し、灌《かん》木に、葛、蔓がからんでいて、深い密《みつ》林がはじまっている。ここにも、猿《さる》が梢をわたり、小鳥がなき、ときには蜥蜴の声がした。

「あの、ぱっくう、ぱっくう、を聞いたんで、とんと安心した」

と、橋本が笑った。

寝ていて、みんな、蟻《あり》にさされた。

「目ざましはどうじゃい？」

仲《しん》太郎が笑いながら、瓢簞《ひょうたん》をはずすと、「朝酒とは、しゃれちょりますな」と、手をだす者があった、仲《しん》太郎も口からちょっとのんでみた。海水がはいったとみえて、妙な味になっていた。

多くの兵隊が海辺に群り、それぞれつぎの命令を待つ間の準備《じゅんび》をしている。北側の崖《がけ》の下に細いながれがあって、海にそそいでいる。各部隊は、飯盒炊爨をはじめた。穴を掘って、木を燃《も》やした。これから、毎回、炊爨《すいさん》をすることはできなくなるから、いっぱいたいて置くようにとの指示があった。小隊のところに来た錦《にしき》戸少尉《い》は「うまいな、うまいな」といいながら、しきりに煙草を吸った。小隊長は、うまく渚《なぎさ》にのりあげた舟艇《てい》に乗ったのか、どこも濡《ぬ》れていないが、仲太郎《しん》はじめ、兵隊たちはいずれも濡《ぬ》れ鼠《ねずみ》である。陽がのぼって来たが、高い密林《みつ》にさえぎられて、光線にあたることができない。やっと十時ちかくなってから直射《しゃ》日光を受けた。するとかっと灼きつける太陽が、またたく間に兵隊たちの身体《からだ》を乾かしはじめた。この暑さに拍《はく》車をかけるように、密《みつ》林全体が蟬《せみ》の声で鳴りだした。梅干を嚙《かじ》りながら、あつい飯を食った。

「ええ、景色じゃのう」

島田が柄《がら》にないことをいう。あまりたくさん食べてはいけないといわれているのに、大きな図体のために、なかなか加減ができないとみえて、またたく間に飯盒の半分を平げた。大食いというわけではないが、この熱気では残しておいても長持ちしないというのが、理窟《くつ》である。

紺青《こんじょう》な海は、まぶしく光って、つきぬけた青空の下にひろがり、ぎらぎらと白銀にかがやく雲が風にしたがって北へながれる。沖にはまったく船の姿はない。海岸には、前後損傷して動けなくなった舟艇《てい》が一隻《せき》、模合綱《もあいづな》で岩にむすばれて、波に翻弄《ほんろう》されている。渚《なぎさ》に死んで浮きあがって来る魚をひろっている兵隊もある。機関銃でやられたのかも知れない。兵隊たちが動いているなかに、いく組も戦死者を埋葬《そう》しているのが見られた。兵隊がお経をよんでいるところもある。それらのうえにいずれも簡単《かんたん》な墓標《ひょう》が立てられた。雑木を伐って来て、一箇所皮をはぎ、鉛《えん》筆か万年筆かで名前が書かれた。第三小隊も深竹上等兵の遺《い》骸《がい》を葬《ほうむ》った。墓標《ひょう》は十個ほど立っていた。負傷者も二十名を下らぬらしい。

仲太郎《しん》は、一つ一つ、墓標《ひょう》に敬礼して歩いた。そうして、つぎに来るべき戦闘《とう》のはげしさを思って、心をひきしめた。いまは、上陸に成功しただけである。追撃にうつるにしろ、逆襲《しゅう》を受けるにしろ、現在の時間は死闘《とう》の前の一瞬《しゅん》の静けさにすぎない。そういうことがわかっていた。

思い思いの姿勢で浜辺にいると、錦戸《にしき》少尉《い》と背《せ》のたかい山砲の将校とがやって来た。髯《ひげ》のなかに顔のあるような巨漢《きょかん》であるが、糸のように眼が細く、笑うと子供のような顔になる。

「島田は居らんか」と小隊長はいった。島田は横になって、大きな鼾《いびき》をかいて眠っていた。土屋がおこして、「ほりゃ、なにをしたか知らんが、お前をおこりに来たぞ」といった。

八角金盤《やっで》のような手で、眼をこすりこすり、島田がむっくりと起きあがった。敬礼をした。

「島田、山砲隊長がたずねていなさる。お前じゃなかったのか、昨夜、大砲を持ってあがったのは?」

「は?」島田はぽかんとしたが、どぎまぎしながら「相すみません」と、ぺこんと頭を下げた。

「すまんことはない。礼を述べに来られた」

兵隊たちは、なにごとかと眼をみはった。島田がなにも話さなかったからである。やがて、事情がわかった。前夜、岩礁《しょう》にのりあげた舟艇《てい》から、大砲が海に落ちた。これを見た島田は、大事《おおごと》をしたと思ったとたん、自分も海に落ちこんだ。強力な島田は海底で大砲をひっかつぐと、必死に渚《なぎさ》にひきあげて来た。あまり大きくない砲であったので、どうやら手に負えた。そのまま、ほったらかして来たのであるが、海に落ちたものと思っていた山砲が陸にあるので、砲兵隊では不思議がり、あげた者をさがしていたのである。錦戸《にしき》はそれをきいて、島田が、おくれて、一人で濡《ぬ》れ鼠《ねずみ》であがって来たと聞いていたので、見当をつけたのである。砲兵隊長から、礼をいわれて、てれくさそうに、もじもじと頭をかく島田一等兵を、仲太郎《しん》はおさえがたい微《び》笑をもって眺めた。島田は自分の銃を失ってはいないのである。

本部の位置では、前夜来、無電機が操《そう》作されていたが、うまくいかない様子であった。きいきいと櫓《ろ》の音のような軋み声を発しはするが、まったく通じないらしい。通信班《はん》の兵隊は、いらだたしそうであるけれども、上陸の際《さい》に故障《しょう》をおこしたとみえる。時川部隊長はソロモンの戦闘《とう》司令所へ上陸成功の連絡《れんらく》をし、戦闘《とう》の状況《じょう》を打電するつもりなのである。どうしても通じない。兵隊たちは熱心に無電機の修理をしたり、また、打電をこころみたりした。

橋本上等兵が前哨《しょう》の方からかえってきて「ああ、胸がせいせいした」と、なにか大げさな身ぶりで深呼吸をした。

「なんごとかい」と黒須《す》がきくと、馬面をいっそう長く引きのばすように、撫でまわしながら、

「あそこに、アメリカの兵隊がたくさん死んでいやがった。掩蓋《えんがい》のある機関銃陣地があってな、まるで桶の箍《たが》みたいに、何重にも鉄条網を張りめぐらしとったがな、みんなだらしのう、ひっくりかえっちょる。ひとり捕虜《ほりょ》がいやがってな、赤鬼みたよないやらしい顔しやがって、へらへらと笑いながら、日本軍は強いなんて、お追従《ついしょう》いやがる。そのあとでは、煙草くれの水のま

にや、アメリカ兵が居る?」と、のこのこ、見に出かける者もあった。
せろのと、贅沢《ぜい》ばかりいうとる。班長《はん》じゃないが、馬鹿たれ、と、どなりつけてやった」「な

時間が経った。出ていた斥候《せっこう》もかえって来て、攻撃前進準備《じゅんび》がなされた。兵隊たちは草や木の枝を切って来て、身体中につけた。鉄兜《かぶと》の偽装網《ぎ》にサンボン草をさした。部署《しょ》がきめられた。昼をすこし過ぎていた。ふたたび、斥候《せっこう》が出された。尖兵《せん》が密林《みつ》の崖《がけ》を攀じて進んだ。ところが、いくらも進まぬうちに、前方において、はげしい銃声がおこった。つづいて、砲声がおこった。すさまじい音を立てて、巨木《きょ》の梢をうちくだいた砲弾が頭上を越えて、はるかの海上に水煙をあげた。何発か海に落ちたが、弾着は這いよるように近づいて来た。遠く森の奥からエンジンの音がきこえて来た。戦車のように思われた。

敵が逆襲《しゅう》に転じて来たことは明らかである。前方は高くなっているので、地形がよくわからず、ただ深い密林《みつ》のように思われていたが、戦車やトラックの音がしきりにするところを見ると道路があるのかも知れない。そう気づくと、伸《しん》太郎の頭に、この崖《がけ》下の平坦《たん》地に長くいることは危険《けん》であるということが閃《ひらめ》いた。尖《せん》兵はすでに敵と衝《しょう》突したのか、密《みつ》林のなかで、はげしい銃声や、砲声、爆《ばく》発音、喊《かん》声が入りみだれて起こった。

錦戸少尉《い》が抜《ばっ》刀して、「俺について来い」と、叫びながら、右に走った。阿檀《あだん》の林に添《そ》って、第三小隊は、右に迂《う》廻した。ぱりぱりと、樹木が機関銃弾でうち折《お》られる。腰を落し、銃をに

ぎりしめて走った。崖《がけ》の根にくっつくようにして、二百メートルほど行った。姿は見えないが、戦車の音が、すぐ頭のうえでしている。そこを行きすぎたが、小隊長が無言でさきに立って行くので、兵隊たちもなんにもいわずにあとにつづいた。

錦《にしき》戸少尉《い》が止った。膝《ひざ》をついた。みんな、そうした。分隊長だけがそばに集まっていた。錦《にしき》戸少尉《い》は血走った顔で、にやりと笑って、

「いいか、このあたりから、敵の横を衝《つ》くからな。……高木は、兵二名をつれて、ちょっと、様子をさぐって来い」

「はい、兵二名をつれて、敵情と地形を偵察《ていさつ》して来ます」

「うん、気をつけてゆけ」

伸《しん》太郎は、土屋上等兵と長谷川一等兵について来るようにいい、三人で崖《がけ》を攀じた。背《せ》たけくらいあるサンボン草が斜《しゃ》面に密《みつ》生していて、点々と白い花が咲いていた。雑《ざつ》草の花としては高雅《が》な形と色をしているが、匂《にお》いはなかった。伸《しん》太郎は緊《きん》張していながらこの花はちっとも匂《にお》わない、などとも思ったりして、先頭に急な崖《がけ》をのぼった。一寸ほどの刺のある竹や、ナラ、アペトンなどの大樹のひねくれた根が、いくつも斜《しゃ》面に出ていて、梯子のかわりになった。エンジンの音が近いので、十分注意しながら、崖《がけ》の上端まで出て、サンボン草の間から、そっと頭をだした。いきなり、眼の前に戦車があらわれた。三メートルもはなれていない。あまり近かったので、伸《しん》太郎もさすがにどきっとした。あたりにはまっ黄色な埃《ほこり》が立ちこめている。バ

タアン半島は火山で形成されたものであるから、道路はどこでも灰であって、道の底をなかなか踏《ふ》むことができない。その埃のなかに二台《だい》の戦車の姿があった。止っていて、反対の方向に機関銃をさかんに発射《しゃ》している。密林《みつ》のなかで、なにかがやがやいっている声、号令をかけているような声がきこえる。英語である。もっと後方にトラックではこばれて来た敵兵が、前線へ増援《えん》されて来つつあるものと思われる。密林《みつ》のなかに部隊が密《みつ》集しているらしい。前から陣地もあったらしく、鉄条網らしいものも認められた。

すこし場所を移動して、ほぼ、地形も、敵情もわかった。そうして、いま、敵の隊形の整わぬうちに攻撃することが適《てき》当であると判断《はんだん》した。敵の盲砲弾が頭上をうなって過ぎる。

報告にかえろうとして、崖《がけ》を下りかけたとき、とつぜん、弾丸がサンボン草の葉を鳴らして、身辺に落ちて来た。どこか横の方の敵に発見されたらしい。足音がきこえて、頭上に数名の敵兵があらわれた。サンボン草のなかに伏《ふ》せたが、手榴弾《りゅう》があたりで炸裂《さくれつ》しはじめた。

「土屋、報告にかえれ。さっき、いうたとおり、小隊長に伝えれ」

土屋が心をのこしながら、ひきかえすのを見とどけてから、伸《しん》太郎は銃剣をにぎりしめて、また崖《がけ》を攀じた。長谷川もつづいた。崖《がけ》の上から手榴《りゅう》弾を投げている一人のアメリカ兵を下から突き刺《さ》した。

長谷川《はせ》も一人を突いた。どたんと、鈍《にぶ》い音をたてて倒れた。狼狽《ろうばい》した残りの敵兵は、なにか叫びながら逃げだした。密《みつ》林のなかに駈けこんで、見えなくなった。彼らの報告によって、敵が大挙《きょ》して来ることはわかっていた。

仲《しん》太郎と長谷《はせ》川とは地に伏《ふ》せた。呼吸のきれたアメリカ兵が、すぐそばに、両手をあげて、あおむけに引っくりかえっている。まっ赤な顔にうすぎたない毛がいちめんに生え、曲った鼻の大きな鼻孔《びこう》が二つ、阿呆《あ》のようにひらいていた。半袖《そで》の服からむきだしの右の二の腕に、女の顔の刺青《いれずみ》がほどこしてあった。

「班《はん》長殿、来ますばい」

機関銃弾が前からも、横からも、とんで来だした。すこし離《はな》れたところにいる戦車からも射ちだした。密《みつ》林のなかに敵の姿がちらちら見えて来た。こっちからも、小銃を射った。もう、小隊が登って来る筈《はず》だと待ったが、なかなかやって来ない。土屋が途中でやられたのではないかと、気づかわれた。

横にいた長谷川が「うう」というような声をだしたと思うと、海老のように身体を曲げた。どこをやられたかわからなかった。弾丸はいよいよはげしくなって来たので仲《しん》太郎は長谷川をひっかつぐと、敵戦車にむかって走った。死角を利用して、戦車に近づいた。その横にへばりついた。戦車が楯《たて》になった。密《みつ》林からの敵弾が追うように来たが、数発、戦車にあたってから、とまった。戦車からは、機関銃をうちかけて来たが、手元にとびこまれたので、射つことができなくなった。乗っている敵兵はおどろいたらしく、急に運転をはじめた。無限軌《き》道がまわりはじめた。戦車が動くにつれて、仲《しん》太郎もいっしょに移動した。「長谷川、しっかりせえ」背《せ》なかの部下に何度も同じ言葉をかけた。そのたびに長谷川は、「はい、大丈夫であります」といったが、その声もだんだん弱くなって来るようであった。伸太郎《しん》は唇《くちびる》を嚙《か》んだ。

戦車はあわてふためくように、走った。爆薬《ばく》でも装置されるのを恐れたものであろう。伸太《しん》郎も戦車の動くままに動いた。

「長谷川、大丈夫か」

「はい」

それまで、右手に持っていた銃をばったり落した。伸太郎《しん》はその銃をひろった。身体中は汗で濡《ぬ》れ、埃をかぶって黄色くなった。疲れて来て、さすがに呼吸が切れた。咽喉《のど》がかわいて、口のなかはざらざらした。戦車がなにかに引っかかって動かなくなるちょっとの隙《すき》を見て、瓢《ひょう》簞《たん》の塩《しお》からい酒を吸った。どこかにぶっつけて割ったとみえて、ほとんどこぼれていた。咽喉《のど》や胃《い》壁に、じいんとしみた。

各所で、戦闘《とう》がおこなわれているとみえる。密《みっ》林のなかに、間断《だん》なく、銃声が谺した。爆《ばく》音がきこえて来た。敵機である。二機来た。ぐるぐると、まわった。すさまじい炸裂《さくれつ》音が海岸の方でおこった。爆《ばく》弾を落したのであろう。

みだれた足音がおこって、敵兵があらわれた。英語や土語の言葉が聞えた。戦車のかげで、伸《しん》太郎は敵の動きを気をつけていた。いったい、小隊はどうしたんだろうと思っていると、思いがけぬ左横の方から、十数名の敵兵が埃を蹴《け》ったてて、自分にむかって駈けよって来るのを見た。

負傷者を背負《せ お》っていて、戦闘《とう》力がないと見くびったものであろう。なにか叫びながら近づいて来た。走りながら拳銃《けん》を射つ者がある。仲太郎《しん》は道のはずれまで来て、サンボン草の繁《しげ》みのなかに飛びこんだ。急な崖《がけ》となっていて、ずるずると辷《すべ》り落ちた。ぷんと強い煙硝《しょう》のにおいが鼻をついた。ま新しい砲弾孔《こう》のようである。長谷川一等兵を降して寝かせた。

「班《はん》長殿、すみません」思いのほか元気な声で、長谷川はいった。細面の顔はまっ赤に脹《は》れたようになり、汗で濡《ぬ》れて光っていた。苦しそうに肩で息をした。左手で腹を押えている。仲太《しん》郎がその手をはずさせようとしたが、どうしても離《はな》そうとしない。奇《き》妙に柔和な顔になっていて、どこか放心したようなところもあった。(駄《だ》目かも知れぬ)と仲《しん》太郎は暗然《ぜん》としたが、「大したことないぞ。元気出せよ」といった。

「班《はん》長殿、御心配ばかりおかけして、……」

「なにをいうとるか。……眠ったらいかんぞ」

眼をうすめて、眠りこみそうにするのを見て、仲《しん》太郎ははげしく揺りうごかした。

頭上がにわかに騒《さわ》がしくなった。さっきの敵兵が追いかけて来たならば、一人で戦うつもりであったのに、その気配はなかった。後と部下との両方に気をとられていると、頭上で、入りみだれる足音、叫び声、銃声がけたたましく起こった。何度も「突っこめ」という号令がきこえた。「くそう」「この野郎」などという声のなかに「一人も逃がすな」という聞き馴《な》れた声が聞きとれた。橋本の声である。あきらかに小隊が突撃にうつったのだ。伸《しん》太郎はきらりと眼を光らせて、立ちあがった。

「長谷川、待っとるんじゃぞ。けっして、寝たらいかん。すぐ、帰って来る」

銃をにぎりしめて駈けだしながら、そう叫び叫び、サンボン草をかきわけて崖《がけ》を攀じた。のぼりきると、道のうえに小隊が散開していた。橋本、黒須《す》、島田の姿を見て、弾丸のなかを一散に走った。黒須《す》は床尾鈑を肩に吸いつけて、軽機関銃を射っていた。三人は分隊長を見て、うれしげな顔をした。やられたものと思っていたのかも知れない。伸《しん》太郎も微《び》笑をかえした。見まわしたが、土屋の姿はなかった。抜刀して、錦戸少尉《い》が、ずっと道はずれの凹地に伏《ふ》せていた。逃げだした敵は、密《みつ》林の陣地に拠《よ》って、機関銃を射って来る。

「突っこめえ」

小隊長が、軍刀をふるって躍《おど》りだした。すぐに伸《しん》太郎も、そのあとにつづいた。銃を鷲掴《わしづか》みにした島田が大股《また》で、たったっと敵陣へ飛びこんでゆく、各分隊とも、突進した。そのまま停止せず、密《みつ》林のなかに飛びこんだ。はげしい白兵戦になった。眼前にきらきらと剣がひらめく。眼や口や鼻やが入りみだれ、身体があちこちに、はげしく、ぶっつかる。歯《は》を噛《か》んで、伸《しん》太郎は何人かの敵兵を突きたおした。どこか、ちかっとした。なぐられたような感じがした。うめき声や叫び声が交錯《さく》し、顔や身体に、まっ赤なものが降りかかって来た。逃げだそうとする敵兵を兵隊たちが追いかけて行っては後から刺《さ》した。坐《すわ》りこんで拝むのや、両手をあげて歪んだ

顔で、へらへらと笑うのがあった。はげしい爆《ばく》発音が各所でおこった。密林《みつ》の奥に密《みっ》集してい
たらしい部隊も退却《きゃく》したらしく、掩蓋《えんがい》銃座のある陣地を奪《うば》ったときには、あたりに敵の姿は見
えなかった。多くの敵の死体が残され、無数の薬莢が散乱《らん》して、一帯はむせるような硝煙のに
おいで満たされていた。

兵隊たちは顔を見あわせて、ほっとした面持であった。みんな血と汗と埃によごれている。
何人かは倒れ、傷ついたようである。看護《かんご》兵や戦友がそれぞれ手当をしてやった。一つの陣地
をとったとはいえ、戦闘《とう》はこれからなのだ。ここは敵のまっただなかで、周囲は敵ばかりであ
る。しかも、味方は損害を補充《じゅう》することはできないが、敵はいくらでも新手をくりだして来る
であろう。そういうことは、兵隊たちも知っていた。しかしながら、だれもそれを恐れている
のではなかった。いよいよ覚悟《かくご》をふかくしたにすぎない。どんな困難な事態《たい》に遭遇《そうぐう》しても、兵
隊の攻撃精神と必勝の信念とはいささかも揺がないのである。（一人になっても、敵をやっつ
けてみせる）伸《しん》太郎も心の底にはげしい闘《とう》志をいだいていた。

逆襲《しゅう》にそなえて、前方の警戒《けいかい》がなされた。錦戸《にしき》少尉《い》は各分隊の間を歩いて「御苦労《ろう》、御苦
労《ろう》」といいながら、戦死者や負傷者を見まわった。中隊本部へ連絡《れんらく》のため、伝令として松本伍《ご》
長が出された。伸《しん》太郎は小隊長の諒《りょう》解を得て、島田をつれ長谷川を迎えに引きかえした。サン
ボン草の繁《しげ》みをわけて行きながら「土屋はどうした？」

「やられた」

「どこで」

「お前が斥候《せっ》に出て、報告にかえしたろう、その途中で、やられたらしい。腹を射たれてな、それでも、這うてかえって、役目はちゃんと果した」

「駄《だ》目なのか」

「さあな。……看護《かんご》兵が、傷は浅いぞ、というたら、なにが浅いか、気休めをいうな、腸《ちょう》が出とるばい、なんていいよった。そういうて、笑いよった。あの元気なら、助かるかも知れん」

「いまどこにおる」

「部隊本部の繃《ほう》帯所に下げるとか、いいよったがな」

砲弾孔《こう》のところに来ると、長谷川は海老のように背《せ》を曲げて、横になっていた。やっぱり駄《だ》目であったかと、息がつまった。

「こらあ、長谷川」

耳に口をよせて、島田がどなると、長谷川がぽっかりと眼をひらいた。こびりついたような睫毛がひっつかって、眼をしぱしぱさせた。涙のあとらしく頰《ほお》に白い粉の条《すじ》があった。灼けつく太陽の光線に直射《しゃ》されて塩《しお》をふいたものであろう。長谷川はすまなそうに、弱々しい微《び》笑をうかべて銃を杖にして起きあがった。相かわらず、左手で横腹をおさえている。前盒《ごう》の革がちぎれ、かすかに血がにじんでいる。

「おれが本部の繃《ほう》帯所へつれて行って来る」

島田は、長谷川を負うと、サンボン草をわけて斜面《しゃ》をくだった。崖《がけ》の下道に添《そ》って、見えなくなった。椰子《や》の葉のまじった密林《みつ》の間から真青な海が望まれた。空はつつぬけの紺碧《こんぺき》で、ぎらぎらと眼にいたい白雲が動かない。首までサンボン草の繁《しげ》みに立って、伸太郎《しん》はしばらくぼんやりと放心したように立っていた。かすかな風が、草むらを騒《さわ》がせている。無意識《しき》に白い花をちぎっては、鼻に持っていった。匂《にお》いがないと思っていたが、鼻にくっつけるようにすると、甘《あま》ずっぱい香りがあった。思わず口に入れて噛《か》んだ。にがかった。背後《はい》にすさまじい轟音《ごう》のおこるのをきいて、われにかえった。それまで各方面でも戦闘《とう》がつづけられていたが、やがて、どこも静かになって来たようである。ときどき、思いだしたように砲声がしたり、流弾がとんで来たりするにすぎない。(礼三はどうしたかな)と思いながら、ふたたびサンボン草をかきわけ、小隊の位置へかえった。

おかしなことがおこった。敵を追って、陣地をとったあとに、三台《だい》の戦車が放置されてあった。一台《だい》は、携帯《けい》地雷で爆破《ばく》されて、崖《がけ》の下に顛覆《てん》し、一台《だい》は密林《みつ》のなかに擱坐《かくざ》していたが、掩蓋《えんがい》がひらいているのは、すでに乗っていた敵兵がみんな逃げだしたものらしい。その戦車には、米比軍のマークに、2799という番号があった。先刻長谷川を負って、楯《たて》にした戦車である。あと一台《だい》がこれも密林《みつ》の砲弾孔《こう》のなかに、坐《すわ》りこんだまま動かなくなっていた。これもすでに放棄《き》されたものとみんな思っていた。ところが、その附近にいた第三分隊長の斎藤《さい》兵長が、「どうも、こんなかに、誰か、まだ入っとるらしいぞ」といいだした。なにか音がしたというのである。錦戸少尉《にしきい》は木の株に腰を下して、好きな煙草をおいしそうにのんでいたが、立ちあがって戦車のところに来た。兵隊たちも集まって来た。こんこんと鉄板を外からたたいた。眼になっている孔に口をつけて、なにか大声で英語でどなった。

小隊長は鉄板に耳をくっつけていたが、「いるぞ、いるぞ、亀《かめ》の子みたいな奴らじゃな」と大口をあけ、身体中をゆすって笑った。やがて、掩蓋《えんがい》が、内から押しあげられて、アメリカ兵があらわれた。鉄兜《かぶと》を阿弥陀《あだ》にかぶり、汗と埃で黄色にぬれて、青い眼をおどおどさせている。巨漢《きよかん》である。両手をあげた。一人ではなく四人、なかから出て来た。手をあげて、ならんだ。いずれもぐったりとなっていて、立っているのもやっとのように、腰がふらついていた。二人の毛むくじゃらの腕には十字架《か》と船との刺青《いれずみ》がある。英語のできる錦戸少尉《にしきい》は、凹地に、一人ずつ呼んでいろいろなことを訊いた。かれらは命を助けてくれるかとさきに聞いてから質問にこたえた。伸《しん》太郎もむかし商業学校ですこし英語を習っただけではあったが、話の内容はほぼ諒解《りよう》することができた。あたえられた煙草をのみながら、卑《ひ》屈な態《たい》度で、のうのうと味方の秘密《ひみつ》をしゃべるアメリカ兵に、おさえきれぬ侮蔑《ぶべつ》と、いきどおりを伸《しん》太郎は感じた。こういう者の弾丸のために、多くの戦友がやられることが、腹立たしく情ないのである。日本の兵隊の立派《ば》さをつくづく思わずには居られない。アメリカ兵は質問の途中で、何度も、「話せば生命は助けてもらえるだろうか」と、錦戸少尉《にしきい》の顔を下から仰ぐようにして念を押した。

足音がして、松本伍《ご》長がかえって来た。

「小隊長殿、中隊長殿がお見えになられました」

錦戸《にしき》少尉《い》はふりかえって、敬礼した。伸《しん》太郎もいっしょに捧銃をして、礼三と微《び》笑をかわした。

礼三は右手首に繃《ほう》帯をしていた。「第三小隊も、だいたい、成功で、御苦労《ろう》。各中隊とも、おおむね順調で、まず、所期《き》の目的を達した。心配していた各隊の連絡《れんらく》もとれた。時川部隊長殿も、大いに元気だ。そうして、爾《じ》後の作戦を準備《じゅんび》しておる」

それから、戦闘《とう》の状況《じょう》、損害の有無、戦果、などをこまごまと話したあとで、中隊長はなにか考えるように、ちょっと下唇《くちびる》を噛《か》んでから、すらりと軍刀を抜《ぬ》いた。刃こぼれのしている青い刀身をながめながら、「この刀にも、存分にものいわせたよ。これは、親父が餞《せん》別にくれた伝家の宝刀でね。助広なんだよ。親父は日露の勇士で、やっぱり、これを持って行ったらしい。……まだまだ、これからだが、……」

弟が自分にいっているのであろうと思って伸《しん》太郎はきいた。「たしかにこれからです」と、錦《にしき》戸少尉《い》は捕虜《ほりよ》を指さしながら「いままで、こいつらの話をきいていたんですがね、……この三番目のが曹《そう》長でして、よくいろんなことを知っていました。それによりますと、バタアン半島にいる余剰《じょう》兵力はことごとく、この岬へ集中せよ、という命令が出ているそうです」

「ほう」礼三は刀をおさめた。

「この岬は、マササという名だそうです」

「それは、こちらでもわかった」

「バニヨン岬から、五キロほど南になるらしいんです。この岬に、日本軍が上ったんで、敵のやつ、ひどくおどろいたらしいですな。その前に、神崎部隊が先発して、これもどこかに上っているんです。しかし神崎部隊のことは、いったいどこから上ったものやらどうなったものやら、自分たちは知らんと、四人ともいっています。知らん筈《はず》はないと思うんですが……ともかく、わが部隊が背後《はい》をついたというので、敵の司令官が、もういかんと思ったらしいんですな。コレヒドールに居るマッカーサーが、ルーズベルトに電報を打ったというんです。『真珠湾《じゆわん》以後、第二回目の暗黒の時機たる』まあ、そういう電文だそうです。なかなか巧妙な詩《し》的表現ではありませんか」錦戸《にしき》少尉《い》は腹をゆすぶって笑って、「結局《きよく》、降伏《ふく》しようかという相談なんですね。それで、もっとおどろいたのは、直接《せつ》、この西海岸方面を守っている将軍なんですね。これは、わが部隊の上陸の報を受けると、すぐに降伏《ふく》を決心した。正面からの日本軍さえ支えかねていたのに、後から来られたんでは、もう到底《とう》いかんと思ったのでしょう。降伏《ふく》説に、大部分の幕僚《ばくりよう》も賛《さん》成した。ところが、なかに頑《がん》固で虫のよい参謀《ぼう》が居ったとみえまして、まだ降伏《ふく》は早い、もういっぺん反撃をやってみよう、それで駄《だ》目だったら、降伏《ふく》すればよい、それからでも、遅《おそ》くない、……そんなことをいいだしたので、いったん降伏《ふく》にきまった軍議が反撃に変更されたそうです。それにはわが上陸部隊の兵力が、さいしょに考えたよりも少いということも、わかったようですな。……この捕虜《ほりよ》たちの白状《じよう》したことなんですが、まず、そんなことかも知れません。こいつらは、不平をさかんにいってるのです、アメリカ軍の幕僚連中《ばくりょうれんちゅう》は自分たちに危険《けん》がちっともないもんだからそんな勝手なことをきめた、はじめの通り降伏《ふく》しとけば、自分たちもこんな目にあわずにすんだというんですよ」

自分たちのことを話していると気づいたと見えて、アメリカ兵は礼三にしきりに追従笑いをした。さっき、礼三が軍刀をひきぬいたときには胆《きも》をつぶしたのである。

「まあ、こいつらのことはともかくとして、全軍に反撃命令が出たことは、まちがいないらしいです。いったい、どのくらいの兵力がやって来るのか、それは正確にはわかりかねるんですが、陸兵も海兵も全部というそうですから、まあ、雲霞《か》のごとく、押しよせて来ると思わねばなりませんな」錦戸《にしき》少尉《い》は、雲霞《か》のごとく、という言葉をわざと大きな声でおどけていった。

それから笑ったが、その顔には、きびしい決意のいろが掩《おお》いがたくあらわれていた。

「そうか。ありがとう。……すぐに部隊長殿に伝える」

礼三は、つれて来た中隊の准尉《じゅんい》と一しょに凹地を出た。

「中隊長殿」と伸《しん》太郎は呼びかけた。礼三は立ちどまった。

「いっぱい、いかがでありますか」伸《しん》太郎は腰の瓢簞《ひょうたん》をとった。微《び》笑をふくんでさしだした。別盃《ばい》のつもりであった。

「ありがとう」礼三はうけとって、瓢簞《ひょうたん》に口をつけた。ほとんど入っていないのである。

つぎの命令を待てということであったので、錦戸《にしき》小隊は密《みつ》林のなかの凹地に待機した。敵は退却《きやく》して姿を消したが、遠くから間断《だん》なくエンジンの音がひびいて来るのは、トラックで兵力が輸《ゆ》送されて来ているのであろう。戦車も到《とう》着しているのかも知れない。兵隊たちは草のうえに寝たり、軽機や小銃の手入れをしたりしていた。第三小隊は最右翼《よく》なので、右側に歩哨《しよう》を出して警戒《けいかい》した。

「もう、ひと頑《がん》ばりだね」

ほまれをすいながら、榕樹の根に腰をおろした小隊長は、かたわらの伸《しん》太郎に話しかけた。腹の底まで吸いこむようにしては、いちいち、ふうと煙をはきだし、口をへの字に曲げる。おいしそうである。

「はあ」伸《しん》太郎は、さっきからしきりに、瓢簞《ひようたん》の修繕《ぜん》をしていた。われ目に榕樹の髭《ひげ》をむしってつめこみ、その上をサンボン草の葉でつつみ、落ちていた針金でぐるぐる巻いた。こわれても仕方はなかったが、どうしてもすててしまうことはできなかった。曲りなりにつくろいが終ると、葛《かつら》を切って、口にさしておいた。細い口なので、栓《せん》のようになった。水をためるのである。

「何時ごろかなあ」

小隊長のつぶやくのをきいて、伸《しん》太郎は、雑嚢《ざつのう》のなかにしまっておいた懐《かい》中時計を出してみた。どこかにぶっつけたとみえて、硝子は割れ、長針もとんでいた。短針だけが4のところをさして、ぽつんとのこっている。小隊長の腕時計もこわれたらしい。繁《しげ》った梢越しに、かっと強い太陽がさしかけて来る。中天からいくらか下っている。ずいぶん長い戦闘《とう》のように思ったが、大した時間は経っていないようである。

島田がぼりぼりと乾麺麭《かんパン》をかじりながら、かえって来た。

「どうした」待っていた仲《しん》太郎はすぐにきいた。

「うん、長谷川を繃《ほう》帯所においてきた。腰を射たれとったが、生命に別条はないらしい。西村も居ってな、つれて行ってくれというて、きかんので、往生した。軍医殿《い》からおこられよった。あの元気なら、よかろ」

「土屋は」

「ううん」と、島田は、どぎまぎして、「それがな、どうもな、駄目《だ》かも知れん」

「そうか」と仲《しん》太郎は、唇《くちびる》を噛《か》んだ。

島田は、大きな図体を投げだして、ひっくりかえり、ひとり言のように、「なんでもな、左側の方は、こっちとは違うて、よっぽど、はげしかった風でな、第三中隊長殿も戦死されるし、ほかにも、小隊長でやられた人もあったちゅうことじゃ。兵隊もだいぶん、戦死やら怪《け》我やら、しちょる。……むこうで、戦死者はみんな埋めて、墓をつくりよった。木を切って来てな、皮をちょっとむいて、鉛《えん》筆か、万年筆で、名を書いてやってな……」

話していると、銃声がしたので、ふりむいた。さっきのアメリカ兵の捕虜《ほりよ》が一人、隙《すき》をうかがって逃げだしたのである。兵隊がうしろから射つと、あおむけにのけぞって、崖《がけ》から落ちていった。鉄兜《かぶと》といっしょに、小さい白い玉のようなものが飛ぶのが見えた。銃を下げて近づいた兵隊が、それを持って、「骰子《さいころ》じゃが」とあきれた顔をした。

鳥や蟬《せみ》の声をきいているうちに伸《しん》太郎も睡気をもよおして来た。あおむくと、高い樹木の梢に霧しぶきのように、きらきらと水蒸気が散っていて、かすかに、虹の七色があらわれたり消えたりしていた。おさえがたい微笑《びしょう》がわいた。蟬《せみ》が小便をしているのである。幹には黒豆をくっつけたように、まっ黒に蟬《せみ》がとまっていた。うつらうつらしていると、妙な夢《ゆめ》を見た。なんにもないところに間断《だん》なく雪が降っていて、そのまっ白ななかに古ぼけた紺《こん》暖簾《れん》が一枚、ひらひらとはためいている。それにははっきりと白く染めぬかれた「高木屋」の三字が読まれた。暖簾《れん》は、はげしく揺れたり、しずかになったりはするが、いつまで経っても同じ動作をつづけているばかりで、だれもその暖簾《れん》をくぐっては出て来ない。伸《しん》太郎は眠っているのに、おかしな夢《ゆめ》だなと思ったりしていたが、なにかで胸が圧《あつ》せられるような気持がした。

どれくらい経ったか、すさまじい騒《そう》音で眼がさめた。どこに落ちたのかわからなかったが、砲弾のようであった。つづいて、ぽんぽんぽんぽんと、にぶい発射《しゃ》音が遠くでした。「ドラム罐《かん》が来るぞ」と、黒須《す》がいった。うなりを生じて来た砲弾が、あまり遠くない林のなかに落ちて、ぐあんと森中が鳴りひびいた。兵隊たちは凹《おう》地にはいった。円匙《び》や十字鍬で、穴を掘った。砲弾ははげしくなって来た。四発連《れん》続音がいくつも重なった。敵は前線から兵隊を退いておいて、得意の砲撃をはじめたものであろう。間近で炸裂《さくれつ》する砲弾の砂煙をかぶった。根をうちくだかれて、たおれて来る巨木《きよ》もあった。数匹の猿《さる》が梢をわたりはじめ、真紅の小鳥が森のなかを飛びすぎた。

味方からも、大砲を射ちだした。

「お前が拾いあげて来た大砲が、鳴りよら」と、橋本が島田を見て笑った。島田はてれくさそうに頭をかいた。まだ乾麵麭をかじっていた。

彼方のサンボン草をわけて、一人の将校があらわれた。そのあとから機関銃を持った多くの兵隊がつづいていた。

「錦《にしき》戸」と、その少尉《い》は声をかけた。

「なんだ」穴のなかから錦《にしき》戸少尉《い》は顔をだした。

「おう、田村か」田村少尉《い》は、ふしぎそうにあたりを見まわして、

「まだ、誰も来ていないのか?」

「なんだい」

「聞いていないのか」

「知らん」

「早すぎたかな」と笑って、「さっき、お前の中隊に協力《きよう》して、敵の砲兵陣地を撃摧せよという命令を受けたんだよ。大変な役目だぞ」「そうか。……まだ、なんにも聞いとらんが」

横にいた島田がむっくりと起きあがって、「小隊長殿、大砲をぶんどりに行くのであります

か？」

と、なにか、はずんだ声をだした。「なんぼお前の手が太うても、ドラム罐《かん》の大砲はつかめまい」橋本が笑った。

やがて、ほかの小隊も集まって来た。中隊本部も来た。礼三も来た。伸《しん》太郎とちらりと視《し》線をあわせた。複雑《ふくざつ》な微《び》笑をかわした。砲弾が絶《た》え間なく落ちて来る。中隊長は各小隊長と分隊長を集めて、それぞれ指示をあたえた。それから新しい任務にむかって出発した。

二組の斥候《せっこう》が出された。錦《にしき》戸小隊からは、入江兵長が三名の兵隊をつれて、左側を警戒《けいかい》しながら、さきに出た。部隊は、なるだけ道のない藪《やぶ》のなかを行った。盲《めくら》撃ちをする砲弾がときどき、ちかくに落ちる。そのたびに伏《ふ》せた。道をうしなわないために、前を行く斥候《せっこう》が、通ったあとに、手帳の紙片をちぎって、草や、樹の枝にむすびつけ、標識《ひょうしき》にしてあった。飛行機の爆《ばく》音がきこえて来た。数台《だい》の敵機が上陸地点の方へ飛んでいってから、地ひびきとともに爆《ばく》弾の音がつたわって来た。

勝手のわからない場所である。いつ敵とぶっつからないともかぎらないので、進行は遅々《ち》としてはかどらない。根もとから数百本密《みつ》生している竹があって、その茎には一寸くらいの刺《とげ》がいっぱい生えている。それが横にひろがって、となりの竹と交錯《さく》し、網になっている。頭を錐《きり》にし鉄兜《かぶと》でかきわけて進むと、はねかえって来た竹の刺が顔にささる。兵隊たちの顔はだんだん傷だらけになる。森林の奥で渓《けい》流の音らしいものが聞える。こういう場所にはとても、日本軍は来ないと思っていたのか、思いのほかに障碍《しょうがい》物もない。ときたま足音におどろいて藪《やぶ》のなかを、三尺ほどの蜥蜴がかけ抜《ぬ》けた。坂をのぼり坂をくだった。ときには、木の根や蔦《つた》につかまって、きりたった断崖《だんがい》を攀《よ》じた。ふと、いちめんの緑のなかに、イカダカズラがあって、その真紅におどろくのである。兵隊たちは、汗にぬれ、埃によごれ、だんだん無口になって怒ったように、眼ばかり光らせて歩いた。伸《しん》太郎はときどき、黒須《す》上等兵のかついでいる軽機関銃をかばって持ってやった。

　上陸地点からしだいに離《はな》れて来た。道路から遠ざかった。機関銃声もしきりに聞え、砲弾、爆《ばく》弾も、渚《なぎさ》の附近とおぼしきあたりで、絶《た》え間なく炸裂《さくれつ》している様子で、気にならないこともないが、いまは、あたえられた任務にむかって邁《まい》進するほかないのである。風が出て森林が鳴るのは好都合だ。空は幻《げん》灯のような青さで、単《たん》調にひろがり、白雲の去来もあわただしい。ぎらぎらとまぶしい。鳥が飛ぶ。波の音も彼方にしだいに遠ざかった。何時間も、ほとんど無言の歩行をつづけた。傾斜《しゃ》のひどいひとつの谷を越すと、細いながれに出た。きれいな水である。水の上を赤い薄《うす》羽の蜻蛉や、埃のように小さい蝶《ちょう》が飛んでいる。渓《けい》谷に降りて、小休止した。兵隊たちはみんな、その水をのんだ。元気を恢《かい》復した。熱した咽喉《のど》をつめたい水が通るのは、なんともいえない。水筒にもいっぱい詰《つ》めた。伸《しん》太郎は瓢簞《ひょうたん》と両方を満たした。

　また、しばらく行くと、入江斥《せつ》候の伝令がかえって来て、進行を待つようにといった。サンボン草の繁《しげ》みのなかに部隊はとまった。

「なにかあったのかい」と礼三はきいた。

「はい、まだ、はっきりわかりませんが、どうも、このさきのところに、敵兵がごそごそして居るようであります」

「おれが行ってみよう」礼三は伝令を案内させて、森のなかに消えた。三十分ほど経ってから一人で帰って来た。小隊長と分隊長とが集められた。中隊長は、下唇を噛《か》んでいたが、みんなが集まると、円陣のまんなかに腰を下した。「マササ岬につづいている道路が曲りくねって、このつきあたりに出ているらしい。道路の向側に、相当堅《けん》固な半永久的陣地がある。トーチカらしいものもある。密《みつ》林のなかに、戦車や、トラックがたくさん見える。前面にはあまり出ていないが、兵力もわずかではないように判断《はんだん》される。砲兵陣地は、まだその後方らしい。敵の展《てん》望哨《しょう》らしいものも処々にある模《も》様だ。いま発見されるのは上策《さく》ではない。それで、この地点で日暮れを待つ。そして、夜襲《しゅう》を決行する。わかったな」

「はい」と、みんな答えた。

歩哨《しょう》を立てて中隊は夜に入るのを待った。飯盒をひらいて朝たいた飯を食べた。ひどい暑気なので、飯盒はすぐには手もあてられないほど焼けて居り、飯もたぎっていてもういやな臭《にお》いがしていた。水をかけて流しこんだ。寝る者も多かった。手帖をだしてなにか書く者もある。多くの兵隊は藪《やぶ》にはいって最後の脱糞《ぷん》をした。血のまじった赤い色をしている者が多かった。なおいく組かの斥《せっ》候が出された。

伸太郎《しん》は背負《せ》袋を枕にし、銃を抱いてあおむけになっていた。青空の透く梢を見あげながらひょっくり英彦山で桜木常吉とならんで寝ころんだことを思いだした。どうしているかと思った。すると、ふと、なんとなしに身体中が痛いことに気づいた。妙に節々が痛い。行軍の疲れかとはじめは思ったが、やがて熱く顔がほてるのを感じた。どくんどくんと、鼓《こ》動で身体がうごき耳の底が鳴っていた。生汗が首筋をながれ落ちた。いくらか嘔気もする。（しもうた）と思わずつぶやいた。デングかマラリヤにやられたのではないかと気づいたのである。流れに下りていって、頭から水をかぶった。

なかなか日が暮れなかったが、やがてあたりはたそがれて来た。樹木が深いので、陽がかたむくと急速に暗くなるのである。いままで見えていた戦友の顔がすうとわからなくなると、一瞬《しゅん》、奇《き》妙な心細さがわいた。

部隊は動きだした。見あげると星がきらめいているが、おたがいの顔はもう判《はん》別できなくなった。高い樹間を大きな蛍《ほたる》が飛んでいる。昼間よく偵察《ていさつ》しておいた順路を行った。風は死んでいた。かさかさと足音がするばかりである。行ったり止ったりする。敵は夜に入っても砲撃をやめない。やたらに撃つ。曳《えい》光弾で森林がぱっとまっ赤に染まる。そのたびに伏せた。数箇所で火災がおこっている。樹木が焼ける音がする。竹林が機関銃弾を射つような音を立ててはじける。砲撃をしているので、陣地の位置はほぼ見当がつくのである。闇《あん》黒の径を縫い、警戒《けいかい》しながら無言でしばらく行くと、発射《しゃ》音があたりの空気をふるわせて、鼓膜《こまく》にひびくくらい近いところまで辿りつくことができた。肉薄《はく》するにつれていっそう注意ぶかく、すこし行っては止まり、また行った。緊張《きん》で身体がひきしぼられて来た。

闇《やみ》のなかに、敵兵の声がきこえる。足音もする。それをたよりに這いよって行った。銃に剣をつけた。伸《しん》太郎は、鉄兜《かぶと》の紐《ひも》をしめなおして、水筒の水をぐっとひとくち飲んだ。眼を皿《さら》にしてまっ暗な前方をにらんだ。橋本も、島田も、黒須《す》も、そばにいるのをたしかめた。すこし斜《しゃ》面になって草むらを一寸にじりよっていった。

「しいっ」

闇《やみ》のなかで声がおこった。突撃の合図である。礼三の声だ。兵隊たちはいっせいにおどりだした。数名の者が懐《かい》中電灯を敵につきつけた。数条の光のなかにはぽかんと恐怖《ふ》の眼と口をひらいたアメリカ兵の顔が浮きあがった。びっくりした敵兵はなにか叫びながら逃げだした。おどりかかった兵隊たちは手あたりしだいにこれを突いた。不意をつかれたので敵はあわて騒《さわ》ぐばかりである。叫び声、ぶっつかる音、たおれる音、うめき声、銃声などが入りみだれた。手榴《りゅう》弾がしきりと炸《さく》裂する。拳《けん》銃をやたら射つ将校らしい者もあった。めくら滅《めつ》法である。

銃剣をにぎりしめてむらがる敵兵のなかにとびこんだ伸《しん》太郎は四五名をつき伏《ふ》せたが、とつぜん横あいからなにかがはげしくぶっつかって来て、あっと思ったとたんに足を取られた。鉄兜《かぶと》の顎紐で首がちぎれるほど咽喉《のど》をしめられた。ひどく重量《りょう》のあるものがどさりと身体のうえに落ちて来た。思わず「うう」と呻《うめ》いた。すぐ耳元で拳《けん》銃が鳴った。はげしく砂が耳のなかに飛びこんで来た。渾身《こん》の力をふるって、乗りかかっている敵をはねかえし、夢中《む》で突いた。

白兵戦ののちに、敵の砲兵陣地は確保された。退却《きやく》する敵にむかって、機関銃隊が猛射《もうしや》をあびせた。やがて、銃声も減って、あたりに静寂がかえって来た。わかって来た。わかってみると、三百メートルくらいの幅に敵の砲兵陣地が四箇所あって、巨《きよ》大な加農砲《カノン》が合計十三門あった。自動車へ備《そな》えつけられた砲も数門あった。どの陣地にも山のように砲弾が積みかさねられ、木や竹で組んだ急造の兵舎がいくつもあった。

「気前よう射《う》ちやがる筈《はず》じゃのう、こげん、仰山あるとじゃもん」

島田があきれた顔でいうと、「ええかい、島田、この弾がお前にあたる筈《はず》じゃったとぞ」と、橋本が積まれた一発の砲弾を指さして笑った。

「そうじゃったか知れんな」

島田は妙にしんみりいって、その弾丸をなんども撫《な》でた。冗談《じよう》口をたたいている兵隊たちの口調には、ひとつの戦闘《とう》を終えたあとの複雑《ふくざつ》なひびきがこもっていた。

仲《しん》太郎は身体中が浮いているようなたよりない感じなので、敵の大砲によりかかっていた。身体全体が燃《も》えているようである。何度も水筒の水で顔を濡《ぬ》らした。飲んだ。どの大砲も砲身が焼けていたが一門だけ冷たいのがあった。故障《しよう》かなにかで撃つことができなかったものであろう。その砲身に頬《ほほ》をつけるとひやりとしたよい気持であった。右頬《ほほ》をつけたり左頬《ほほ》をつけたりした。

「兄さんですか」

うしろでひくい声がした。ふりかえると礼三が立っていた。各小隊をまわっているもののようであった。夜目であったが、左肩を巻いている白い繃《ほう》帯が見えた。

「やられたのか」

「拳《けん》銃弾が、二三発、四五発かな、肩にはいったようです」

「痛いか？」

「痛いです」と笑った。「兄さんは」

「おれは、なんともない」

「兵隊がいうとりますよ、高木軍曹《そう》は不死身じゃちゅうて」

「お前も、なかなか不死身じゃ」

兄弟は顔見あわせ、かすかな声で笑った。

礼三は、右手を口に持っていってなにかやっていたが、「さっき、敵とぶつかって歯《は》を折《お》ったと思うておったですが、やっぱり、抜《ぬ》けました」

「上か、下か？」

「上です」

礼三は草の葉をちぎって歯《は》をつつむと、微《び》笑をふくんで、「また来てつかあさい」といいながら、高いアペトンの梢にむかって投げあげた。

礼三は立ち去りかけたが、思いだしたことがあるようにくるりと廻れ右をして、「兄さん、瓢 箪《ひょうたん》の酒をひとくちのませて下さい」

「もう酒はなか」

「水でもええです」

礼三は瓢箪《ひょうたん》をとって口をつけた。葛からしぼった甘《あま》い樹液《えき》がすこし残っていた。さっき、ひっくりかえったときに、また罅《ひび》がいったとみえる。礼三のあとで伸《しん》太郎ものんだ。兄弟はなにもいわなかったが、胸のなかにはきびしく通じあうものがあった。

中隊長は兵隊たちにいちいち声をかけて歩いた。伸《しん》太郎はなおも熱い頰《ほほ》を敵の大砲で冷やしながら、暗いなかで弟が部下をねぎらっている声や、負傷者をいたわっている声をきいた。微《び》笑がわき、涙がながれた。

その夜は不思議な静けさのうちに明けた。しかし戦局《きょく》はいよいよ困難をきわめることになった。捕虜《ほりょ》の話したとおり、敵はこのマササ岬へぞくぞくと兵力を集中して来た。いくらやられてもやられても新手をくりだして来るのである。味方は損害が出れば補充《じゅう》の手段がなかった。上陸以来、すでに少なからぬ犠牲《ぎせい》者が出た。したがってあまりに深く敵中にはいることは、包囲におちいる危険《けん》がある。敵の背《はい》後をおびやかすことはできたと思われるが、それが本隊とどういう風に連繋《れんけい》できたものかは、まったく知ることができない。無電機の故障《しょう》のため、どうしても基《き》地の戦闘《とう》司令所と連絡《れんらく》がつかないのである。

敵の反撃は猛烈《もう》の度を加えて来た。多くの戦車、大砲、兵力がわが部隊の周囲に「雲霞《か》のごとく」集まって来た。敵は量《りよう》をもって圧倒《あつ》しようというわけであろう。しかしながら、わが将兵の士気はすこしも衰《おとろ》えず、いかなる困難にも屈せずして勇猛《もう》果敢《かん》にこれに攻撃を加えた。運転のできる兵隊がぶんどった戦車に乗って敵陣に殺到《さっとう》した。十三門の敵の火砲は味方の砲兵隊によって、あべこべに敵を悩《なや》ました。すさまじく両方の砲弾が交錯《さく》し、密《みっ》林はなぎたおされて火災をおこす始末である。休みなく機関銃弾が森林をうちふるわせた。谺のなかを猿《さる》や鳥や蜥蜴が右往左往した。

黄昏が来て、夜の森林を照明弾が真紅に染める。部隊はいくつかの挺《てい》身隊をつくって、密《みっ》林を縫いたえまなく夜襲《しゅう》を敢行《かん》した。もう炊爨《すい》などしている時間はなかった。乾麵麭《かんパン》を嚙《か》み、生米をかじった。ところどころを流れていた谷川は、敵がなかに毒物を投入した形跡《せき》があって、のむことができなくなった。乾季《かんき》にはまったく一滴《てき》の雨もないのが普通であるが、二十分ほどすさまじい豪《ごう》雨が森林をまっ白に煙らし、濡《ぬ》らして過ぎた。兵隊は雨をすくって、元気をとりもどした。

こういう凄絶《せいぜつ》な戦闘《とう》がくりかえされて、夜が明け、また日が暮れた。時川部隊長も傷つき、中隊長、小隊長にも、たおれる者があった。軍曹《そう》や伍《ご》長が指揮《き》をとる小隊もいくつかできた。伸《しん》太郎もふたたび小隊長代理をつとめることになった。黒須《す》が傷つき、橋本が軽機関銃を射った。島田は「弾丸はな、おれをよけて通るばい」と笑っていた。墓標《ひょう》が日に増した。しまいには多くの墓標《ひょう》を蔦《つた》や蔓や針金でくくりあわせて、鉄条網がわりとした。味方がいくら減っても、いまや鬼となった兵隊たちは渾《こん》身の士気をふるいおこし、敵撃滅《めつ》のはげしい闘《とう》志に燃《も》えていた。

友軍機があらわれると、下から布をふったり、銃をあげたりした。ときどき空中戦が行われた。

南十字星

このときから、数箇月が経った。……

つよい光線が窓のそとの芝生《しば》の緑を反射《しゃ》して、室内を夢《ゆめ》のような明るさにしている。窓からはマニラ市内の白亜《あ》の高層《そう》建築がのぞまれ、並木のアカシヤや、バナナや檳榔樹が見える。青い屋根ごしに丈たかくのびている火の木《ファイアツリー》の燃《も》えるような真紅の花びらがびらびら簪のようである。あまり広くない部屋には壁にくっつけて寝台《だい》が二つならべてある。一つしかない窓の側に白布をかぶせた卓《たく》があって、薬瓶《びん》や、体温表や、体温器などがのせられている。

扉《とびら》がひらいて、羽のように鍔のひろい純《じゅん》白の帽子をかぶった看護《かんご》婦がはいって来た。実は本職の看護《かんご》婦ではなくて、比島人の尼《に》僧が奉仕に来ているのである。三十をいくつか越えているであろうか。ビサヤ地方の生れだというが、色白で背《せ》がたかくて修道の女らしくつつましやかな眼のいろと口もととをしていた。加特力《カトリック》の制服らしい全身白装束のシスター・フランシスカは寝台《だい》のところに来て、微《び》笑をたたえ、「ミステル・セルジャント・タカキ、イカガデスカ」

と、やさしい声でいった。少しずつこのごろ日本語をしゃべるようになっていた。

うつらうつらと妙な夢《ゆめ》ばかり見ていた伸太郎《しん》は眼をさました。下から、微笑《び》をかえして、

「たいへん、よいです」といった。それくらいの簡単《かんたん》な日本語ならわかるのである。

フランシスカは体温器をさし入れてから、手首をとって脈をはかった。ちょっと気どった風で腕時計を見ている。それから、うしろにしたがえた看護《かんご》婦に手つだわせて、伸太郎《しん》の右腕に葡萄《ぶどう》糖の静脈注射《しゃ》をした。専門《せん》ではないので、あまり上手というわけにはいかない。大きな針をつっこんでおいてから、静脈をさがしまわるのである。注射《しゃ》器を抜《ぬ》いたところに絆創膏《ばんそうこう》をはって、しずかに揉《も》みながら、今度は英語で、「ミステル・タカキ、あなたは心に大きな悲しみを持っていらっしゃる。強い心でその悲しみをすてておしまいにならないと、なかなか熱が下りません。すべては神さまの思召しです」

返事のしようがないので伸太郎《しん》は黙っていた。フランシスカは頭のうえに吊してある氷嚢《のう》の位置をなおしてくれてから、しずかに出て行った。伸太郎《しん》はフランシスカの口もとがどこか妻の芳江《よし》に似ているなどと思っていた。

放心したような数箇月であった。心に鞭《むち》うち、ふるいおこそうとつとめてみても、心は重々しくなるばかりであった。（こんなことで、どうして一人前の兵隊といえるか）そう自分をどなりつけてみて、自分がまだまだ鍛錬《たんれん》が足りなかったと、自覚《かく》されるばかりなのだ。それはフランシスカのいうように単《たん》なる悲しみではなかった。はげしい怒りなのである。また、自責《せき》で

あり、すまなさであり、さびしさであった。泣くまいと思っても涙があふれた。

「陸軍軍曹《そう》高木伸《しん》太郎の馬鹿たれ」

自分を叱咤《た》するように、ときどき声を殺《ころ》してどなってみても、どこにつきあたったかわからない空虚《きよ》な山びこが闇《やみ》のなかから刎《は》ねかえって来るばかりである。

このマニラ陸軍病院にはほとんど強制《せい》的につれて来られた。後方に下らないと頑《がん》ばったからである。しかし、そのような頑《がん》固さもわがままであると悟《さと》り、命ぜられるままにモロンを退いた。モロンから、オロンガポ、デナルピアンを経て、マニラに来た。デナルピアンの兵站《たん》病院に収容されて三日ほどいたときに、中山という軍医《い》中尉《い》がいて、同じ茨城《いばら》の出身なので、錦戸《にしき》少尉《い》を知っているといい、その安否をたずねられて、返事ができず顔が赤らんだ。自分もまったく消息を知らず、また想《そう》像を加えて話すことは苦しかったからである。マササ岬から、命により連絡《れんらく》の任務を帯びて、ただひとりモロンにかえって来たものの、自分が出発したあと、時川部隊がどうなったものか全然《ぜん》わからないのである。

マササ岬で激《げき》戦中、伸《しん》太郎はとつぜん時川部隊長に呼ばれてモロンへ連絡《れんらく》に帰る命令を受けた。上陸以来、三日目の夕刻であった。はじめはなにかの間違いではあるまいかとおどろいた。時川少佐はすでに数箇所に負傷をしていたが、繃《ほう》帯につつまれた顔のなかから、きびしい眼がじっと伸《しん》太郎を見ていた。またその眼は掩《おお》いがたい部下への信頼《らい》の色をもたたえていた。もともとぶっきらぼうなほど口数の少い部隊長である。そのときも必要な命令のほかなにひとつ無駄《だ》なことをいわなかったのに、仲《しん》太郎は部隊長の眼のなかに、部隊長が自分を選んだ気持をはっと受けとめた。この大切な任務を果すことのできる者はお前《まえ》よりほかにはないと、言葉ではないものがはっきりといっていた。ごくりと仲《しん》太郎は唾《つば》をのみこんで、命令を復唱した。無電機の修理がどうしてもできないのである。

夜になって、マササ岬を出発した。まだ熱があった。雑《ぞう》木を伐って、簡単《かんたん》な筏《いかだ》をつくった。陸路は敵に満たされているので、海をいくことにしたが、泳ぐことはなかなか困難なので、浮標がわりに小さな筏《いかだ》を組んだのである。銃を負革で背《せ》にした。十個ほどの乾《かん》麵麭のほか、食糧《りょう》はなかった。橋本や島田が筏《いかだ》を渚《なぎさ》まで運んでくれた。「班《はん》長殿、頼《たの》みますばい」などと部下はいった。「鱶に食われんごとせえや。鱶は赤いもんが好かんちゅうけん、日の丸の旗を見せてやりゃ逃げよう」島田がそういうので、「鱶の方が腹下しするばい」と仲《しん》太郎も柄《がら》にない冗談をいって笑った。時川部隊長も礼三も、小隊長も水に靴のひたるところまで来て送った。

錦戸《にしき》少尉《い》が仲《しん》太郎の肩に手をおいて、「お前は小さいときから水泳が上手だったそうだが、博多の海を泳ぐようなわけにはいくまい。気をつけてゆけ。泳いでるとな、疲れて来て、もうこれ以上は泳げないっていうときがきっと来る。そのときに、もうひと頑《がん》ばりしてゆけよ」といった。

万一を慮って、書類《るい》は身につけず、必要なことはことごとく頭のなかに入れた。「それでは」と、ただ一人、心をのこして岬をあとにした。

黒い海の水は生ぬるかった。両手を筏《いかだ》にかけ、足で水を蹴りながら沖の方へ出た。何度もふりかえってみた。いくらも行かぬのに、もう陸地はただ黒一色に塗《ぬ》りつぶされてしまって、誰の姿も見わけがつかなかった。仲《しん》太郎は唇を嚙《か》んで、にわかに速力を増した。一刻も早くモロンへ着かなくてはならぬと心をさだめたのである。頭の上は満天の星である。南十字星もオリオンも北斗七星もあかるくきらめき、白煙のように天の川がながれている。陸上で銃砲声がきこえる。ふりかえると、とき折《お》り闇《あん》黒のなかに火花の散るのが望まれた。頭上をうなりを生じて砲弾が飛ぶこともあり、近くに落ちてしぶきを立てることもあった。ふと身体の周囲《い》にぼうと青い光のただよっているのに気づくと夜光虫であった。しだいにうねりが高くなり、波の丘《おか》や谷にあげ下ろしされる。何時間か泳いだ。そのうちに、仲《しん》太郎は首をひねりはじめた。もうだいぶん進んでいなくてはならないと思うのに、たまに見えるマリベレス山の峰の形がいつまでも変らない。遠いのでそう急に変化するわけもなく、そのうえ星空なのではっきりとは認めがたいけれども、なにか後さがりをしているような気がして仕方がないのである。どうもおかしい。モロンへは一路北上すればよいわけだが、方向だけそっちを向いていて、実際《さい》は逆行しているような気がする。仲《しん》太郎は耳をすました。どこか遠くの底の方で海鳴りがしているようである。潮流に気づいた。上陸する際《さい》にも潮流のために南へ流された。発動機でもながされたのだから人間の泳ぐ力の及ぶところではない。そう気づくと、これまではなるたけ沖へ出ていたのだが、急に方針を変えて、海岸の方へ近づいた。バタアン半島は岬が多いので、それらの岬で潮流が遮《さえぎ》られているにちがいない。敵に近づくわけで危険《けん》ではあるが、夜であるから注意してゆけば発見されることもあるまい。そうきめて、海岸の方へ寄《よ》った。

山の形に注意しながら、進路をさだめた。そのときに仲《しん》太郎の頭のなかに、現役時代の内務班《はん》長であった金子軍曹《そう》の顔と声とが頭にうかんでいた。ちょっと見るといかにもいかつい鬼瓦に似た風貌《ぼう》をしていたが、細かい心づかいの人であった。上海《シャンハイ》戦で戦死をしたが、いつも口癖《ぐせ》のように、「兵隊というもんな、どこでどんな戦争をせにゃならんかも知れんから、なんにでも頭のはたらく練習をしとかにゃいかん、どんなものにでも、ほぼ精確な見当をつけることができるようにならんと役に立たん」といいいいしていた。兵隊たちはそういう訓《くん》練をいつか重ねて来た。仲《しん》太郎もいま困難な海上の進路に出て、そういう古い言葉が新鮮《せん》なひびきをもってよみがえって来ることに微《び》笑を禁《きん》じ得ないのである。逆行する感じはなくなり、やがてしだいに銃砲撃も彼方になるようである。

ときどき、陸地に敵の気配を感じた。深いと思っていると岩礁《しょう》にぶっつかったり、足がとどいたりした。珊瑚礁《さんごしょう》があるらしい。敵船らしいものの影におどろいて、岩かげに潜《ひそ》んだり、やむなく沖へ出たりした。鱶《ふか》を警戒《けいかい》していつでも短剣の抜《ぬ》けるようにした。咽喉《のど》が乾くと水筒や瓢簞《ひょうたん》の水をのんだ。敵が谷川に毒を投じたので、葛からしぼるわずかな水しかなかった。軍靴をはいたままなので、まず足が疲れて来た。腰がいたくなって来た。足を休めて筏《いかだ》を横だきにし、手で水をかいた。手も疲れて来た。手でかくと夜光虫が青くくだけた。時間などはまったくわからない。ただ残して来た部隊の安否が気づかわれて、一刻も早くモロンへ着きたい一心である。手も足もしびれる思いで、しばらくじっとしたまま波に浮いたりした。岩礁《しょう》にあがってすこし休んで行こうと思ってから、はっと出発のときの小隊長の言葉を思いだした。勇気をふるいおこしてまた泳いだ。疲れて来ると放心したようになって、たった一人で海上を漂《ただよ》っていることが不思議な夢《ゆめ》のなかの出来事のように思われて来ることがある。さまざまのことが幻影《げん》となって脳裡《のうり》を去来する。水のなかなので熱のあることをしばらく忘れているが、頭がぼうとなって来てあわてて岩にはいあがってから、身体中が体熱で灼けていることを覚えることがあった。任務を果すまでは絶対《ぜっ》に倒れてはならぬと、渾《こん》身の力をふるいおこした。

東の方が白んで来るのを見て、岩礁《しょう》を探して、その蔭《かげ》にかくれた。昼間は発見されるおそれがあるので行くことができない。濡《ぬ》れてぐじゃぐじゃになった塩《しお》からい乾《かん》麵麭をかじった。そうして日暮れを待った。長い日中である。銃砲声を聞き、飛行機の飛ぶのを仰いだ。濡《ぬ》れた写《しゃ》真をポケットから出して見たりした。疲れのため、腰から下は海につけて、岩のうえで眠った。まっ青な空から強烈な太陽が照りつけて来て、上衣はたちまち乾き、まっ白な塩《しお》を吹いた。何度か眼をさましたが、なかなか日が暮れなかった。はるかの水平線に黒煙を見たが、敵か味方かわからなかった。日没《ぼっ》とともに、また海に入った。変らぬものは星である。また、一晩中泳いだ。十個ほどの乾《かん》麵麭は倹《けん》約をしていたところが、残しておいたのがみんな溶けてなくなってしまった。岩などにこびりついている海草を噛《か》んでみた。苦いのや甘《あま》いのや臭《くさ》いのがあった。

貝殻《がら》をはがして食べてみた。魚の死骸《がい》が浮いていた。砲弾や爆《ばく》弾を海へ落されるので眼をまわしたのかも知れない。熱気ですぐに腐《くさ》るが、新しそうなのはかじってみた。疲労《ろう》と空腹と熱とで、自分の身体が自分のものでなく、何度か朦朧《もうろう》と消え入りそうになることがあった。心を叱りつけ、身体を抓ったり叩《たた》いたりして、意識《しき》をふるいたたせた。夜間、舟艇《てい》隊の発動機の音を遠くで何度も聞いたように思ったが、もとより敵か味方かもわからず、状況《じょう》は一切知られなかった。

こういう難行が三日つづいて、遂に人事不省に陥《おちい》った伸《しん》太郎は波とともに海岸へ打ちあげられたのである。そこが敵なのか味方なのか、そんなことはまったくわからなかった。渾《こん》身の勇気を振いおこしながらやっては来たが、もはやそのような努《ど》力の可能《のう》に肉体が堪《た》えることができなくなっていた。伸《しん》太郎の手は筏《いかだ》から離《はな》れ、身体は流木のごとく渚《なぎさ》へ寄《よ》せられ、水打際近くの岩礁《しょう》の間に沈んでいた。夜明け近くであった。しかし、伸《しん》太郎の努《ど》力は無駄《だ》ではなかった。「新博多町」の最前線の歩哨《しょう》が、岩礁《しょう》のなかを波とともに漂《ただよ》っている瓢簞《ひょうたん》を発見した。すぐに二人の兵隊が来て、伸《しん》太郎を海底から引きあげた。伸《しん》太郎の腰につけられた紐《ひも》のさきにあった瓢簞《ひょうたん》のみが水面に浮かんでいたのである。伸《しん》太郎はただちに応急手当をほどこされて、数十分の後、呼吸を吹きかえした。しかし意識《しき》はまったくなく、奇《き》妙な囈言を口走るに過ぎなかった。モロンの野戦繃《ほう》帯所の一室に寝かされた。軍医《い》は数回の注射《しゃ》を打ちながら、「こういう状《じょう》態《たい》でいながら、生きていたのが不思議だ」といった。二日間は昏々《こんこん》と眠るばかりであった伸《しん》太郎は、ようやく意識《しき》を回復し、任務を果した。

仲《しん》太郎は必死になってふたたびマササ岬へ帰して貰《もら》うことを願った。許されなかった。四十度から熱がどうしても下らず、四十二度になると、また囈言をいった。そうして、このマニラ陸軍病院に運ばれて来たのである。

病状《じょう》は一進一退した。しかし、仲《しん》太郎の心の苦しみは日とともに増すばかりであった。バタアン半島の戦況は病院にも伝わって来た。前線には続々と新鋭《えい》部隊が増加された。砲兵隊、飛行隊の活躍《やく》も目ざましくなって、バタアン半島の山形は改まりつつあるというものもある。山岳《がく》戦に協力《きょう》するために台湾《たいわん》からたくさん高砂族が来ていて、なかなか勇敢《かん》にやっているというような話も聞いた。四月に入ると、いよいよ神武天皇祭を期《き》して、総《そう》攻撃の火蓋《ぶた》が切られた。十一日にはバタアン半島の敵軍は全面的降伏《ふく》をした。また、五月五日には、敵最後の拠《きょ》点であるコレヒドール要塞《さい》へ、壮烈な敵前上陸が決行され、わずか一日の戦闘《とう》をもって敵を屈服せしめた。病院にはラジオも新聞もあって、それらの戦況は洩《も》れなくもたらされた。

四月十日にはセブ島上陸、同十七日、イロイロ市占領、二十九日以後、ミンダナオ作戦が行われ、コタバト、ダンサラン、カガヤンは相ついでわが軍の手に帰した。ダバオの占領されたのは前年の十二月二十日である。こうして、フィリピン作戦は着々と進展《てん》した。

一方マライ方面においては、わが軍は一月三十一日ジョホール・バハルに達し、シンガポール島攻撃を開始したが、十一日、ブキ・テマ高地奪《だつ》取、二月十五日には、シンガポールが陥《かん》落した。ビルマにおいては、三月八日ラングーン入城、蘭《らん》印作戦は、三月九日、敵の全面的降伏《ふく》によって終結を告げた。

これより先、一月二十三日、陸海軍部隊はニューブリテン島ラバウルをとり、また、スマトラ島の要衝《しょう》パレンバンにはわが落下傘部隊が降下した。セレベス島メナド作戦とともに、わが落下傘作戦は世界をおどろかす輝やかしい戦果をあげたが、パレンバン奇襲《きしゅう》部隊のなかには、高木久男中尉《い》の名を見いだすことができた。

こういう全戦域《いき》にわたる皇軍の壮大な作戦と勝利とに、もとより伸《しん》太郎もよろこびをおさえることができなかったが、その感動のかげに、つねに影のごとくつきまとってはなれないのは、自分の原隊である時川部隊の消息であった。自分が残して来た多くの戦友たちはいったいどうしたであろうか。バタアンの戦況の推《すい》移には全身を耳にして注意していたのに、時川部隊の名だけは、だれからも聞くことができなかった。伸《しん》太郎は不安に駆《か》られざるを得ないのである。

あの時の情況から判断《はんだん》すると、全員戦死を遂げたのではあるまいかとも思われる。そうすると、自分一人がのうのうと生き残っていることに、はげしい自責《せき》とすまなさとが湧《わ》いて来て、立ってもいても居られなくなる。申訳ないと顔があげられない。しかし、そういうことは信じたくないし、また、もう誰もいなくなってしまったなどということが、すこしも実感となって心にひびいて来ないのである。ひょっくり、礼三が見舞いにやって来て、例《れい》の下唇《くちびる》を噛《か》む癖《くせ》で、「兄さん、また、瓢箪《ひょうたん》をのませて下さい」といったり、大きな図体の島田がぬっと扉《とびら》をひらいてあらわれ、鉄兜《かぶと》を鷲《わし》づかみにする手で、肩をどんとたたき、「やあ、高木、加減はどうかい」などと、ゆっくりした口調でいいかけたりする姿がたびたび眼にうかんだ。橋本が馬面に煙草をふかしながら、「班《はん》長殿、弾丸には不死身のくせに、病気でたおれるなんておかしいですぞ」という。錦戸《にしき》少尉《い》が身体中をゆすって笑いながら、「もうひと頑《がん》ばりだぞ」という。そういう錯覚《さっかく》をたびたび起した。姿もまざまざと見え、はっきりと声もきこえた。時川部隊長をはじめ、マササ岬で別れて来た多くの戦友たちの顔や姿がつぎからつぎにあらわれて消える。

伸《しん》太郎がそういう歎《なげ》きを白衣につつんで、病床で数箇月をすごしたとき、ある日、思いがけぬ見舞客があった。

雨季《うき》にはいりかけたときで、そのときも、窓のそとは驟雨がまっ白に煙って、前方の建物や並木のみどりをぼかしていた。寝台《だい》のうえに坐《すわ》って、伸《しん》太郎は一人ぼんやりと、それをながめていた。同室の病友はすでに三人ほど変り、その三人目も退院して伸《しん》太郎はいまは「病院の主」だなどとからかわれているのである。

扉《とびら》があいて、シスター・フランシスカがあらわれ、そのあとから、参謀《ぼう》肩章《しょう》をつけた一人の将校がはいって来た。友枝中佐であった。

「やあ、お久しう」

「これは義兄《にい》さん」

感慨《がい》にあふれた眼を見あわせて、二人は手をとりあった。

「あなたがたは御兄弟ですのね」柔和な微《び》笑をたたえて、フランシスカも、なにか満足げにうなずきながら、しずかに扉《とびら》をしめて出て行った。

いつか「新博多町」で礼三と会ったときのように、このときも話が多すぎて、なにをどこから話したらよいかわからないのである。思いつくところから、いろいろの話をした。話題《だい》は尽《つ》きなかった。（変ったなあ）と思ったり、（すこしも変っていない）と思ったり、どちらも同じ感慨《がい》をくりかえしている。

友枝中佐は、眼鏡をとって、ぬぐいながら、雨にけぶる窓の方をむいて、呟《つぶや》くように、「君や、礼三君が、マササ岬に行った機動部隊に加わっていたことを、あとになって知った。戦局《きょく》面を打開するために、思いきった作戦をやったのだが、その部隊が君や礼三君の部隊であろうとは夢《ゆめ》にも思わなかった。……もっとも、知っていたところで、変更するわけでもないが……」

話がマササ岬のことになって来たので、伸《しん》太郎は、胸がさわぎはじめた。もっとも知りたいと考えていたことである。しかし、それをたしかめたくはあるが、また一方では、なにかためらわざるを得ないのである。何度か躊躇《ちゆうちよ》したあとで、思いきって肩をあげた。

「義兄《にい》さん」

「うむ」

「時川部隊はどうなったとですか」

「知らないのかね」

「知らんのです。私は戦闘《とう》の最中に命ぜられて連絡《れんらく》にかえったきり、その後のことをすこしも聞いて居らんのです」

友枝はちょっと唇を嚙《か》むようにしたが、しずかな声で、「全員玉砕《さい》した」といった。

「やっぱり、そうですか」

仲《しん》太郎は思わず頭をたれた。そうではないかと思っていたが、はっきりそう聞かされると、あらたな悲しみがわいて来た。くつくつと腹の底から、はげしく嗚咽《おえつ》がこみあげて来た。泣いた。声をあげて、思うさま泣きたかった。

友枝も涙をぬぐっていたが、仲《しん》太郎の静まるのを待って、「立派《ぱ》な死にかただった」とぽつんといった。それから姿勢を正すようにして、「仲《しん》太郎君、フィリピン作戦は大勝利をもって終った。アメリカ軍は徹《てつ》底的にたたきつぶされた。ずいぶん困難な作戦であったが、将兵諸君は、実によく戦った。いまさらのことではないが、皇軍の強さにはいうべき言葉がない。また、つまらぬながら作戦の一端の責《せき》任を負った僕たちは光輝ある陸軍の伝統《とう》をけがしてはならぬと、一生懸《けん》命だった。軍司令官閣《かっ》下や、参謀《ぼう》長閣《かっ》下の苦衷《ちゅう》のほども察《さっ》せられた。しかし、どんな困難があろうとも、最後の勝利はつねにわれわれのものだ。のちに司令官閣《かっ》下は、『かくありて許さるべきや密《みっ》林の木かげに消えし友を思えば』という歌をつくって居られる」仲《しん》太郎はだまってうなずくばかりで、なにもいえなかった。

「伸《しん》太郎君、君のまだ知らないことがある。多分、君が連絡《れんらく》の命令を受けて、マササ岬を出た翌々日のことになろう。朝くらいうちに、はじめて無電の連絡《れんらく》があったんだ。それまで故障《しょう》していた無電機がなおったらしかった。無電というようなものにも、いつか妙な性格《かく》ができると見えるね。戦闘《とう》司令所で受信していた兵隊が、思わず、まだ佐藤奴生きていやがったと叫んだというんだ。無電が来ないので、てっきりもうやられたと思っていたんだね。無電を打つのにも、日本人の癖《くせ》がでるとみえてその佐藤というのはいつもツツーを長く打つ癖《くせ》があったそうだ。それですぐ戦友であることがわかったんだな。ところで、その電報は、『神崎部隊トノ連絡《れんらく》ツカズ、我ガ部隊ハコノ地点ニ於テ玉砕《さい》セントス』という悲壮な文面だった。それから、戦況がいくらか打電されて来たんだが、向うから来る暗号電文が綿密《みつ》で一字一句《く》の間違いがないというんだ。基《き》地から連絡《れんらく》事項《こう》を打電したところが、こっちの兵隊はマササ岬の戦況が気になっているんで、すこし興奮《ふん》して暗号をまちがえた。すると、先方から、電文不明、もうすこし落ちついて打ってくれといったというんだ。玉砕《さい》を決心した部隊の方が沈着でいて、基《き》地の兵隊をたしなめているんだね。あべこべじゃと、いいながら、おこられた兵隊はうれしそうに泣いていたそうだよ。それから、なにか大きな音がして、また無電が切れた。それきりまた通じなくなった。そこですぐ舟艇《てい》隊を編《へん》成して、マササ岬に迎えに行った。残念ながら、兵力の配置が手いっぱいで、救援《きゅうえん》にやる兵力がなかったんだ。ところが、時川部隊長以下、だれ一人帰ろうというものがない。激戦《げき》をして損害を出しているんだが、まだ戦力がある、敵を撃滅《めつ》する自信があるといって下ろうとしない。また隊長は多くの部下を殺《ころ》しておいて、自分たちだけ帰るようなことはできないともいうんだ。すでにマササ岬を死地と定めているんだね。止むなく空舟で引っかえして来たんだが、それでもいけないので、翌日、夜になってまた行った。今度も帰ろうといわない。とうとう、四晩もつづけて迎えに行ったのに、一人も帰る者がなかった」

友枝は眼鏡をはずして、指で瞼《まぶた》のうえをなでた。それから、微《び》笑をうかべて、「伸《しん》太郎君、たしかに、時川部隊は玉砕《さい》した。先発した神崎部隊も玉砕《さい》した。しかし、この両部隊の玉砕《さい》はすこしも失敗《ばい》ということとは関係がないんだよ。それどころか、マササ岬附近におけるこの両部隊の奮《ふん》戦は、大成功をおさめているのだ」

伸《しん》太郎は顔をあげた。

「バタアン総《そう》攻撃がはじまったのは四月三日だが、敵はわずか一週間で白旗をかかげた。密《みつ》林の堅《けん》陣地によって、三箇月以上も頑《がん》張っていた敵が、どうしてそんなにもろく崩《くず》れたか。これには、もちろん、いろいろの原因がある。わが軍の兵力の強化と、隊形の整備《び》とが、なによりの原因だろう。そのほかにも挙《あ》げられるが、僕はこの勝利のかげには、時川、神崎、二部隊の玉砕《さい》が、大きな力となっているということを疑うことができないのだよ。戡定が終ってから、僕等マササ岬附近の戦蹟《せき》に行ってみたのだが、その壮烈な勇戦の状《じょう》にはただ頭が下った。敵戦車が十数台も顚覆《ぷく》し、大砲が爆《ばく》破され、数千の敵死体がかさなりあっていた。わが将兵の遺骸《いがい》に、いちいち敬礼して歩きながら、僕の胸は感動で満たされた。そうしてさらに僕の胸に強くひとつの確信が湧《わ》いて来た。僕には、数十倍の敵を前にしてすこしも屈せず、最後の一兵にいたるまで戦ったわが将兵の鬼神のごとき勇猛《もう》ぶりが、どんな影響《きよう》を敵にあたえたかが、よくわかる気持がした。つまり、敵はこのような日本軍の勇敢《かん》さに胆をつぶしたのだ。日本軍はどこまで強いかわからない。恐しい、という一種の恐怖《ふ》感が敵軍のなかに満ちわたったにちがいない。このことは捕虜《ほりよ》のなかで白状《じよう》している奴もあった。なかにはアメリカ兵将校で、バタアンにおける日本軍の勝利はマササ岬に上陸した部隊の玉砕《さい》に負うところが多大である、などといった者もあった。僕もそれを信じるのだ。死しても死なぬ、死してなお生き、死して勲をのこす皇軍将兵の軍人精神が、遺憾《いかん》なく発揮《き》されたのだね。殊勲《くん》甲だと僕は思っているよ」

「そうですか」

仲《しん》太郎の顔にこれまでなかった晴れやかなものが浮んだ。自分の部隊の奮《ふん》戦が無駄《だ》ではなかったということは、この上もなく、うれしいことであった。こころのうちがぬくぬくとして来て、腹の底から不思議な勇気のわくのをおぼえた。

「僕は、なにかの本で……詩《し》であったかも知れぬが、……『強きもの、悲しきもの、美しきもの』という言葉を読んだ記憶《おく》がある。そして不思議に、わが将兵の勇戦のさまを見るたびにこの言葉を思いだすのだ。日本の兵隊はこういう精神で貫かれているのだから、こののちどんなに大きな、困難な戦争に出あっても、絶《ぜっ》対に負けないという気がするよ」

友枝参謀《ぼう》は、それからもしばらく話してから、フランシスカが注射《しゃ》をするために入って来たのを機会に、かえって行った。扉《とびら》のところで、「南のマラリヤは悪性だから、十分、気をつけたがよい」といいのこして去った。

熱が下ると、庭の散《さん》歩を許される。マンゴの木の四五本ある狭《せま》い芝《しば》生に、白衣の患《かん》者たちが出て、寝ころんだり話をしたりした。夜になると、大きな月と星とが出た。つよい草いきれにむせびながら、伸《しん》太郎はあおむけにひっくりかえって、空を見た。南十字星を見ていると、いつか心は戦場へ飛んでいた。戦友たちと砲煙の下で見た南十字星を、たった一人生きのこった自分が平和な病院の庭でながめている。しずかに唇《くちびる》を嚙《か》んで、心を落ちつけることにつとめた。あたりの芝《しば》生がサンボン草にかわって、匂《にお》いのない白い花がちらちらした。遠い故郷のことがあれこれと偲《しの》ばれた。

友枝中佐は、その後も折《おり》をみては見舞に来てくれた。メロンやバナナを持って来てくれたり、大きな花をかかえて来て、花瓶《びん》にさしてくれたりした。この土地にはけばけばと赤い花ばかり多いと思っていたのに、瀟洒な十字架型《かがた》のサンタンや、比島の国花といわれるサンパ・ギタなどをことさらに選んで来るかのように義兄は持って来た。サンパ・ギタのふくよかな白い花は部屋中がむせるほどに強い芳《ほう》香を放った。フランシスカが花瓶《びん》の水を変えてくれた。友枝参謀《ぼう》は、叔父《おじ》の久彦《ひこ》がソロモン群島方面にいるということや、ヨーロッパ戦線の話なども聞かせてくれた。そのどちらの戦線も戦局《きょく》は苛《か》烈の模《も》様である。

病院でときどき慰《い》問の演芸《げい》大会などがある。看護《かんご》婦などもまじって、その夜はたのしい時間のうちに過ぎる。笑い声が堂にみなぎる。兵隊には芸《げい》人が多いので、なかなかにぎやかである。順番でどうしても出なくてはならなくなり、伸《しん》太郎も舞台《たい》にひっぱりあげられた。仕方なしに、父のよく歌う「筑前今様《ちくぜんいまよう》」をうたった。

すめらみくにのもののふは
いかなることをかつとむべき
ただ身にもてるまごころを
君と親とにつくすまで

歌いながら、涙がながれた。

結章

御遺族様

重々しい穂《ほ》をたれた稲が風にしたがって、いちめんに黄金の波をたてる。山々の肌《はだ》には、紅葉が真赤にちりばめられ、点々と象牙の玉をまいたように、柿の実の生《な》っているのが見られる。のどかな牛の鳴き声がまじり、悠暢《ゆうちょう》な水車の音がこれに和する。田圃《たんぼ》の間を縫う小川には、蛸蛉を釣っている男の子や、土堆には赤ん坊《ぼう》を負って縄《なわ》とびをしているモンペ姿の女の子がいる。家々の軒にはいずれも日章《しょう》旗がかかげられ、まっ青に晴れわたった空には、雲と鳥と飛行機とが飛んでいる。

こういう風景の間を靖《やす》国神社大祭に詣でる遺《い》家族列車は疾《しっ》走していくのである。汽車は、父を、夫を、子を、兄を、その他、肉親の者を国へささげた人々によって満載《さい》されていた。

老人もあれば子供もあり、女もまじり、旅なれぬ人たちもあって、列車内はいくらか混雑《こんざつ》しているが、どの箱にも赤十字の腕章《しょう》をつけた看護《かんご》婦が数名ずつ附いていて、心をこめて世話を焼いている。

「気分のわるい方はありませんか」と各駅ごとに問い、仁丹《たん》をくばったり、赤ん坊《ぼう》の泣くのをあやしたり、お襁褓までとり換えてやる。これらの看護《かんご》婦たちも、夫を国に捧《ささ》げた女たちが多いので、親身の世話もゆきとどくわけであろう。乗っている全部の者が肉親を失った人々であってみれば、いわば悲しみの列車であることには相違ないが、ひとびとの表情にはしめやかなものの底にいずれも大らかな満足のいろがたたえられていた。これまでにまったく未知《み》の間柄《がら》であったのに、共通する境遇《ぐう》と感情とで、すぐにうちとけた話ができた。笑い声も諸所でおこった。

これで二度目という者もあって、はじめての人たちに東京についてからのことを話して聞かせる。高張提灯《ちょうちん》をつけた人々によって東京駅頭に出迎えられて宿についてから靖《やす》国神社での諸行事、境内の大パノラマ、大祭が終って手に持ちきれぬほどの土産物を貰《もら》って帰国するまでの至れり尽《つく》せりの持てなし振りを細々と話すのである。こうまでされるのかとかえって恐縮《しゅく》してしまうそうである。

「倅《せがれ》め仕様ない奴《やつ》でしたのに、兵隊に行ってはじめて御奉公ができましたわい。あんな奴《やつ》は死なんにゃ、なんのお役にも立つ奴《やつ》じゃありません」

そんなことをいって哄《こう》笑する父親もあったが、もとよりほんとうに倅《せがれ》が死んだ方がよいと、思っていたわけではあるまい。死なせたくない、惜しい男たちが死んでゆく、そのいいようもないきびしさによって国が支えられているということを、いまはどんな無学な人々も、腹の底でじっくりと理解していた。

「あたしの倅《せがれ》は二人ともお召にあずかって出ましてな、出たときは兄が兵長で、弟が上等兵でありましたがな、中支に居ります弟はこのほど兵長に進級《きゅう》したという便りがございました。兄の方はフィリピンで戦死いたしましてから、伍《ご》長にあげていただきましてな、それはかりか、なんの手柄《がら》もありませんでしたのに、勲章《くんしょう》までお下げ下さいましてな、ありがたいことです」朴《ぼく》訥な口調でそう話す農家の母親は、ふっと洩《も》れる抜《ぬ》け歯《ば》のちらつく微《び》笑を手でおさえるようにして、「それがな、聞いて下さいまっせえ。弟からこのほど参りました手紙にな、いつも、兄貴《き》に死ぬときには忘れんごと、天子様の万歳をとなえれというてやっといたんじゃが、兄貴《き》は忘すれんでとなえたじゃろうか、どうじゃろうか、とそげなこと、心配して書いて来ましてな」

そういう母親はすでに弟の方もかえって来ぬものと覚悟《かくご》しているのであろう。用意して来た竹の皮づつみの弁当《べんとう》をひらいて節くれだった手で梅干入りの握《にぎ》り飯を食べながら、「兄貴《き》のこというとるが、自分が忘れんにゃええが」と、ひとりごとのように呟《つぶや》くのである。

窓側に坐《すわ》った軍服姿の高木友彦《ひこ》は風呂《ろ》敷につつんだ瓢簞《ひょうたん》を膝《ひざ》のうえにおいて、走り去る窓外の景色を見ていた。すみわたった深い紺碧《こんぺき》の空を見ながら、よく、伸《しん》太郎や、礼三が、南の空の青さは内地では想《そう》像もつかない、と手紙に書いて来たことを思いだして、これよりも青い空というのはどういう青さであろうかなどと考えていた。

友彦《ひこ》とならんで、芳江《よし》が坐《すわ》り、さしむかいの窓側に、伸彦《ひこ》がいた。そのとなりに、「筑前屋」の八木重平がさっきから一心不乱《らん》に一通の手紙を読んでいる。反対側の座席には、二人の女の子をつれた島田の女房のおきんが腰をかけていて、博多駅から乗ったときから、いくつも蜜柑《みかん》をむいてはむしゃむしゃと食べ、子供たちにも食べさせている。その前には宗匠頭巾《そうじょうずきん》をかぶった一人の上品な老人が掛け、斜《なな》めうしろには松葉杖をついた仁科弥《や》助がいる。ずんぐりした猫背《ぜ》で、眼鏡を鼻の頭にもって来て新聞を読んでいるが、ときどき、戦果などを嗄《か》れ声をあげて朗《ろう》読し吹聴《ちょう》する。このごろは、陸に海に相ついで挙《あ》げられる戦果が毎日のように報道されていた。そのほか、同じ部隊の人々の家族もそれぞれ席をしめていた。

幼い伸彦《ひこ》は父の死んだということをよく知っていない。汽車に乗ったのがうれしくてたまらぬ様子で、窓のそとばかりながめている。友彦《ひこ》も、芳江《よし》も、無理にそれをわからせようとはしなかった。いつか、わかるときが来るからである。友彦《ひこ》は無心な伸彦《ひこ》を微笑をふくんで眺めながら、この孫が兵隊となって戦いに出ることを頭に描《えが》いていた。伸彦《ひこ》がいまもっとも関心を集中しているのは、大東亜《あ》戦争でも、父の戦死でもなく、汽車が間もなく関門海峡《きょう》の海底トンネルにはいるということである。なかなかはいらないので、何度も、「まだ？　まだ？」と訊く。

そういう孫を見ながら、また、友彦《ひこ》は家に残っているワカのことを考えていた。ワカは伸《しん》太郎や礼三の死を知ると、なげき悲しみ、泣きわめいて、手がつけられなかった。ずっと前に三男の雄三が風邪《かぜ》で急逝《せい》したときにも、とりみだして泣きわめいたことがあったが、今度は息子たちは兵隊として戦地に行ったのである。ワカとて口癖のように、「おあずかりした子をお返しして、天子様のお役に立てることができた」といってよろこんでいたのである。そうして、筥崎宮に日参しながらも、ただ、お国の勝つように祈っているのであった。息子たちの武運長久を願っていたわけではない、などともいっている。そういうワカが、二人の死を知らされると、気絶《ぜつ》せんばかりに悲しんで、泣き、だれの慰《なぐさ》めの言葉も耳に入らなかった。

「馬鹿たれ、たいがいにしちょけ。なんぼ泣いたって、死んだ者がかえるか」

そういってどなりつけたほどである。いくらいっても、仏壇《だん》の前に坐《すわ》りこんでは泣き、陰膳《かげぜん》を据《す》えては泣いた。

そのワカもこのごろではようやくすみきった顔で、「倅《せがれ》もお役に立つことができました」とだれにもいえるようになった。靖《やす》国神社大祭が近づいて、遺《い》族参拝の準備《じゅんび》をはじめるころには、もう、「このつぎの秋人のときには、わたしに行かせてな」などと微《び》笑をうかべていうほどになった。

「お父さん、蝦蟇《わくど》というもんはえらいもんですな。伸《しん》太郎が可愛がりよったもんじゃけ、入営のときも出征のときも、玄《げん》関まで見送りに出とりましたとに、あれが死んでからは、どこに行ったとか、姿を見せんようになってしまいましたが」そんなこともいった。

「蝦蟇《わくど》が伸《しん》太郎の死んだことなんか、知るもんかい」

「いいえ。長年、うちに住もうた蝦蟇《わくど》ですけ、それくらいの心は通います。蝦蟇《わくど》も伸《しん》太郎について、九段に行ったかも知れんですよ」

「あげなことばっかり、いうちょる」

苦笑しながらも、友彦《ひこ》はワカの心が自分の心にもしみて来る思いであった。遺《い》骨とともに、瓢簞《ひょうたん》が送りとどけられて来た。赤瓢簞《ひょうたん》は内地を出発するときとは打って変って、見るもむざんな姿になっていた。友彦《ひこ》はその瓢簞《ひょうたん》をすぐに神棚にあげた。乃木将軍の愛用したこの一個の赤瓢簞《ひょうたん》が今日までにたどって来た歴史《れきし》を考えると、なにか、神々しい思いにうたれざるを得ない。また、嘗《かつ》て、日清戦争直後、はるばる上京した父に会いに行って、かえりには父の遺骨とこの瓢簞《ひょうたん》とをいだいてかえって来たときのことが、いまのことのように回想《そう》された。

「この瓢簞《ひょうたん》だけはどげんことがあっても、九段に持って行かにゃ。伸《しん》太郎君の魂がこもっとろうもん」

団栗眼をしばたたきながら、藤田謙朴《けんぼく》はそういった。もとより、友彦《ひこ》も同じ心であった。瓢《ひょう》簞《たん》を持ち、軍服の内ぶところには、父の手写した赤罫《けい》紙綴じの軍人勅諭《ちょくゆ》を入れた。いま、膝《ひざ》のうえにおいてある瓢簞《ひょうたん》が比類《るい》のない宝物のように重量《りょう》を持っていた。

「高木さん」さっきから、手紙に熱中していた「筑前屋」が、それを封《ふう》筒におさめながら、話しかけて来た。

「なにかん」

「あんたの知ってのとおり、うちの重造は気の早か奴《やつ》じゃったが、その気の早かところが今度は役に立ったらしかばい。ばって、なんでもすぐ早合点する癖《くせ》があったもんじゃけん、それでもまた、おかしかこともあったらしか。マライ作戦ははげしかったけん、何度ももういかんちゅうこともあったんじゃろう。そのたびに、重のやつ、あわてもんじゃけん、死んで敵にとられたらいけんちゅうんで写真《しゃ》とお守袋とを地に埋めたげな。ところが、敵を追っぱらってからまたそれを掘りだした。そげんことが二三度あったちゅうて、戦友からの手紙に書いてある」

「ほう」

「ブキ・テマ高地の攻撃で、重造が突撃路をつくる功績を立てたというけんど、大したこともしとりゃせんでしょう。ブキ・テマの戦闘《とう》はたいへんじゃった様子で、突撃を何回かやったが、死傷者がたくさん出る。高地の方からかえって来る担架《か》が、まるきり鉢巻がぐるぐるまわるように、切れずに続いて降りて来る。それを牟《む》田口兵団長が涙をぼろぼろ流して見ていなさったげな。この手紙にそう書いてあるが、あたしはそれを読んで、倅《せがれ》の死んだのをちょっとも惜しいと思わんようになった」

「日本の軍隊は上官と部下との心がひとつじゃから」と友彦《ひこ》は月並なことをいった。

「高木さん、重造が生れたころ、あんたが変なことをしょったなあ、赤子の耳に口をひっつけて、お役に立つ日本人になれよ、なんていいよった。赤子になんごとわかろうかいと思うて、あたしもあきれとったが、いまから思や、その声が重造の耳にのこっとったか知れんですなあ」

友彦《ひこ》は、返事の仕様がなかった。

「失礼ですが、お宅はどちらで戦死されました」

宗匠頭巾《そうじようずきん》の老人が友彦《ひこ》に声をかけた。立派《ぱ》な白髪《はつ》をたくわえ、薄《うす》茶色の紋《もん》附羽織に、仙台《だい》平の袴《はかま》をつけていて、どういう素姓《す》の人かちょっとわかりかねた。

「フィリピンですが、馬鹿な奴で、弾丸にあたらずに病気で死にました」友彦《ひこ》がやや面はゆい感じでそういうのを聞いて、老人は、

「あんた、そんな、……戦死も病死もありませんよ」とはげしく打ち消す調子でいった。

友彦《ひこ》は黙っていた。

「私の倅《せがれ》は航空隊でしたが、ラングーン爆《ばく》撃に行きまして、自爆《ばく》しました」老人はしずかな声でいった。

前にいた仁科弥《や》助は、ちかごろ一段と皺《しわ》のふかくなった顔をあげて、「御老人、この高木大尉《い》の息子の伸《しん》太郎君というのはおかしな男でしてね、不死身の高木軍曹《そう》といわれて、何十ぺんはげしい戦闘《とう》に加わったかわからんのに、弾丸にはあたらなかったんです。あたるにはあたっても、致命傷にならず、とうとう、バタアン半島でも、自分の部隊が全員戦死しましたのに、たった一人残ったんです。戦争中から、ひどいマラリヤじゃったらしいんですが、我慢《まん》して戦ったんでしょう。マニラの陸軍病院に入院していたんですが、御承知かも知れませんが、南方

のマラリヤはたちがよくないのでして、熱が出たり引っこんだりしていて、一時は持ちなおしてもう大丈夫といわれたこともあったらしいんですが、やっぱり駄目《だ》だったんですね。とうとう、命をとられたんです。……こんなこと、高木さんの前でいうては悪いかも知れませんが、本人としては部隊の戦友に死におくれたということが、なかなか心苦しかったようでありまして、こうして、いっしょに九段に祀られたことが、かえって満足であったかも知れんと私は思っているのです」

老人は同感するように、だまってうなずいた。周囲《い》の人たちも、聞いていた。

「伸《しん》太郎君は病院の寝台《だい》のうえで死んだのですが、最期《ご》は非常に立派《ば》だったようです。四十二度も熱が出て、肝臓《かんぞう》が脹れたり、腸《ちょう》をこわしたりして、恢《かい》復の望みのないことを自分でも知ったんでしょう。看護《かんご》婦に、おこしてくれといって、いけないといってとめるのもきかずに寝台《だい》のうえに正坐《ざ》したんです。蚊《か》帳もはずさせたそうです。まっ赤な熱のある顔に、だらだら汗がながれていたのを、自分でふいてから、宮城の方にむかったんです。そうして、眼をとじて、つぶやくように、……もう、大きな声も出なかったんですね、……軍人勅諭《ちょくゆ》を、……。一、軍人ハ……というあれです、……あれを、五つ、はっきりした語調でしまいまでいったそうです。それから東方を拝するために両手をついたそうですが、そのまま前にのめって、それきりだったといいます」

「そうですか」

老人も眼をしばしばさせた。

「この仁科弥助君は」と、今度は、友彦《ひこ》が老人にむかって、「私の日露役の戦友ですが、仁科君の息子が私の倅《せがれ》の中隊長でした。若いがなかなか勇敢《かん》な、しっかりした中隊長だったそうです」

「ほほう」

汽車はやがて門司駅に着いた。プラットフォームにあふれた町の人々によって鄭《てい》重な湯茶の接《せっ》待があった。まもなく、ベルが鳴り、列車は駅を出て海底トンネルにはいった。ごうと風のような音がひびく。

仲彦《ひこ》はさっきから硝子《ガラス》窓に顔をひっつけて、熱心にそとを見ていたが、

「母ちゃんお魚が見えんよ」といった。ありありと失望した顔である。

「お魚?」芳《よし》江はびっくりして聞きかえした。

「うん、暗うてお魚の泳いどるのがわからん」

それをきいて、はじめてわかった。友彦《ひこ》は、笑って、「伸ちゃん、なんぼ海の底でもなトンネルがつくってあるとじゃから、汽車からは魚は見えんのじゃよ」

「ふうん」

この話し声を向こうの方でも聞いていたが、子供にはお魚という言葉だけが通じたとみえて、

「お魚が居る?」と二三人、窓に顔をくっつける子供があった。どっと明るい笑い声が車内に

満ちた。

トンネルを出た遺《い》族列車は清澄《せいちょう》な秋風に吹かれながら、晴れわたった青空の下を、日の丸の旗にうずめられた村を抜《ぬ》け、川をわたり、一路、東上した。

後書

小説「陸軍」はいろいろな意味で、私にとっては記念の作品である。私はこれまで兵隊や戦場に関する文章を若干書いて来た。たまたま私が歩兵下士官であったために、多くは陸軍のことを主題とするようになったが、私が書きたかったことはもとより陸軍海軍の区別ではなく、両者を含めた皇軍の立派さであった。然し、私は常に一兵士の経験の上に立って、切実さと謙虚さとを失うまいと努めたので、作戦の全貌とか、戦争の本質というような尨大な主題からは遠ざかっていた。またそれは別の事情からも避けねばならぬこともあった。それが何故であるかは今はいうを要しないであろう。

この作品は若干その主題を広げたといえるけれども、それすら私は小さな場所に足を置くことを常に心がけた。私はこの作品の題名が「陸軍」というような大きなものであるために、いささか辟易した。大陸軍の全貌を私ごときが描破することができるわけもなく、また限定された形式のなかに、陸軍精神を表現し尽すということも困難であった。同時に、私の心のなかに消えぬひとつの気持が、私の筆をすくませた。それは、私のまずしい筆が、陛下の陸軍を傷つけることがあってはならぬという恐れであった。筆を起すときから私を去らなかったその気持は筆を擱くまで離れなかった。それは尊い鞭であった。

この作品を書くことは私にとっては自らのひそかな誉をたしかめるよすがともなり、また、或る意味では修練ともなり、錬成でもあった。今日に生きる文学者としての覚悟を、私は必死になって、真に日本人たるの道に合致せしめたいと願った。私は原稿用紙に向う前に、端坐して東方を拝した後でなければ、筆をとることができなかった。

然しながら、このことが作品にどのようにあらわれたかを、私としてはいおうとしているわけではない。才能と力を超えることはできないのである。ただ私としては自分の思ったことを思ったとおりに書いたという点で、心安まるものがある。かかげた「陸軍」という題が羊頭狗肉であったとは思っていない。陸軍そのものを書くよりも、その中に顕現された精神のありどころを確かめることに、眼と心とを集中した。世界に冠絶せる日本陸軍の立派さは、そういう特殊の国際個有の性格に依るものでなく、ひとえに日本国民自身の立派さに外ならぬという私の考えは昔も今も変らない。それはまた、日本が承けついで来た精神、祖先の継承が一筋の美しい河のごとく今日まで流れて来て、また悠久の時間へ続いてゆくものを確信することによって、神州を不滅とする頑固一徹な国民の信仰につながっている。家と国との美しき結合と、これを支える庶民の情熱のなかに、日本は永遠の栄光を放つものとして、静かに、しかし巌のごとく立っている。この謙虚にして清浄な志が凝るときに、防人の悲壮さとなり、また、日本の兵隊の強さとなった。陸軍とその精神を国民そのものの生活と切りはなさないことが私の念願であった。それは軍隊の強さに瞠目するよりも、一層庶民の表情に注意したいからであった。

小説「陸軍」はいろいろな意味で私には忘れられないものであるが、作品としてはたしかに不備をまぬがれない。種々の事情に煩わされて、首尾一貫しなかった部分もある。終りに近づく頃、印緬作戦に従軍を命ぜられ、「作者恐識」という一回を書いて、途中を三十回分も抜いたり、出発が近づいたため、最後の方を端折ってしまったりした。これは本にするに際して書き加え、書き改めた。また校正の折に全般にわたって少からず書きなおした。作品について作者がとやかくいうことは控うべきであるが、この作品を書くに当っての私の心がまえの一つとしては、この書が読んで下さる人々のどのような階層にもわかって欲しいということであった。極端にいえば、この本の子供版などを必要とせぬように努めたわけである。

この後書を書いている時に、マニラ市に於てはげしい市街戦が展開されている。思えば、序章「北辺」の筆をおこしてから、二年が経過している。一世紀の時間を一年に収縮するような歴史の変革期であってみれば、二年間の周囲の変貌はほとんど隔世の感があるといってよい。私は「陸軍」のなかで、日本軍の比島攻略のことを書いたのであるが、現在は敵アメリカの反攻をルソン島に邀えて、ふたたび全比島は修羅の巷と化している。バタアン半島にも敵は上陸した。懐しの古戦場はすべて新戦場となった。比島への思い出は消えないのに、マニラ市は兵燹の街となり、エスコルタ街、リサール街等は猛火につつまれていると新聞は報じている。高木伸太郎が病床の上で散華したマニラ陸軍病院はどうなっているであろう。白衣のシスタ・フランシスカはどうしたろう。こういう凄絶の戦局のただなかに、小説「陸軍」が上梓されることは感慨無量という言葉では尽されないものがある。剣と歌との結合によって、日本臣民たる道をうち樹てたい念願はいよいよ深まるばかりである。

終りに、この作品成るに当って、種々なる高配と援助をいただいた方々に、一々、明記しないけれども、厚く感謝の意を述べて置きたい。こういう種類の作品が私一人の力で完成するわけもなかった。殊に軍の方々の御助力は身にあまるものがあった。また、朝日新聞がこういう新聞小説としては不適当であったかも知れないような作品に対して、長期間、紙面を割いてくれた好意は忘れられない。

（二月七日識）

〔『小説陸軍』１９４５年８月15日印刷、８月20日発行、朝日新聞社刊〕

P+D BOOKS ラインアップ

なぎの葉考・しあわせ	野口冨士男	一会の女性たちとの再訪の旅に出かけた筆者
金環蝕（上）	石川達三	野望と欲に取り憑かれた人々を描いた問題作
金環蝕（下）	石川達三	電力会社総裁交代により汚職構図が完成する
孤絶	芹沢光治良	結核を患った主人公は生の熱情を文学に託す
サムライの末裔	芹沢光治良	被爆者の人生を辿り仏訳もされた〝魂の告発〟
貝がらと海の音	庄野潤三	金婚式間近の老夫婦の穏やかな日々を描く

P+D BOOKS ラインアップ

東京セブンローズ(上)　井上ひさし　●戦時下の市井の人々の暮らしを日記風に綴る

東京セブンローズ(下)　井上ひさし　●占領軍による日本語ローマ字化計画があった

天上の花・蕁麻の家　萩原葉子　●萩原朔太郎の娘が描く鮮烈なる代表作2篇

若い人(上)　石坂洋次郎　●若き男女の三角関係を描いた〝青春文学〟の秀作

若い人(下)　石坂洋次郎　●教師と女学生の愛の軌跡を描いた秀作後篇

海軍　獅子文六　●「軍神」をモデルに描いた海軍青春群像劇

P+D BOOKS ラインアップ

（お断り）

本書は1966年に原書房より発刊された単行本『小説 陸軍』を底本としております。あきらかに間違いと思われるものについては訂正いたしましたが、基本的には底本にしたがっております。また、一部の固有名詞や難読漢字には編集部で振り仮名を振っています。

本文中には気違いじみた、跛、支那、樵夫、露助、支那人、苦力、仲仕、姑娘、盲目撃ち、どん百姓、百姓、支那事変、漁夫、村夫子、小使、文盲、部落、八百屋、原住民、盲砲撃、盲撃ち、土語、めくら滅法、看護婦などの言葉や人種・身分・職業・身体等に関する表現で、現在からみれば、不当、不適切と思われる箇所がありますが、著者に差別的意図のないこと、時代背景と作品価値とを鑑み、著者が故人でもあるため、原文のままにしております。差別や侮蔑の助長、温存を意図するものでないことをご理解ください。

火野 葦平（ひの あしへい）
1907年（明治40年）１月25日―1960年（昭和35年）１月24日、享年52。福岡県出身。本名・玉井勝則。1937年『糞尿譚』で第６回芥川賞を受賞。代表作に『麦と兵隊』『花と竜』など。

P+D BOOKS とは

P+D BOOKS（ピー プラス ディー ブックス）とは
P+Dとはペーパーバックとデジタルの略称です。
後世に受け継がれるべき名作でありながら、現在入手困難となっている作品を、
B6判ペーパーバック書籍と電子書籍を、同時かつ同価格で発売・発信する、
小学館のまったく新しいスタイルのブックレーベルです。

小説 陸軍（下）

2021年8月17日　　初版第1刷発行

著者　火野葦平
発行人　飯田昌宏
発行所　株式会社　小学館
〒101-8001
東京都千代田区一ツ橋2-3-1
電話　編集　03-3230-9355
販売　03-5281-3555
印刷所　大日本印刷株式会社
製本所　大日本印刷株式会社
装丁　おおうちおさむ（ナノナノグラフィックス）

2021 Printed in Japan
ISBN978-4-09-352421-6

P+D BOOKS